Ljuba Kabzan

Die Erwählte des Engels

AF288528

Ljuba Kabzan

Die Erwählte des Engels

Urban Romantasy

Impressum

Bibliografische Information der Deutschen Nationalbibliothek: Die Deutsche Nationalbibliothek verzeichnet diese Publikation in der Deutschen Nationalbibliografie; detaillierte bibliografische Daten sind im Internet über http://dnb.dnb.de abrufbar.

Verlag: BoD · Books on Demand GmbH, Überseering 33, 22297 Hamburg, bod@bod.de

Druck: Libri Plureos GmbH, Friedensallee 273, 22763 Hamburg

ISBN: 978-3-8192-9580-5

WIDMUNG

Ich widme dieses Buch allen, die an einen
Engel glauben.
Dieser Engel kann uns auf den richtigen Weg führen,
wenn wir ihm Vertrauen schenken. An all diejenigen,
die Schwierigkeiten im Leben kennen, bei denen ein
guter Engel gerne hilft.

Die Engel sind unter uns

KAPITEL 1

Elaine war eine junge Frau im Alter von 22 Jahren. Sie wohnte in Deutschlands Hauptstadt Berlin. Sie kam aus einem behüteten Elternhaus. Als sie sich die staatliche Universität in Berlin angeschaut hatte, war sie nicht gerade begeistert. Daher hatte sie sich nach ihrem Abitur für eine private Wirtschaftsuniversität entschieden. Um sich die Studiengebühren finanzieren zu können, jobbte sie nebenbei als Kellnerin in ihrem Lieblingscafé.

Später, nach einigen Kursen an der Uni, vertrieb sie sich die Zeit in diesem Café mit einer Tasse Cappuccino und Kuchen. Dabei wiederholte sie den Stoff ihrer Vorlesungen, oder bereitete sich auf Klausuren vor. Abends dann, fing sie an zu kellnern, genau in diesem Café. Zu Hause angekommen, musste sie manchmal noch einige Hausarbeiten schreiben, bevor sie anschließend ins Fitnessstudio ging. Das Café hieß »Café Royale«. Die

Besitzerin war eine Dame in ihren Vierzigern, die verwandt war mit dem englischen Königshaus. Diese Tatsache brachte Elaine immer zum Träumen, sobald sie das kleine, aber feine Café betrat. Die Stühle standen dicht beieinander. Die Tische waren rund und klein. An der Wand hingen Bilder von englischen Adeligen. Der Duft nach frisch zubereitetem Kaffee machte Lust darauf, im Café länger zu verweilen.

Elaine studierte die modernen Fächer Marketing und Management, um sich später auf Onlinemarketing zu spezialisieren. Nach erfolgreichen vier Jahren des Studiums erwarb sie den Abschluss Bachelor of Business Administration. Nun wurde es Zeit zum Bewerben. Zum Glück fand sie gleich eine Anstellung als Online-Marketing Beraterin in einem mittelständigen Unternehmen spezialisiert auf Online Kommunikation.

Um dem Stress ihrer steilen Laufbahn zu entkommen, flüchtete sie sich nachts in häufige Diskothekenbesuche mit ihren Freundinnen. Den Aushilfsjob im »Café Royale« brauchte sie jetzt nicht mehr. So verbrachte sie immer weniger Zeit in dem entspannten, wohligen Ambiente des »Café Royale«, welches ihr sonst immer den nötigen Halt gab. Das war eines der Gründe, warum sie den Halt verloren hatte.

Ihre Freundinnen Melinda und Cara waren an diesem Samstagabend eingeladen in ihre Wohnung, in der sie alleine wohnte. Gemeinsam schminken für den Discoabend, stand jetzt an. Die Freundinnen standen vor Elaines Badezimmerspiegel, beobachteten einander. Jede wollte an diesem Abend toll aussehen. »Wie steht mir die blaue Wimperntusche?«, fragte Cara die anderen jungen Frauen. Sie schminkte sich glänzende, pinke Lippen heute Abend, mit auffallend viel Rouge. »Steht dir ausgezeichnet«, sagten die beiden anderen fast gleichzeitig. Alle drei Mädels waren schlank. Elaine hatte ein rundliches Gesicht, welches manchmal ernst wirkte. Ihre Stimme war fröhlich an dem Abend. Jedoch bemerkte ihr Freundeskreis manchmal, dass sie nachdenklich war.

»Mögt ihr mein neues Kleid?«, wollte Elaine wissen. Ihr neues Kleid betonte elegant ihre schlanke Figur. Es war schlicht geschnitten in der Farbe Blau. Der Rock war kurz, bis zu den Knien. Das Dekolleté trat üppig hervor, denn das Kleid hatte einen tiefen Ausschnitt. Die Ärmel waren kurz. Kein Problem, denn es war April.

»Es sieht klasse aus. Aber du musst noch etwas darüber ziehen, denke ich. Ansonsten wird es zu kalt«, schmeichelte ihr Melinda.

»Vergiss nicht, wir werden bis spät in die Nacht tanzen und viel Spaß haben. Wenn wir nach Hause kommen, wird es kalt sein«, meinte Cara.

»Ok, ich werde die schwarze Lederjacke anziehen«, antworteten ihnen Elaine. Die schwarze Lederjacke betonte ebenfalls ihre schlanke Figur. Elaine hatte blaue Augen und lange, blonde Haare. Sie trug die Haare am liebsten offen. Alle drei Freundinnen trugen an diesem Abend High Heels. Sie waren hübsch, schminkten sich auffallend. Jedoch nicht jeden Tag. Nur wenn sie Diskotheken besuchten, dachten sie sich besondere Varianten aus, sich auffallend zu schminken. Ansonsten waren sie eher schlichter anzutreffen, zum Beispiel im

Büro. Sie hatten alle einen Bürojob im Marketing. Cara und Melinda hatten auch an der gleichen privaten Universität studiert wie Elaine.

»Lasst uns bitte keine Zeit mehr verschwenden. Beeilt euch, trödelt nicht so lange. Das Taxi kommt gleich«, mahnte Cara.

»Wir sind schon fertig. Gleich klingelt der Taxifahrer an der Tür«, sagte Elaine.

Sie nahmen ihre kleinen, schicken Handtaschen mit. Noch ein letzter Blick in den Spiegel, und schon ging die Fahrt im Taxi los.

Es wurde plötzlich still. Die Gedanken der drei Frauen drehten sich darum, was sie heute trinken würden. Dabei verstanden sie allmählich, dass sie es mit der Zeit übertrieben mit ihrem Rausch. Denn morgens nach dem Discobesuch war ihnen immer schlecht. Der Kopf brummte, zusammen mit einer unerträglichen Übelkeit. Dass sie sich deshalb zu Männern immer schwerer kontrollierten ließen, führte zu flüchtigen, toxischen Affären. Sie waren tiefer in der Sackgasse, als sie es glaubten.

Vor der Diskothek stand schon eine wartende Schlange. Der Türsteher hatte alle Hände voll zu tun, denn einige verdächtige Besucher ließ er gar nicht erst rein. Cara, Melinda und Elaine wurden ohne Probleme reingelassen. Das war ansonsten auch der Fall, also nichts Außergewöhnliches. Sie waren bekannt in der Großstadt Berlin, da sie sehr oft in solchen Diskotheken anzutreffen waren. Sie ließen ihre modischen Jacken in der Garderobe. Als Nächstes stürmten sie auf die Tanzfläche zu elektrisierenden Beats der Musik. Es war ein Musik Mix, manchmal Trance mit Hip-Hop, manchmal Deutschrap. Dazwischen etwas Rockmusik. Sie tanzten mit verschiedenen Männern, oder auch mal nur unter sich. Die Männer kamen und gingen im Wechsel. Es drehte sich lediglich um Spaß, nicht um eine Beziehung. Die Männer küssten die Frauen flüchtig auf den Mund, während sie tanzten. Es war auch mal ein erotischer Zungenkuss mit dabei beim innigen Tanzen. Trotzdem, die Männer wechselten sich ab, nichts wurde ernst genommen.

Jetzt kamen die Frauen in eine Phase, in der die Männer mit anderen tanzten. Daher tanzten sie zu dritt.

»Zeit für eine Abkühlung an der Bar«, sagte Elaine.

Die anderen freuten sich.

»Klar, immer doch«, antwortete Cara erwartungsvoll.

»Ich bin auch dafür«, meinte Melinda beim Tanzen.

Der Barkeeper machte ihnen schöne Augen, als Cara bestellte:

»Wir hätten gerne drei Cosmopolitan, bitte.«

»Sehr gerne, ihr drei Hübschen. Darf es noch etwas sein?«

»Nein, erstmal war's das, danke.«

Der sympathische Barkeeper mixte ihnen einen alkoholhaltigen Cocktail, der sehr beliebt bei den Frauen hier war. Nach einer Weile waren die drei Cocktails fertig. Der Barkeeper beugte sich nach vorne und gab ihnen die Cocktails. Dabei sagte er: »Ihr Mädels wirkt heute so angespannt. Ihr solltet mehr aus euch hinausgehen. Die Drinks und Cocktails ermöglichen euch, mehr Spaß zu haben. Vergesst all eure Sorgen.«

»Das klingt gut. Ist aber nicht so einfach für uns. Wir haben verantwortungsvolle Jobs«, warf Elaine ein.

»Dann trinkt diesen Cocktail doch schnell aus. Es wird bald Zeit für den nächsten Cocktail«, verführte er sie geschickt zu mehr Drinks. Normalerweise waren sie nicht so leichtsinnig, doch dieser junge Mann sah besonders vertrauenswürdig aus. Dazu hatte er noch unglaublich funkelnde, braune Augen.

»Ich bin mir da nicht so sicher, ob das gut für uns ist«, warf Elaine in die Runde ein.

»Durch die Drinks könnt ihr auf der Tanzfläche lockerer werden. Ihr könnt dann alles um euch herum vergessen. Tanzen, als würde die Welt euch gehören.«

William, der Barkeeper, war ein Meister des Verführens. Was die Mädels nicht wussten, es gehörte zu seinem Spezialgebiet, junge Frauen zu Alkohol zu verführen. Sie hörten ihm neugierig zu, und fielen darauf rein. In einem schnellen Tempo tranken sie ihren Cosmopolitan aus, um gleich daraufhin den nächsten Cosmopolitan bei William zu bestellen.

Elaine wurde es schon leicht schwindelig, als sie den zweiten Cosmopolitan genoss. Auch die anderen Frauen, mit denen sie hier war, waren leicht angetrunken. Sie machten Witze unter sich, und fingen laut an, zu lachen. Dieses Lachen wirkte, als ob es von den Cosmopolitan Cocktails kam, was sicherlich auch die anderen Discobesucher bemerkten. Keine schöne Erfahrung. Sie wirkten nach mehreren Drinks leicht angetrunken. Selber bemerkten sie das nicht. Bloß ein leichtes Schwindelgefühl bemerkten sie, mehr nicht. Die anderen Besucher drehten sich nach ihnen um, als sie laut lachten. Es hatte schließlich keiner etwas dagegen. Es war eine fröhliche Nacht in einer angesagten Diskothek, bei der Spaß an erster Stelle stand.

Sie bemerkten andere Männer an der Bar. Diese Männer suchten nach Blickkontakt zu ihnen, wollten mit ihnen tanzen.

»Ihr seid wirklich noch alleine heute Abend? Kommt mit uns auf die Tanzfläche. Wir sind wirklich nett. Ihr braucht keine Angst vor uns zu haben«, sagte einer der Männer. Dies, nachdem die jungen Freundinnen schon mehrere Cosmopolitan und andere alkoholhaltige Drinks getrunken hatten. Cara, Melinda und Elaine wirbelten mit den drei gutaussehenden Männern auf die Tanzfläche. Sie ließen sich von ihnen mitziehen. Ob sie es wollten, oder nicht. Der eigene Wille war bei ihnen leicht ausgeschaltet durch den Alkohol.

Schnelle Beats pulsierten aus den Lautsprechern der Berliner Diskothek. Scheinwerfer mit pinken und roten Farben vermischten sich mit dem Geruch von Parfüm. Elaine kam dem Mann näher.

»Wie heißt du?«, wollte sie von ihm wissen

»Ich bin der Fritz. Du siehst übrigens sehr hübsch aus. Und wie heißt du?«

»Ich bin die Elaine. Normalerweise trinke ich nicht so viel wie heute.«

»Das macht doch überhaupt nichts. Es ist eine schöne Art sich zu entspannen für eine lange Nacht. Ich merke es dir überhaupt nicht an.« Elaine schaute ihm ins Gesicht. Auf seinem Gesicht bildeten sich einige Schweißperlen, als er sie immer näher beim Tanzen zu sich zog. Sein Äußeres hatte Elaine nicht wirklich angesprochen. Ein wenig sympathisch kam er ihr aber trotzdem vor. Daher hatte sie nichts dagegen, etwas aus sich heraus zu gehen, während sie mit ihm tanzte. Es lief laute Musik, die Elaine in Zusammenwirkung mit dem Alkohol nun brummende Kopfschmerzen bereitete. Sie fing an, sich unwohl zu fühlen.

»Fritz, lass uns mal eine Pause machen. Ich fühle mich unwohl.« Fritz war kein Mann, der das Wohlergehen von Frauen überhaupt ernst nahm. Er wollte nur, dass es ihm gut ging. Wie es den anderen ging, war ihm egal. In einer ähnlichen Weise waren alle Männer in Elaines Freundeskreis eingestellt. Dass sie sich wirklich um Elaines Wohlergehen kümmerten, war ihr noch kein einziges Mal bei ihnen aufgefallen. Eine wirklich selbstsüchtige Gesellschaft, in die Elaine da hineingeraten war. Dementsprechend äußerte Fritz:

»Ne du, lass das mit der Pause mal sein. Das wird schon wieder. Wir sind doch gerade erst dabei, richtig loszulegen.«

Dabei hätte Elaine diese Pause richtig gut gebraucht, um sich zu erfrischen und ein kühles Mineralwasser zu trinken. Ihnen beiden war es ziemlich heiß geworden vom Tanzen. Elaine fühlte sich nicht besonders körperlich zu Fritz hingezogen, während sie mit ihm tanzte.

»Wie du meinst. Aber allzu lange möchte ich nicht bleiben.«

»Keine Sorge, hier ist der richtige Ort um sich näher zu kommen. Hier können wir ruhig die ganze Nacht lang durchtanzen.« Das wollte Elaine ganz und gar nicht. Das lag nicht direkt an Fritz. Bei einem anderen Mann hätte sie sicherlich auch nicht die ganze Nacht lang durchgetanzt. Gerade, da ihr der Kopf immer mehr weh tat. Ein alkoholisierter Schwindel erschwerte ihr den Spaß ebenfalls. Ob der Barkeeper recht hatte oder nicht, daran war kein Zweifel: Er hatte nicht recht. Es wäre viel besser gewesen, einfach etwas Alkoholfreies zu trinken, was schön Kühles zur Erfrischung. Dann wären Elaine, Cara und Melinda mit dem lauten Lachen bei den Männern nicht so aufgefallen. So weit wie mit diesem unangenehmen Tanzen wäre es sicherlich nicht gekommen. Jede hätte für sich getanzt. Mal mit dem einen, mal mit dem anderen. Mehr in Freiheit, mehr zum Vergnügen. Nun hatte Elaine diesen Fritz während der ganzen Disconacht am Hals. Sie konnte wirklich nichts dagegen tun. Er wurde ihr viel zu aufdringlich. Auch Cara und Melinda waren mit ihren Männern von der Bar am Tanzen. Er schob Elaine noch näher zu seinem Körper, als ein langsames Liebeslied erklang.

»Auch das noch«, sagte sie leise zu sich, ohne dass er es hörte. Sie tanzten mehrere Liebeslieder lang ganz engumschlungen. Er umarmte sie ganz fest. Sie hatte dabei keine Gefühle. Er anscheinend ebenso wenig. Fritz wollte einfach nur mit einer Frau eng tanzen, den Abend verbringen. Eine hübsche Frau wie Elaine war ihm dabei lieber als irgendeine. Doch der Fremde wollte scheinbar mehr. Der Abend ging in eine unendlich wirkende Nacht über. Fritz küsste Elaine auf den Mund, als ein weiteres Liebeslied ertönte. Es bildeten sich mehrere Pärchen in der Diskothek. Jeder wollte so tun, als ob er verliebt sei. Als ob die Nacht ihm gehörte. Alles wirkte nach mehr Schein als Sein. Die perfekte Welt von einem verliebten Paar bröckelte jedoch bei Elaine. Sie war überhaupt nicht verliebt in Fritz. Trotzdem erwiderte sie seine Küsse. Warum auch nicht? Sie wirkten wie ein Liebespaar, waren es aber nicht. Denn sie hatten sich nicht einmal richtig kennengelernt.

»Magst du denn keine Liebeslieder? Oder warum bist du so zaghaft?«, wollte Fritz von Elaine wissen. »Eigentlich habe ich gar nichts gegen solche Liebeslieder. Ich bin einfach nur sehr vorsichtig bei Männern, die ich nicht einmal richtig kenne. Wir müssen es ja nicht gleich übertreiben.« Elaine fühlte sich von ihm erneut bedrängt, wenn nicht sogar belästigt. Durch den Alkohol hatte sie keine Kraft, ihm nein zu sagen. Es fiel ihr bei Männern sowieso oftmals schwer, nein zu sagen. Vor allem, wenn es ums Tanzen ging.

»Mir kannst du ruhig vertrauen. Ich will dir nichts Böses. Bei mir kannst du dich ruhig fallen lassen«, erwiderte Fritz, ohne sich schuldig zu fühlen. Er war eben ein Mann, der gerne mal einer hübschen Frau näherkam. Das, ohne die Hemmnisse einer jungen Frau vor einem fremden Mann nachvollziehen zu können.

Für Elaine war Fritz leider kein Prachtexemplar von Mann. Sie konnte sich nicht vorstellen, dass zwischen ihnen etwas laufen könnte. Er hatte einen durchschnittlichen Körperbau. War mittelgroß, nicht zu muskulös. Seine braunen Augen waren für Elaine ebenfalls kein Hingucker. Seine Lippen fand sie nur wenig verführerisch. Sie hatte nicht das Gefühl, ihn unbedingt noch einmal küssen zu wollen. Er hatte einen braungebrannten Teint. Gekleidet war er in einer modischen Jeans mit einem dunkelblauen Shirt. Vielleicht war Elaine heute einfach nicht in Stimmung, denn Fritz war gar nicht so unattraktiv. Nur leider nicht ihr Geschmack.

»Das weiß ich doch. Nur mir ist heute alles zu viel«, sagte Elaine leise.

»Möchtest du heute Nacht bei mir übernachten? Ich wohne ganz hier in der Nähe. Dann können wir ein bisschen kuscheln. Ich hoffe, du hast nichts dagegen. Ich meine, wenn die anderen dich hier stören«, schlug Fritz ihr vor. Sie war einfach baff, was er sich dabei gedacht hat. Es funkte einfach nicht zwischen ihnen. Warum wollte er dann mehr? Das verstand sie nicht.

»Eigentlich habe ich genug für heute. Ich bin nicht auf eine schnelle Nummer mit jemanden aus, den ich gerade erst kennengelernt habe. Ich bin nicht so jemand, die mit jemanden nur eine Nacht verbringt, ohne es zu wollen.«

»Das war doch gar nicht so gemeint. Ich dachte nur, du wolltest dich mehr entspannen. Hier sind so viele Leute«, warf Fritz verwundert ein.

»Natürlich hast du recht. Aber nein danke. Wenn du jemanden für eine Nacht suchst, bin ich nicht die Richtige dafür. Dann kannst du gleich weitersuchen.«

»Ach sei doch nicht gleich so fies. Es war doch nur ein Vorschlag.« Sie befanden sich jetzt noch immer auf der Tanzfläche, als schnellere Songs ertönten. Er ließ sie leicht los. Beleidigt war er jedoch nicht. Er hatte Verständnis für sie. Das merkte sie im Nachhinein. Er hatte nicht vor, sie nach ihrer Handynummer zu fragen. Die Lage entspannte sich etwas. Er ließ eine Entfernung zwischen ihnen entstehen, nachdem sie so eng getanzt hatten. Ihre Kopfschmerzen wurden dabei besser.

Elaine schaute nach Cara und Melinda. Sie tanzen ebenfalls mit den Männern aus der Bar. Sie versuchte, mit Fritz näher zu ihren Freundinnen zu gelangen. Denn sie wollte die Diskothek verlassen. Das wollte sie natürlich zusammen mit Cara und Melinda, anstatt mit Fritz.

»Hey, ihr beiden. Wie lange wollt ihr noch bleiben?«

»Wir dachten eigentlich, für heute langt es. Oder, was meinst du?«, fragte Cara sie.

»Ich wollte eigentlich bald gehen«, antwortete Elaine den beiden.

»Natürlich, auch ich habe genug getanzt«, warf Melinda ein.

»Entschuldige Fritz, meine beiden Freudinnen und ich, wir wollen bald gehen. Es war wirklich nett. Ich möchte mich von dir jetzt aber leider verabschieden.«

»Das ist aber schade. Ich dachte, du würdest noch länger bleiben. Vielleicht sehen wir uns wieder?«, wollte Fritz wissen.

»Ich gehe öfters in solche Diskotheken. Aber wiederholen möchte ich das nicht unbedingt. Weißt du, es ist nichts gegen dich, aber beim Tanzen möchte ich lieber unabhängig sein. Mich nicht so festlegen. Und eine Nacht mit einem Fremden zu verbringen, das ist eh nichts für mich.«

»Na gut, Elaine. Hab noch eine schöne Nacht«, verabschiedete er sich von ihr. »Ja, du auch. Tschüss«, tat sie ihm gleich. »Auf, ihr beiden. Lasst uns draußen ein Taxi nach Hause nehmen. Wir wohnen ja nicht weit entfernt von einander. Da können wir wie immer ein Taxi nehmen«, rief Elaine Cara und Melinda zu.

Die anderen verabschiedeten sich von ihren Bekanntschaften auf der Tanzfläche. Sie gingen zu der Garderobe, um ihre modischen Jacken mitzunehmen. Erschöpft von dem langen Tanzen liefen sie schnell aus der stickigen, lauten Diskothek hinaus. Draußen war wenigstens frische, kühle Luft. Das wirkte angenehm für die drei Freundinnen. Nun konnten sie so richtig aufatmen. Sie fühlten sie besser. Ihre Kopfschmerzen und ihr Schwindel wurden auch allmählich besser. Sie nahmen sich ein Taxi, das vor der Diskothek auf Gäste wartete. Keiner von ihnen ließ sich dazu überreden, bei einem Mann die Nacht zu verbringen. In ihrem Zusammenhalt waren sie fest entschlossen, dass sie sich nicht auf sinnlose One-Night-Stands einließen.

KAPITEL 2

Die Arbeit fiel Elaine nach solchen Diskothekenbesuchen nicht immer leicht. Immer wieder ertappte sie sich bei der Arbeit mit Gedanken an die Disconacht und an die Blicke der Männer. Manchmal musste sie daran denken, was denn jetzt die Männer machten, mit denen sie getanzt hatte. Ob sie denn eine Freundin hatten oder ob sie Single waren. Ob denn nicht zu Hause die Freundin auf die Männer wartete. Vielleicht meinte derjenige bloß zu seiner Freundin, er würde mit seinen Kumpels Fußball gucken. Stattdessen tanzte er die ganze Nacht mit Elaine. Irgendwie fehlte ihr das Vertrauen in ihre Bekanntschaften mit den Männern aus den Diskotheken. So richtig ernst konnte sie das einfach nicht nehmen.

Ihren Eltern war es wichtig, dass sie entweder eine gute Ausbildung machte oder studierte. Dabei war es für sie völlig in Ordnung, wenn Elaine sich für eine Ausbildung entschieden hätte nach ihrem Abitur in Berlin. Als ihre Eltern erfuhren, dass sie sich für ein Studium entschieden hatte, freuten sie sich ganz besonders. Elaines Mutter hieß Rosa, ihr Vater hieß Sebastian. Rosa war bescheiden. Manchmal erinnerte sie ihre Tochter daran, vernünftig zu sein. Sie hatte jedoch keinen Einfluss auf ihr Verhalten am Wochenende in den Diskotheken. Sie wollte sich nicht einmischen, denn Elaine war schon erwachsen.

Rosa war ihrer Tochter vom Äußeren sehr ähnlich. Sie sah für ihr Alter noch jung aus. Sie hatte auch blonde Haare wie ihre Tochter, jedoch waren ihre Haare kürzer als bei Elaine. Sie hatte schulterlange Haare. Sebastian mochte gerne Fußball. Er mochte es, mit seinen Freunden nach der Arbeit ins Fußballstadion auf ein Spiel zu gehen. Ein Fan von einer Fußballmannschaft war er nicht gerade. Aber einige Regionalmannschaften gefielen ihm. Große Spiele bereiteten ihm nicht immer Freude, wegen dem Hype. Sebastian schaute lieber Spiele von Regionalmannschaften. Rosa war kein Fan von Fußball. Sie hatte aber nichts gegen das Hobby ihres Mannes.

Rosa arbeitete im Restaurant ihrer Freundin Elke. Das Restaurant gehörte ihrer Freundin Elke, daher hatte Rosa ein Mitspracherecht. So konnte die ausgebildete Hotelfachfrau mitbestimmen, welche Gerichte serviert wurden. Oftmals durfte sie über die Preise der Gerichte und Getränke mitbestimmen. Sie hatte sich ein enormes Wissen angeeignet, aus purem Interesse an dem Gastronomiebetrieb. Elaine durfte manchmal im

Restaurant vergünstigt ein Abendessen genießen. Sie nutzte diese Chance aus Zeitmangel jedoch viel zu selten. Nach der Arbeit war sie sowieso viel zu müde dafür. Im Onlinemarketing hatte Elaine oftmals Stress bei der Arbeit. Zu Hause angekommen, wollte sie lesen und duschen. Manchmal musste Elaine Überstunden machen. Rosa arbeitete hingegen nicht Vollzeit. Ihre Schicht fing erst um 14:00 Uhr an.

An einem Sommerabend waren Elaine und ihre Mutter in diesem Restaurant verabredet. Rosa hatte an diesem Abend frei. Nach der Arbeit duschte Elaine, schminkte sich dezent, um pünktlich zum Treffen mit ihrer Mutter zu erscheinen. Rosa wartete bereits, als Elaine das Restaurant betrat.

»Hallo, wartest du schon lange auf mich? Ich bin doch richtig in der Zeit«, wollte Elaine von ihrer Mutter wissen. Beide umarmten sich zur Begrüßung.

»Ich mag die Stimmung hier, daher war ich schon früher da. Aber nur einige Minuten. Also keine Sorge«, sagte Rosa.

»Wie geht's dir und Papa?«

»Mir geht's es gut. Sebastian hat bei seiner Arbeit als Immobilienmakler einige Schwierigkeiten. Er hat Einiges an Aufträgen verloren«, wollte Rosa ihrer Tochter von dem Problem erzählen.

»Das ist aber traurig zu hören. Was ist denn geschehen, hat es etwas mit der Firma zu tun?«, fragte Elaine erstaunt. Sie fühlte sich von der Nachricht überrumpelt. Denn sonst lief in der Immobilienfirma ihres Vaters alles gut. »Auf dem Immobilienmarkt hat eine neue Firma aufgemacht, die bessere Preise anbietet. Dein Vater kann leider nicht so stark mit den Preisen runtergehen, da er noch die Mitarbeiter bezahlen muss«, gestand Rosa ihrer Tochter. Sebastian leitete die Firma zusammen mit einem guten Freund und Arbeitskollegen von früher. Er war ein gelernter Immobilienkaufmann. »Ich verstehe. Das ist wirklich keine gute Nachricht. Ich hoffe, Papa nimmt sich das nicht zu Herzen«, ließ Elaine ihre Mutter wissen. Ihr trauriger Ton war nicht zu überhören.

»Er sucht nach Lösungen. Mach dir also keine Sorgen. Wie läuft's bei dir?«

»Meine Kollegen lästern über unseren neuen Chef. Ich glaube, er hat es mitbekommen. Meiner Freundin und Kollegin, der Virginie, wurde heute gekündigt.«

Rosa hörte genau zu und sagte:

»Weil der Chef sie dabei erwischt hat, wie sie schlecht über ihn geredet hat?«

»Ja, außerdem hat sie ihn billig angemacht und von ihm eine peinliche Abfuhr kassiert. Das ist richtig zum Fremdschämen«. Als ihre Mutter das hörte, war sie aufgewühlt, denn Virginie war eine gute Arbeitskollegin von Elaine. Elaine schätzte Virginie ansonsten immer.

»Das tut mir aber leid, meine Liebe. Die anderen Kollegen sind doch auch nett. Mach dir deshalb keine Gedanken«, wollte Rosa ihrer Tochter Mut machen.

»Danke, Mama. Ich versuche es. Trotzdem wird es auf der Arbeit frustrierend ohne sie.«

»Und die Discoabende? Lässt du dich immer noch von den Barkeepern zu den vielen Cocktails überreden?« Rosa wusste Bescheid. Ihre Tochter hatte es ihr anvertraut. »Manchmal. Ich komme schon selber damit zurecht. Es ist meine Sache«, war Elaines sture Antwort. Sie wollte einfach die Hilfe ihrer Mutter nicht annehmen. Die Hilfe war da, aber nette Worte konnten nichts dagegen tun. Wegen dem Stress in ihrem Berufsalltag und dem Alltagstrotz wollte sie irgendwie ausbrechen. So kam es ihr jedenfalls vor. Am Wochenende sollte alles besser werden. Was aber überhaupt nicht der Fall war. Oftmals bereute sie ihren Rausch zusammen mit der durchgetanzten Nacht im Nachhinein.

Rosa und Elaine aßen an diesem lauwarmen Abend Spaghetti Carbonara. Sie tranken Apfelsaft. Eine Pause, um die Spaghetti zu genießen, entstand ganz spontan. Beiden schmeckte die Spaghetti Carbonara so gut, dass sie sich ganz auf das Essen konzentrierten. Elaine schmeckte die Spaghetti schön cremig und nussig. Sie saßen drinnen, denn es hatte vorher geregnet und die Stühle waren noch nass.

Drinnen waren andere Gäste um sie herum, alle in guter Laune, vertieft in gemeinsame Gespräche. Die Tische waren hölzern, in einem Stil, der die früheren Zeiten nachahmte. Die Stühle waren ebenfalls hölzern, mit einem dunkelroten Kissen. So war das Sitzen bequem auf den festen Stühlen. Die Fenster waren klein, mit dunkelroten, gemusterten Vorhängen. Die Vorhänge waren offen, sodass der Gast aus dem Fenster schauen konnte. Draußen waren Gewächse und Bäume zu sehen, mit einem Blick auf die derzeit leere Terrasse. Die Wände waren unauffällig beige gestrichen, geschmückt mit Bildern von früheren Restaurantbesitzern und Familienmitgliedern der Besitzer. Diese Bilder waren teils Fotografien, teils Gemälde. Beide hatten einen großen, silbernen Rahmen. Das Restaurant mit dem Namen *Zum alten Schlagbaum* befand sich in einem Altbau, das ungefähr schon 100 Jahre in Familienbesitz von Elkes Vorfahren war. Ebenso war das Restaurant schon fast 100 Jahre alt. Ganz im Retrostil, bewunderte Elaine die Einrichtung des Restaurants. Es roch nach Sandelholz und Rosenholz. Gemeinsam mit ihrer Mutter wurden sie heute von Elke eingeladen. Das machte Elke manchmal ganz spontan, denn sie war sehr gastfreundlich. Heute war Elke ebenfalls im Restaurant anwesend. Sie kümmerte sich um die neuen Kellnerinnen, wies sie freundlich an. Elaine fragte ihre Mutter Rosa:

»Wie läuft es derzeit bei dir mit der Arbeit im Restaurant?« Rosa antwortete:

»Es läuft nicht immer so gut, wie es aussieht. Die Kellnerinnen streiten sich manchmal, sind zickig zueinander. Einige kommen zu spät, sodass wir Schwierigkeiten mit dem Bedienen haben.« Beide wirkten nachdenklich.

»Dich betrifft es aber nicht direkt, oder? Ich meine, du bist nicht diejenige, die streitet?«, wollte Elaine von ihrer Mutter wissen.

»So kann man es zwar sagen. Aber manchmal hat auch schon mal eine Kellnerin geweint. Sie ist dann zu mir gekommen und hat sich bei mir ausgeheult, dass sie nicht zurechtkommt. Ich wusste daraufhin einfach nicht, was ich sagen sollte.« Elaine schaute ihre Mutter verwundert an und zuckte mit den Schultern.

»Du kannst doch nichts dafür. Die anderen Kellnerinnen müssen selber zusehen, dass sie mit der Arbeit zurechtkommen. Versuche einfach, nach der Arbeit

abzuschalten und nicht alles so an dich heranzulassen.«
Elaine gab ihrer Mutter eine klare Antwort. Sie wollte
nicht, dass ihre Mutter sich den Kopf über die anderen
Kellnerinnen zerbrach.

KAPITEL 3

Elaine war heute mit Cara verabredet. Sie waren in dem Café verabredet, in dem Elaine früher gearbeitet hat. Im »Café Royale«. Die Chefin freute sich besonders, Elaine nach solch einer langen Zeit wiederzusehen. Es war ein Samstagvormittag. Sie waren zum gemeinsamen Frühstück hier. Beide erschienen fast gleichzeitig. Es war ein Treffen nur unter Freundinnen, um einander zuzuhören, um für einander da zu sein. Dafür waren Freundinnen schließlich da. Mit einem freundlichen Lächeln zur Begrüßung setzten sie sich an einen schönen Platz draußen.

Das »Café Royale« befand sich an einer belebten Fußgängerzone in der Stadt. Es standen große, hohe Sonnenschirme zwischen den Tischen, um den Gästen einen Schatten zu gewährleisten. Dies war typisch für die deutsche Außengastronomie im Sommer. Zum Glück war noch ein Platz im Schatten für die beiden frei. Sie wollten keinen Sonnenbrand bekommen. Es war Juli. Der Geruch nach Kaffee war so typisch, dass er nicht wegzudenken war. Elaine wollte heute mit Cara über ihre frühere Beziehung sprechen. Sie war gescheitert, bevor sie überhaupt richtig beginnen konnte. Ihr Ex hieß Florin.

»Wie war dein Tag heute?«, wollte Cara von ihrer Freundin zur Begrüßung wissen.

»Naja, meine Gedanken schweiften heute um Florin. Ich finde, wir haben einfach nicht zusammengepasst.« Cara war bereits informiert über ihre Beziehung zu Florin.

»Verstehe. Du hast mir erzählt, dass er immer so eifersüchtig war. Ihr wart ja nicht einmal richtig zusammen. Hast du dich von ihm damals kontrolliert gefühlt?«, wollte Cara wissen. Sie bestellten sich ein Frühstück mit jeweils einem Cappuccino, einem Croissant mit Butter und Erdbeermarmelade, sowie einem Joghurt. Weil sie gute Freundinnen waren, bestellten sie sich heute das gleiche Frühstück. Sie freuten sich ganz besonders darauf. Schon nach einer kurzen Zeit bekamen sie ihr Frühstück von der Kellnerin serviert.

»Er hat mir auf der Arbeit Nachrichten geschrieben, weil er eifersüchtig auf meinen Chef war. Immer wieder musste ich ihm klar machen, dass ich an meinem Chef kein Interesse habe.« Beide tranken den Cappuccino. Anschließend probierten sie das Croissant.

»Wirklich schade, deine Zeit mit jemanden zu verschwenden, der dir nicht einmal auf der Arbeit vertraut«, sagte Cara und schaute Elaine an. Sie wurden nachdenklich, pausierten, um das Frühstück zu essen.

»Vor einem Jahr waren wir fast ein Paar geworden. Ich hatte ihn durch eine Arbeitskollegin bei einem Dinner kennengelernt. Er kam mir am Anfang ganz sympathisch rüber«, erzählte Elaine.

»Ja, und du hast erzählt, er kannte auch die anderen aus der Diskothek. Ich meine diejenigen, die in unsere Diskotheken gehen«, fügte Cara hinzu.

»Ja, ich war mit ihm mehrere Male in der Disco aus, und habe ihn noch näher kennengelernt. Ich habe sogar einige Abende bei ihm in der Wohnung verbracht.«

»Und was ist dir an ihm damals noch aufgefallen?«, fragte Cara ganz gespannt.

»Er hat mir von einigen Schlägereien erzählt, in die er mit seinen Freunden verwickelt war. Dabei hat er auch schon einige blaue Flecken abbekommen.« Cara hatte davon mitbekommen, dass es im Freundeskreis in letzter Zeit zu Schlägereien gekommen war. Sie fand das schrecklich. Dass ihre Freundin direkt durch Florin betroffen war, machte sie richtig traurig.

»Wie schrecklich. Waren die Verletzungen von Florin und seinen Freunden auch schon mal tiefer?«, fragte Cara ganz außer sich. Sie musste tief durchatmen.

»Leider ja. Florin kam mal mit einer Wunde am Auge zu unserem Date, die vorher genäht werden musste.« Sie aßen den Joghurt, tranken noch etwas von dem Cappuccino. Das Café füllte sich mit Menschen. Cara konnte kaum glauben, was sie da hörte.

»Aber zu dir wurde er doch nicht gewalttätig, oder? Ich hoffe, deine Antwort wird *nein* sein«, Cara wurde aufgeregt, denn sie wollte ihre Freundin nicht leiden sehen. Diese Frage wollte Elaine ehrlich beantworten:

»So richtig gewalttätig war er nie zu mir. Ein oder zweimal hat er mich grob angefasst oder geschubst. Ich finde, das ist auch nicht in Ordnung«.

»Da hast du vollkommen recht. Selbst bei einem Streit darf es nicht so weit kommen. Zum Glück bist du nicht mehr mit Florin zusammen«, sagte Cara ehrlich. Elaine dachte darüber nach, dass es bei Florin um jemanden ging, der ihr zunächst wirklich sehr nahegestanden hatte. Sie dachte, es könnte sich tatsächlich eine feste Beziehung daraus ergeben haben. Doch Florin war nicht nur auf ihren Chef eifersüchtig. Er war einfach jemand, der seine Eifersucht nicht in den Griff bekam. So bemerkte sie manchmal, dass er sogar auf ihre guten Freunde eifersüchtig war, obwohl es gar keinen Grund dafür gab. Dies führte oftmals zu Streit oder Meinungsverschiedenheiten. Bei Elaine hatte damals der Geduldsfaden gerissen und sie machte Schluss. Florin hatte es akzeptiert. Seitdem belästigte er sie nicht mehr. Elaine sagte nachdenklich:

»Irgendwie war er nicht die richtige Gesellschaft für mich. Ich würde sogar behaupten, dass unsere Beziehung toxisch war.« Das fand Cara genauso:

»Wir müssen immer eine toxische Beziehung zu Männern meiden. Wir als gute Freundinnen müssen zusammenhalten, damit so etwas nicht noch einmal passiert.«

»Das stimmt. Wichtig ist es, überhaupt zu bemerken, dass etwas nicht stimmt. Nicht alle Frauen trauen sich bei einer toxischen Beziehung Schluss zu machen«, überzeugte Elaine ihre Freundin Cara. Diese musste zugeben, dass sie noch nie eine toxische Beziehung hatte.

Sie war schon lange Single. Jedoch waren in Caras Freundeskreis einige Frauen ebenfalls von toxischen Beziehungen betroffen.

Gerade in ihrem Alter war das Thema Beziehungen zu Männern ein spannendes Thema. Nicht immer waren die Gespräche unter Freundinnen zu diesem Thema problemlos. Denn junge Frauen brauchten einander, um belastende Gedanken loszuwerden. So ging es ihnen durch gemeinsame, tiefgründige Gespräche besser. Tatsächlich, bei Elaine hatte sich durch dieses ehrliche Gespräch eine Erleichterung in ihrer Seele spürbar gemacht. Sie bedankte sich bei Cara dafür, dass sie ihr zugehört hat.

Das Frühstück schmeckte ihnen wirklich gut. Es war eine Wohltat, zu einem ehrlichen Gespräch ein gutes Frühstück zu essen. Das Croissant war knusprig-leicht. Die Marmelade war fruchtig. Der Joghurt war sehr gesund. Sie beide bezahlten für sich, als die Kellnerin kam. Zum Abschied umarmten sie sich. Jede ging ihren Weg zurück nach Hause. Zu Hause angekommen, wollte Elaine lesen. Sie setzte sich an ihren Schreibtisch, um ein Buch zu lesen, das Cara ihr geschenkt hatte. Es handelte sich um einen Roman.

KAPITEL 4

Eine erneute Disconacht mit Cara und Melinda stand an. Doch diesmal bestellten die drei Freundinnen sich an der Bar einen alkoholfreien Cocktail mit Saft. Irgendetwas stimmte an diesem Abend nicht. Elaine fühlte die Blicke von fremden Männern auf sie gerichtet, die irgendwie kriminell wirkten. Sie fragte sich, was das denn zu bedeuten hatte. Sie nippte an ihrem Getränk, welches ihr gut schmeckte.

Doch anschließend bemerkte sie etwas Saures, fast schon Bitteres als Beigeschmack. Nicht typisch für Saft, dachte sie. Sie verzog ihr Gesicht, trank jedoch weiter, bis sie schließlich das Getränk austrank. Weiterhin fühlte sie etwas Bitteres an dem Getränk. Sie wusste nicht, was es war. Sie wunderte sich, ob ihre beiden Freundinnen auch so etwas bemerkten. Doch entschied sie sich lieber dafür, sie nicht zu fragen. Vielleicht, so dachte sie nach, war das ja nur ein Irrtum. Plötzlich drehte sich alles. Cara und Melinda zogen sie auf die Tanzfläche. Dies kam ihr sehr plötzlich vor, sodass sie ganz unvorbereitet war.

»Lasst uns tanzen. Wir müssen uns nicht unbedingt einen Mann schnappen. Heute können wir ruhig alleine oder unter uns Mädels zu dritt tanzen«, schlug Melinda vor.

»Ja, genau. Und wenn sich ein Kandidat für ein Kennenlernen anbietet, ist er immer gerne bei uns willkommen. Ich meine natürlich, falls sich drei gutaussehende Kandidaten für jede von uns finden lassen«, sagte Cara fröhlich, während sie zu den Beats zu Deutschrap tanzte. Melinda und Elaine tanzten ebenfalls in ihrer Freundinnen-Gruppe zu angesagtem Deutschrap. Diesmal fühlten sich alle drei Mädels fröhlich und entspannt. Kein Fremder bedrängte sie beim Tanzen. Manchmal hatte ihre Freundinnen-Gruppe beim Tanzen auch etwas Schönes. Sie waren ja noch sehr jung. Männer konnten bei ihnen erstmal warten.

Doch der Schein trog auch diesmal. Elaine wurde etwas ins alkoholfreie Getränk untergejubelt. Ihr wurden Drogen ins Getränk untergejubelt. Sie wusste es zu dem Zeitpunkt noch nicht. Kriminelle Banden breiteten sich in den Diskotheken aus. Die Getränke waren vor Drogendealern nicht mehr sicher. Keiner hatte etwas bemerkt. Die Barkeeper waren diesmal mit verwickelt. Vor ihnen waren die Besucher auch nicht mehr sicher. Es ging also nicht mit rechten Dingen zu, als Cara, Melinda und Elaine zusammen anfingen, ohne Alkohol Spaß zu haben. Cara und Melinda wurde nichts untergejubelt. Nur Elaine war betroffen. Sie schien für die kriminellen Banden ein besonderes Licht auszustrahlen. Die kriminellen Drogendealer wollten Elaine lahmlegen, schwächen.

Langsam fing Elaine an, etwas zu spüren. Ihr drehte sich der Kopf, obwohl sie keinen Gramm Alkohol getrunken hatte. Augen starrten sie aus jeder Richtung an. Es roch nach Rauch. Es wurde ihr schlecht. Eine Übelkeit machte sich bei ihr bemerkbar, die sie kaum unterdrücken konnte.

Ihre Pupillen weiteten sich. Ihr Herzschlag wurde immer schneller. Ihr Puls schlug gefährlich schnell, fast schon bis zum Herzversagen. Elaine verstand nicht, was mit ihr los war. Cara und Melinda waren so sehr mit dem Tanzen beschäftigt, dass sie kaum etwas bemerkten. Es war ja schließlich dunkel. Nur pinke und rote Scheinwerfer beleuchteten die Tanzfläche. Elaine fühlte sich diesmal von den Schweinwerfern geblendet. Ihr taten die Augen weh. Anschließend begannen sie zu tränen und brennen. Trotzdem versuchte Elaine, sich nichts anmerken zu lassen und tanzte irgendwie weiter. Rauch stieß ihr in die Augen. Es roch nach Männerparfüm. Sie kontrollierte ihre Handtasche. Zum Glück war alles an seinem Platz.

Obwohl in dieser angesagten Berliner Disco Rauchverbot herrschte, konnte Elaine immer mehr den Geruch von Zigaretten wahrnehmen. Dabei dachte sie an die kriminell aussehenden Männer, die hinter jeder Ecke lauerten. Sie konnte jedoch nicht deutlich erkennen, ob geraucht wurde, oder nicht. Dafür war es hier viel zu dunkel. Ihr Puls schlug jetzt deutlich schneller.

So schnell, dass sie husten musste. Das Luftholen bereitete ihr Schmerzen in der Brust. Sie nahm die Luft noch stickiger wahr, als sonst. Ein Würgen erschwerte ihr die Wahrnehmung. Ihre Pupillen zeigten deutliche Anzeichen eines anfänglichen Drogenrausches. Nicht immer wird es von einer jungen Frau wahrgenommen, wenn ihr jemand Drogen ins Getränk untergejubelt hat. Sie tanzte immer weiter, kam einfach nicht zur Ruhe.

Die typischen Signale eines ernstzunehmenden Drogenrausches waren nicht zu übersehen. Doch an diesem Ort bemerkten Cara und Melinda wenig von Elaines gefährlichem Zustand. Elaine ahnte jedoch, dass etwas mit ihr nicht stimmte. In Gedanken zu sich selber war sie wie verloren. Der nötige Halt an diesem Ort fehlte diesmal noch mehr. Ihre Freundinnen konnten ihr diesmal keinen Halt geben. Es war nicht ihre Schuld. Cara und Melinda waren viel zu vertieft in das Tanzen zu Deutschrap. Sie feierten die Nacht und ihre Freundschaft. Da hatte Elaine eine Idee. Sie sagte:

»Wartet hier auf mich. Ich gehe kurz mal auf die Toilette, um mich zu erfrischen. Irgendwie ist mir schwindelig. Ich finde es hier heute besonders stickig. Findet ihr das auch?«

»Eigentlich ist es heute gar nicht so voll wie sonst. Ich finde die Luft hier ganz normal. Es ist eben eine Disco«, antwortete Melinda besorgt.

»Ja, heute ist es gar nicht so stickig. Ich habe schon schlimmere Nächte erlebt. Erfrische dich ruhig. Wasche dein Gesicht mit kühlem Wasser, schau etwas in den Spiegel. Mach deinen Hals etwas nass. Dann kannst du dich nachschminken. Wir warten hier auf dich und tanzen weiter«, schlug Cara ihrer Freundin besorgt vor. Sie bemerkte, dass Elaine in dem Moment das Gesicht verzogen hat. Jetzt schaute sie ihr in die Augen. Sie fand ihren Blick so geradeaus. Wollte aber nichts sagen, weil sie nicht verstand, was los war.

Elaine umging die tanzende Menge. Sie drängelte sich zur Damentoilette. Im Spiegel am Waschbecken erkannte sie ihr Gesicht nur verschwommen. Sie wusch sich am Hals mit kaltem Wasser. Anschließend machte sie ihr Gesicht mit kaltem Wasser nass. Ihr Spiegelbild wirkte jetzt weniger verschwommen.

Plötzlich konnte sie einen weißen Flügel mit Federn wie von einem Engel im Spiegel erkennen. Schon verschwand die Erscheinung eines Engels. Sie dachte sich nichts dabei. Trotzdem fühlte sie sich von dieser Erscheinung beobachtet. Etwas verwundert schaute sie zur Ausgangstür. Sie erkannte zwar niemanden. Dennoch umgab ein helles Licht die Ausgangstür. Bis es wieder verschwand. Sie machte sich ihre Hände und die Schläfen nass. Ihr Puls beruhigte sich zunächst. Sie atmete erleichtert auf. Anschließend schminkte sie sich nach.

Sie kam schließlich auf eine Idee. Wegen der kriminellen Machenschaft am heutigen Tage dachte sie, dass etwas Alkohol oder Drogen in ihrem Cocktail gelandet waren. Sie wusste nicht, ob es Drogen oder Alkohol waren. Der Grund dafür war, sie hatte bisher in ihrem Leben wenig mit Drogen zu tun gehabt. Aus diesem Grund kannte sie die typische Wirkung von Drogen auf ihren Körper nicht. Sie ahnte also etwas. Ihre Idee war es, heute nichts mehr an der Bar zu bestellen. Sie hatte

Angst, es ging dort heute nicht mit rechten Dingen zu. Aber gerade jetzt hatte sie ein kühles Mineralwasser nötig. Das wusste sie. Sie trank spontan das kühle Wasser aus dem Wasserhahn. Es ging ihr daraufhin etwas besser. Dann ging sie zurück auf die Tanzfläche, zu Cara und Melinda. Beide warteten bereits auf sie. Als sie zurückkam, lächelten sie ihr zu. Sie wollten wissen, ob alles in Ordnung war. Cara fragte:

»Geht's dir jetzt besser? Hast du dich erfrischt?«

»Ja, ich habe mich erfrischt. Aber so richtig weiß ich nicht, was heute mit mir los ist. Vielleicht wurde mir etwas ins Getränk untergejubelt«, berichtete Elaine von ihren Sorgen. Sie dachte, die beiden anderen müssten doch auch etwas bei ihnen bemerkt haben. Bald kam schon die Antwort von Melinda:

»Das wäre ja fatal. Ich hoffe wirklich, dir wurde nichts ins Getränk getan. Aber ich habe von solchen Fällen in Discos schon mal gehört. Also, ich merke bei mir zum Glück gar nichts.«

»Auch ich fühle mich wie immer an solchen Disconächten. Nur dass ich heute auch ohne Alkohol glücklich bin. Sogar noch glücklicher. Mir wurde definitiv nichts ins Glas getan«, gab Cara zur Antwort. Sie reagierte mit Besorgnis um ihre Freundin. Auch Melinda machte sich um Elaine große Sorgen. Trotzdem fühlten sie eine gewisse Hilflosigkeit, denn sie wussten einfach nicht, wie sie reagieren sollten.

»Du darfst dich mit dem Tanzen nicht übernehmen. Kommt, lasst uns zur Sitzecke gehen. Dort können wir uns ausruhen. Das wird schon wieder«, sagte Melinda und machte damit einen guten Vorschlag.

»Das wird mir sicherlich helfen. Wir werden einfach weitersehen, wie es mir geht«, sagte Elaine leise. Das Sprechen tat ihr im Rachen weh.

»Ansonsten müsstest du mal am Montag zum Arzt gehen«, gab ihr Cara einen Ratschlag. Sie hoffte dabei, dass Elaine für heute Nacht keinen Krankenwagen braucht. Soweit sollte es nicht kommen. Cara dachte, das wäre fatal. Cara und Melinda waren nun alarmiert. Sie wollten es sich in der Sitzecke bequem machen.

Die Sitzecke bestand aus einer großen, edlen, schwarzen Couch mit mehreren schwarzen Sesseln. Alles war in einer Ecke arrangiert, die zum Erholen gedacht war. Einige Besucher machten es sich auf den breiten Sesseln bequem. Die drei Freundinnen setzen sich nebeneinander auf die große, lederne Couch. Elaine sollte zur Ruhe kommen, dachten die beiden. Auf dem schwarzen, glänzenden Tisch standen mehrere Getränke, Chips und Salzstangen. Die Getränke gehörten den Discobesuchern. Die Chips und Salzstangen stellte die Diskothek den Gästen kostenlos zur Verfügung. Sie nahmen sich etwas von den Knabbereien. Das Salz tat Elaine gut.

Elaine musste an die Engelserscheinung denken, die sie auf der Damentoilette gesehen hatte. Sie verschwieg ihren Freundinnen davon. Auf ihrem Sitz in der Sitzecke lag eine goldene Feder. Sie hob sie auf und legte sie in ihre Handtasche.

»Ob sie wohl von dem Engel von vorhin stammt?«, dachte sie leise nach. Nur für sich, denn sie wollte nichts verraten. Normalerweise dachte sie nicht darüber nach, ob Engel existieren oder nicht. Jetzt brachte sie diese kurze Engelserscheinung zum Nachdenken. An Entwarnung war jedoch nicht zu denken. Ihr Zustand glich immer noch dem eines Drogenrausches. Sie verstand es nicht. Ihr Gesicht war vor Hitze rot angelaufen. Währenddessen unterhielten sich Cara und Melinda über ihre gemeinsame Zeit in Diskotheken. Elaine wurde etwas schweigsamer. Sie wollte zur Ruhe kommen. Ihre beiden Freundinnen waren vertieft in ihr Gespräch. So kam es, dass sie Elaine weniger beachteten. Die Musik war immer noch laut. Jedoch konnten Cara und Melinda sich noch unterhalten. Elaine schaute in der Gegend herum.

Sie wollte beobachten, ob es jemanden in der Disco gab, der kriminell aussah. Einige Männer machten auf sie den Eindruck, dass sie nach etwas aus waren. Sie wirkten düster, tanzten nicht, sondern standen in Lederjacken herum und beobachteten die tanzende Menge. Diese Männer umgab eine unheimliche, dunkle Aura. Alles um sie herum wirkte schwarz. So, als würden sie das Licht verschlingen.

Plötzlich wurde Elaine schwarz vor Augen. Sie fühlte, dass sie bald das Bewusstsein verlieren würde. Ihre Freundinnen bemerkten das nicht, denn sie waren in ihr Gespräch vertieft. Sie sah nur noch Sterne vor ihren Augen. Ein starker Schwindel überfiel sie ganz plötzlich. Sie kippte um.

Da schlichen sich diese unheimlichen Männer an sie heran. In Sekundenschnelle packten sie zu. Ohne dass Cara und Melinda etwas bemerkten, wurde Elaine weggeschleppt. Ein Mann mit dickem Kettenschmuck um den Hals, der nach Zigarettenrauch roch, sprach:

»Schnappt sie euch. Die ist eine ganz Besondere. Sie könnte eine gute Beute für uns werden.«

»Ja, beeilt euch. Schnappt sie euch. Wir müssen sie von hier wegbringen. Damit sie hier nicht auffällt in ihrem Drogenrausch. Sonst haben wir die Polizei am Hals«, antwortete der andere herzlose Mann, ein weiteres Bandenmitglied. Es waren diese Männer, die Elaine schon die ganze Zeit beobachteten. Sie suchten nach Opfern, um sie mit Drogen lahmzulegen. Unter ihnen waren Drogendealer mit dabei, sowie andere Kriminelle.

Mittlerweile war Elaine komplett bewusstlos. Sie bekam von der ganzen Sache gar nichts mehr mit. Selbst als sie derart grob geschnappt wurde, war sie nicht bei Bewusstsein. Die vier verbrecherischen Männer machten sich an sie ran. Sie schleppten sie durch die tanzende Menge raus aus der Disco. Dabei beeilten sie sich so sehr, dass die tanzende Menge nichts davon mitbekam. Natürlich waren sie geschickt darin, Elaine gut unter ihren Lederjacken zu verstecken. Es fiel niemandem etwas auf. Elaine war in einer gefährlichen Situation, für die sie nichts konnte.

»Wir müssen sie irgendwo in der Ecke abwerfen. Es ist egal, was mit ihr danach passiert«, sagte der kaltblütige Mann erbarmungslos.

»Ja, genau. Lasst uns sie hierher werfen. Hauptsache, wir werfen sie in eine Ecke, die niemand so schnell findet«, schwafelte der wütende Mann, als er seine kriminellen Machenschaften an Elaine vollführte.

Elaine wurde durch den Hinterausgang rausgebracht. Eine stinkende Straße, auf der nur wenige Autos fuhren, befand sich direkt am Hinterausgang. Die Straße war zu dieser Zeit menschenleer. Elaine wurde in einer groben Art in die Ecke dieser Straße hinausgeworfen. Neben ihr befand sich eine Straßenlaterne, die dunkles Licht von sich gab. Sie hatte sich am Kopf gestoßen, sowie an der Hüfte. Die Hüfte war nach wenigen Minuten blau angelaufen. Am Kopf bildete sich eine Beule. Ihre Augen waren geschlossen. Sie hatte zum Glück keine Gehirnerschütterung.

»Lasst sie hier. Wir müssen von hier verschwinden. Beeilt auch«, sagte der Drogendealer laut.

»Erzählt bloß niemanden etwas darüber. Das, was mit ihr geschehen ist, soll unter uns bleiben«, gab der andere Kriminelle von sich. Sie gingen. Schauten nicht einmal zurück. Da lag sie also. Sie war bewusstlos und unter Drogeneinfluss. Ihr Herz schlug jetzt langsamer. Ihre Blutzirkulation floss unregelmäßig. Noch wurden alle ihre Organe, sowie das Gehirn gut mit Sauerstoff versorgt. Jemand musste etwas tun. Doch zunächst mussten die Drogendealer von hier verschwinden.

Die Drogendealer hatten einen grausamen Grund, das zu tun. Sie kämpften um Kundschaft. Kalt und erbarmungslos verführten sie junge Menschen zu Drogen. Hauptsache, ihr Drogengeschäft lief gut. Nicht nur die Barkeeper verführten junge Leute zu hartem Alkohol. Sondern Drogendealer fingen an, sich im Nachtleben von Berlin herumzutreiben, ohne dass es jemand bemerkte. Selbst die Polizei hielt sich von alldem fern. Die Polizei in Berlin war sowieso bestechlich, leicht manipulierbar. Mit dem Ziel, junge Leute süchtig nach Drogen zu machen, agierten die Drogendealer sehr selbstsüchtig. Durch diese grausame Tat an Elaine wollten gewisse Drogendealer sie manipulieren, damit sie eine Sucht nach Drogen verspürte. Sie hatten sie durch harte Drogen lahmgelegt, die gleich von einem Mal süchtig machen konnten. So erwarteten sie schon Elaine als ihre nächste Kundin in ihrem Drogengeschäft. Falls Elaine wieder aufwachte, sollte sie eine Sucht nach Drogen verspüren. Schließlich war ihr Plan, sie mit Drogen zu versorgen, für einen sehr hohen Preis. Sie wollten die jungen, drogensüchtigen Kunden regelrecht ausbeuten, um sich als Drogendealer ein hohes Vermögen an ihnen zu verdienen. Sie waren machthungrig und geldgierig. Eigenschaften, die ganz typisch für diese Art von Drogendealern waren.

Diese Art von hinterlistigen Banden breiteten sich im gesamten Berliner Nachtleben aus. Ihre Absichten waren böse. Sie empfanden überhaupt kein Mitleid für die jungen Menschen. Absichtlich fingen sie an, die Berliner Jugend von ihrem Weg abzubringen. Junge Menschen in Berlin waren von nun der Gefahr ausgesetzt, dass ihr Getränk unbemerkt mit Drogen versetzt wurde. Dies passierte nicht nur bei Elaine. Auch bei anderen jungen, feiernden Menschen in verschiedenen Clubs geschahen solche schrecklichen Dinge. Das war gerade erst der Anfang. Es sprach keiner darüber. Alles wurde perfekt geplant. Daher konnten die Drogendealer ihre grausamen Taten gut vertuschen.

Manche Jugendliche und junge Erwachsene wurden bereits vermisst. Doch ihre Freunde verstanden den Ernst der Sache nicht. Sie dachten, vielleicht ist die Person nach der Disco mit einem Mann nach Hause gegangen, in den sie sich gerade verliebt hatte. Daher fiel das Verschwinden der Opfer gar nicht erst auf. Die Freundinnen kontrollieren sich gegenseitig nicht. Wenn mal eine Freundin weg war, dann war sie eben mal zu jemandem nach Hause gegangen. Ein neuer Lover, oder vielleicht ein neuer Freund. Das dachte die Berliner Jugend, wenn ihre Freundin im Drogenrausch verschleppt wurde. Keiner machte sich darüber Gedanken, keiner rief die Polizei.

Langsam wurde es zu einer Verschwörung. Keiner wusste, woher die hinterlistigen, kriminellen Banden kamen. Sonst war doch immer alles ruhig im Berliner Nachtleben, bis auf wenige Ausnahmen.

Elaine lag mit geschlossenen Lidern in der Ecke aus Asphalt. Sie bewegte sich fast nicht. Ihr ging es schlecht. Sie war noch am Leben, brauchte aber dringend Hilfe. Würde sie jemand aus dieser gefährlichen Situation befreien? Ihre Gedanken waren wie ausgeschaltet. Sie nahm einen Hirnnebel wahr.

Im Hintergrund nahm sie wahr, wie Autos vorbeifuhren. Doch kein einziges Auto hielt an, um ihr zu helfen. Der Himmel war dunkel. Einige Sterne funkelten am Himmel. Die Außentemperatur fiel etwas ab, sodass Elaine leicht fror. Die Blätter der Bäume um sie herum wehten in einem frischen Wind. Elaine nahm unbewusst diese Geräusche wahr. Die Drogen verbreiteten sich in ihrem Blut. Ihre Lippen wurden trocken. Sie brauchte jetzt eine Erfrischung, und eine Infusion. Ob sie in diesem Zustand noch trinken konnte, war ungewiss. Unbewusst verspürte sie ein Pochen in ihren Schläfen. Sie konnte den Geruch von Benzin riechen, obwohl nur wenige Autos unterwegs waren. Kein einziger Mensch kam vorbei. Keiner wurde auf sie aufmerksam. So verging langsam eine halbe Stunde, dann noch eine. Wolken verzogen sich am Himmel. Sie versperrten die Sicht auf die Sterne. Elaines Freundinnen tanzten derzeit mit Männern. Sie dachten, Elaine würde ebenfalls mit einem Mann tanzen. Keiner schöpfte Verdacht.

Doch was Elaine nicht wusste, sie wurde auch von hellen Mächten beobachtet. Sie war also nicht ganz alleine, wie es zunächst aussah. Es gab da jemanden, der nur auf den richtigen Moment wartete, bis die Kriminellen weg waren, um ihr zu helfen. Jemand wusste Bescheid. Es war ein Kampf zwischen Licht und Schatten, in den Elaine da verwickelt war. Dieser Kampf fand schon seit Ewigkeiten statt. Jetzt schlugen die dunklen Mächte erneut zu. Jemand musste helfen, damit es in Berlin nicht zum Desaster kam.

Wer war dieser Jemand, der bereit war, zu helfen? Oder war es sogar Gruppe von Wächtern, die für das Gute kämpfen? Elaine war dem Tode nahe, doch sie würde nicht sterben. Sie würde gerettet werden. Ein Engel stand an ihrer Seite und wollte ihr helfen. Er war es, der ihr seine Flügel angedeutet hatte. Der ihr die goldene Feder hinterließ. So langsam bewegte sich Elaine. Holte tief Luft, was ihr jetzt besser gelang. Ein Hoffnungsschimmer.

KAPITEL 5

Ein Engel bekam den Auftrag, Elaine zu retten. Er kannte sie schon seit ihrer Geburt. Er passte schon immer auf sie auf. Sein Zuhause war die himmlische Sphäre der Engel. Doch er hatte auch einen Wohnsitz in Berlin, in einem großen Haus. An dem Abend beobachtete er sie unermüdlich, denn er spürte eine Gefahr für ihr Leben. Es war das erste Mal, dass sie sich derart in Gefahr begab. Schon mehrere Male beobachtete er sie. Ihr fiel es überhaupt nicht auf. Er hatte eine enge Bindung zu ihr, ohne dass sie das wusste.

Seine ausdrucksstarken braunen Augen machten ihn selbstbewusst. Die kurzen braunen Haare waren ein Hingucker. Sein Blick war ernst, denn er wusste um seine entscheidende Rolle im bitteren Kampf. Oftmals wirkte er angespannt. Sein Köper war schlank, jedoch muskulös. Besonders seine Oberarme war gutgebaut. Er hatte auch einen starken, muskulösen Bauch. Ein Prachtexemplar von Mann. In ihm steckte viel Kraft. Eine gutmütige Kraft, die für Gerechtigkeit kämpfte. Er war schon 300 Jahre alt. Sein Aussehen glich dem eines 24-jährigen Mannes. Er war gut durchtrainiert am ganzen Körper. Seine Körperhaltung war gerade, aber nicht zu stolz. Wenn er angespannt war, presste er die Lippen zusammen. Das machte er auch, wenn er mit einer Gefahr konfrontiert wurde. Er hatte alles gesehen, was mit ihr geschehen war.

Es tat ihm im Herzen weh, dass er es nicht verhindern konnte. Doch machtlos war er nicht. Er dachte darüber nach, wie er ihr helfen konnte. Darüber, wie er ihren Rausch heilen konnte. Einen Krankenwagen oder einen Arzt durfte er nicht rufen. Sein Auftrag war es, im Hintergrund zu agieren. Keiner sollte etwas davon mitbekommen. Die anderen Engel, die seine Freunde waren, wussten natürlich auch Bescheid.

Einige von ihnen waren in der Diskothek anwesend. Sie verbargen sich im Hintergrund und beobachteten die Lage heimlich, denn sie durften nicht auffallen. Weder die feiernde Menge, noch die kriminellen Banden durften von den Engeln wissen. Dazu hatten sie einen Schutzzauber, der sie unsichtbar machte vor den Menschen. Einige sehr spirituelle Menschen sahen die Engel trotz des Schutzzaubers. Elaine war eine von diesen spirituellen Menschen. Der Name des Engels war Adriel. Die Engel beobachteten aus ihrer himmlischen Sphäre die kriminellen Machenschaften der Banden und Drogendealer. Sie wussten auch darüber Bescheid, dass

Barkeeper die jungen Menschen immer mehr zu übermäßigem Alkoholkonsum verführten. Auch über die
Schlägereien wussten sie Bescheid. Eine Alarmbereit-
schaft machte sich bei ihnen bemerkbar, mit dem starken Wunsch, den Menschen zu helfen. An diesem
Abend taten sich die Engel zusammen, um zu der
Sphäre auf der Erde zu gelangen. Sie konnten besonders viele Kriminelle beobachten. Auf der himmlischen
Sphäre gab es Engelsfürsten, die den Engeln Aufträge
vergaben. So erhielt Adriel den Auftrag, Elaines Leben
zu beschützen.

Adriel hielt sich zunächst in der himmlischen Sphäre
auf. Die drei Freundinnen hielten sich bereits in der
Diskothek auf. Als Elaine das Getränk mit der Droge
zu sich nahm, wusste Adriel sofort Bescheid, dass sie
Hilfe brauchen würde. Er nahm langsam ihren Drogenrausch wahr. Anschließend machte er sich auf den Weg
durch das Portal, welches den Himmel und die Erde
verband. Erst als sie ohnmächtig wurde, kam Adriel in
der Diskothek an. Er versteckte sich im Hintergrund,
um die gefährliche Lage zu beobachten.

Als sie geschnappt wurde, eilte er zu ihr, ohne dass
ihn jemand bemerken konnte. Draußen auf der Straße
hielt er jedoch eine gewisse Distanz zu ihr. Der Grund,
es fuhren mehrere Autos vorbei, die ihn bei Elaines Rettung störten. Er fürchtete, die Autofahrer würden etwas
bemerken. Außerdem war noch zu viel los in der Diskothek. Es könnte ihn jemand bemerken.

Doch die Engel wussten, dass immer mehr spirituelle Menschen sie sehen konnten. Daher dachten sie
darüber nach, sich bald den Menschen zu zeigen. Noch

war nicht der richtige Zeitpunkt dafür. So haben sie es im Himmel besprochen.

Adriel lief zu Elaine. Er versteckte sich neben Elaine und behielt sie im Blick. Es dauerte nicht mehr lange, bis er sie retten würde. Adriel wurde vor 300 Jahren von einem Engelsfürstenpaar geboren, das im Kampf gegen die Dämonen gefallen war. Die Engel waren in einen ewigen Kampf gegen die Dämonen verwickelt, in dem schon mehrere Engel gefallen waren. In der letzten Zeit gab es einige getötete Engel, als sich der Kampf zuspitze. Es gab in dem Kampf immer Phasen des Sieges und des Verlusts. Luzifer führte seine Dämonen gezielt gegen die Menschen, um sie vom Weg abzubringen. Jetzt griffen sie im Berliner Nachtleben an. Es gab immer wieder Plätze, in denen die Dämonen Luzifers bösen Pläne vollbrachten.

Dabei bestand die Aufgabe der Engel schon seit Ewigkeiten, den Menschen zu helfen und sie zu retten. Sie wieder auf den richtigen Weg zu bringen. Adriel war ein Soldat des Himmels. Er war ein gut trainierter Kämpfer. Er kämpfte mit dem Schwert. Einige Male trug er beim Kampf Verletzungen davon, die zum Glück gut heilten und keine Narben hinterließen.

Als er seine Eltern verlor, war er sehr jung. Es war ein schwerer Verlust für ihn. Obwohl seine Eltern Fürsten waren, wollte er kein Engelsfürst werden. Ihm wurden leichtere Aufgaben zugewiesen. Keine Führungsaufgaben. Im Kampf war er jedoch sehr stark. Daher konnte er schon mal Kämpfe anführen. Bei den Engeln gab es Frauen und Männer. Sie alle hatten Flügel. Auch Adriel hatte Flügel, die besonders groß und stark waren.

Er hatte sich immer gewünscht, Elaine mit seinen Flügeln zu beschützen. Die Farben seiner Federn waren innen am Rücken weiß, mit äußeren schwarzen Federn, die nach außen gerichtet waren. Dieses Muster seiner riesigen Flügel wirkte sehr männlich und bedeutend. Zusammen mit seiner muskulösen Figur machte seine Erscheinung manchen Dämonen Angst. Das war ein Vorteil für ihn im Kampf.

Natürlich war das Kämpfen nicht seine einzige Beschäftigung. Er war auch gut ausgebildet in allen Fächern. Besonders mochte er die Naturwissenschaften. Alle Engel hatten eine schulische Ausbildung. Einige besuchten sogar die Universität der Engel. Adriel studierte viele Fächer. In seiner Freizeit schaute er gerne Videos und mochte das Lesen von Romanen.

Es gab im Himmel bei den Engeln leichtes, vegetarisches Essen mit vielen Vitaminen. Sie brauchten nicht viel essen und konnten auch mal fasten. In der himmlischen Sphäre bei den Engeln gab es mehrere Cafeterien, in denen sich die Engel gerne zum Essen versammelten. Sie waren sehr gesellig.

Zum Glück kämpften sie nicht die ganze Zeit. Es gab ruhige Zeiten des geselligen Beisammenseins, zum Beispiel in den Cafeterien. Und es gab Zeiten des Kampfes. Dies waren schwere Zeiten für die Engel. Die Engel mussten immer für ihren Einsatz bereit sein. Daher beobachteten sie stets das Geschehen auf der Erde. Sie galten schon seit Ewigkeiten als Beschützer der Menschen. Sie trainierten jeden Tag für den Kampf. Außerdem übten sie sich im Sport, zum Beispiel Leichtathletik. Adriel mochte Leichtathletik besonders gerne.

Er war gut darin, denn er sah das als eine Herausforderung. Im Kampftraining hatte er verschiedene Kampfpartner. Sie trainierten auch mal mit dem Schwert. Die Engel waren besonders geschickt im Kampf mit dem Schwert. Adriel verlor im Kampf leider auch einige seiner besten Freunde. Als der Kampf um Gerechtigkeit sich zuspitzte, waren sie gestorben, weil sie unaufmerksam waren. Er fand, das Sterben von Engeln im Kampf gegen die Dämonen sollte bald aufhören. Denn zu viele Engel haben den Kampf verloren und sind gestorben. Dennoch ist die große Mehrheit der Engel standhaft geblieben. Dass ein Engel an seinen Verletzungen starb, konnte natürlich auch geschehen. Trotzdem erholte sich ein Engel normalerweise gut nach seinen Verletzungen. Schneller als ein gewöhnlicher Mensch.

Adriel wusste viel über Elaine. Er war ihr Schutzengel. Besondere Menschen hatten einen Schutzengel. Als Elaine während ihrer Schulzeit Probleme mit Mathe hatte, machte sich Adriel große Sorgen. Er wollte nicht, dass sie Stress hatte. In den Nachmittagsstunden während ihrer Mathehausaufgaben kam er runter auf die Erde aus der himmlischen Sphäre zu ihr nach Hause. Sie konnte ihn damals nicht sehen. Da er in Naturwissenschaften sehr geübt war, kannte er sich mit Mathe gut aus.

So stellte sich Adriel neben Elaine an den Schreibtisch, um ihr bei den Mathehausaufgaben zu helfen. Sie bemerkte damals eine Wärme und ein Leuchten um sich herum. Sofort entspannte sie sich. Die Lösungen der Aufgaben fielen ihr besser ein. Ihre Probleme mit

Mathe wurden durch Adriels Hilfe behoben. Langsam konnte sie sich besser konzentrieren. Schon im nächsten Schuljahr ihres Gymnasiums wurden die Noten in Mathe besser. Auch in den anderen Fächern konnte sie sich besser konzentrieren. Gerne kam Adriel zu ihr nach Hause, um sie bei den gesamten Hausaufgaben zu unterstützen. Er machte das energisch durch die Ausstrahlung einer wohligen Energie. Dadurch konnte sie sich besser entspannen. Von all dem hatte sie nichts mitbekommen. Indirekt konnte sie natürlich etwas spüren.

Adriel entwickelte für Elaine irgendwann Gefühle. Er fand sie sehr hübsch. Ihre sympathische Art mit ihren Freundinnen fand er erfrischend. Er fand es gut, wie sie sich kleidete. Ihm gefiel, dass sie in der Firma elegant gekleidet war und in der Diskothek sehr anziehend, auch mal schrill. Nicht immer gleich. Das wirkte selbstbewusst an ihr. Adriel fand sie sehr romantisch.

In seiner Freizeit malte er sie mit großem Vergnügen. Dabei ließ er seiner Fantasie freien Lauf. Es entstanden viele Bilder mit tollen Ideen. Er konnte wunderbar zeichnen und malen. Den Hang zur Kunst hatte er mit vielen Engeln gemeinsam. Alle Engel waren künstlerisch begabt.

Mit der Zeit spürte Adriel, dass er sich in Elaine verliebt hatte. Er war sich seinen Gefühlen am Anfang nicht ganz sicher. Er dachte abends viel über sie nach. Langsam wurden die Gefühle stärker. Später fühlte er sich richtig zu ihr hingezogen. Er vertraute auch schon seinen besten Freunden unter den Engeln an, dass er glaubte, in sie verliebt zu sein. Seine Bindung zu ihr wurde immer stärker. Er wollte ganz und gar nicht, dass sie in Schwierigkeiten geriet. Während ihrer Zeit an der Berliner Wirtschaftsuni war er sehr stolz auf sie. Er konnte überhaupt nicht ahnen, dass sie mal in Schwierigkeiten geraten würde. Denn zu dieser Zeit lief alles bestens für sie. Sie kam mit dem Stoff der Vorlesungen gut mit. Ihre früheren Probleme in Mathe fielen den Professoren gar nicht auf. Sie konnte alle Fächer ihres Wirtschaftsstudiums bestehen, sogar mit guten Noten. Das war eine Zeit, in der Adriel sie als tüchtig empfand. Manchmal war er in ihren Vorlesungen anwesend, um mal mitzuhorchen. Er fand die Themen ihres Studiums auch sehr spannend.

Natürlich bemerkte ihn damals keiner. Elaine spürte damals irgendwie, dass sie nicht ganz alleine war. Wenn die Engel für das Gute am Wirken sind, fallen sie den spirituellen Menschen eher auf, als wenn sie ohne besonderen Grund erscheinen. Das liegt daran, dass sie mehr Energie freigeben, wenn sie für das Gute wirken, als wenn sie nur so auf der Erde vorbeischauen.

Bei ihrer Arbeit im »Café Royale« kam ihr Schutzengel Adriel auch schon mal vorbei, um sie zu besuchen. Das Café wurde dann ganz warm und leuchtete. Sie fühlte jedes Mal ein Kribbeln im Bauch, als er zu ihr kam. Sehen konnte sie ihn natürlich noch nicht. Damals fand Adriel, Elaine war in ihrem Leben auf einem guten Weg. Die Disconächte hielten sich damals in Grenzen. Noch war sie nicht derart in Gefahr. Adriel konnte noch nicht erahnen, dass sich daraus später eine Gefahr ergeben wird. Später, bei ihrer Arbeit im Marketing bemerkte er ihren Stress und wollte sie lieber alleine lassen. Er wollte sie nicht ablenken, denn er bemerkte den Ernst bei ihrer Arbeit. Während es beim Studium und ihrer Arbeit im »Café Royale« eher heiter zuging, war ihre Mimik bei der Arbeit in der Firma besonders ernst. Ihr Schutzengel besuchte sie damals weniger. Ab und an schaute er dennoch vorbei, um ihren Arbeitsalltag kennenzulernen. Schließlich war er ihr Schutzengel. Damals waren seine Gefühle zu ihr schon richtig vorhanden. Er fand, aus der Jugendlichen Elaine wurde eine hübsche, erwachsene junge Dame.

Dass ein Treffen bevorstand, konnte er damals schon erahnen. Denn wenn ein Schutzengel sich in eine Frau verliebte, durfte er sich ihr zeigen. So war es üblich bei den Engeln. Was sich daraus ergab, wusste man nicht im Voraus. Aber es gab bei den Engeln schon mal Paare zwischen Schutzengeln und den Menschen, die sie beschützten. Im Gegensatz zum allverbreiteten Glauben, war eine Beziehung zwischen Engeln und Menschen nicht verboten. Wenn sich Gefühle daraus entwickelten, durften sie ruhig gelebt werden. Es wäre fatal, den Engeln Gefühle zu den Menschen zu verbieten. Es war etwas ganz Natürliches.

Mit Unbehagen beobachtete Adriel Elaines nächtliche Diskothekenbesuche. Er mochte es ganz und gar nicht, dass der Alkoholkonsum für so eine junge Frau eine zentrale Rolle spielte. Doch er hatte keinen Einfluss darauf, auch wenn er ihr Schutzengel war. Mit der Zeit bemerkte er, wie die Barkeeper Elaine zum Alkoholkonsum brachten, obwohl sie doch lieber ein kühles Mineralwasser bestellen wollte. Ihm war die unbewusste Manipulation der Barkeeper immer mehr bewusst. Er spürte auch, dass die Barkeeper selber durch dunkle Mächte manipuliert wurden. Denn früher war alles in Ordnung in den Diskotheken. Bis auf ein paar Ausnahmen konsumierten die jungen Leute wenig Alkohol. Sie fühlten sich auch ohne Alkohol entspannt. Adriel war Elaines Stress bei ihrer Arbeit in der Firma bewusst. Er fand jedoch nicht, dass Alkohol dafür eine Lösung war. Jetzt fand er es an der Zeit, sie kennenzulernen und sie zum Guten zu überreden. Tatsächlich, er fand, es wurde Zeit, sich ihr zu zeigen. Natürlich machte er sich darüber Sorgen, wie sie reagieren würde, denn er hatte riesige, mächtige Flügel. Überhaupt, seine ganze Erscheinung glich dem eines starken Engels. Er konnte seine Flügel auch verbergen. Doch dann verlor er an Macht und Magie. Seine Flügel zu verbergen tat er ungern. Daher dachte er darüber nach, sich ihr in seiner ganzen Erscheinung als Engel mit den Flügeln zu zeigen. Er musste sich überwinden, sonst wäre es zu spät dafür.

Adriel wünschte sich so sehr, Elaine aufzurichten und ihr bei ihren Problemen zu helfen. Wie sehr wünschte er sich, sie würde sich wieder in den Griff bekommen. Er fand ihre Freundinnen sehr nett. Dennoch hoffte er, sie würde sich eine Zeit lang von ihnen fernhalten. Er fand ihre Freundinnen irgendwie zu freizügig und partysüchtig. Sie sollte zur Ruhe kommen. Die einzige Person, die für sich selber verantwortlich war, war sie selbst. Keiner konnte so gut auf sie aufpassen wie sie selbst. Denn in dieser Gesellschaft war jeder für sich selber verantwortlich. Adriel wollte ihr zwar helfen, doch am Ende wäre es ihre eigene Entscheidung, welchen Weg sie wählte. Sie war eine selbstbewusste Frau mit ihrem eigenen Kopf. Sie konnte Entscheidungen selbständig treffen. Doch jeder brauchte manchmal einen Schutzengel. Schutzengel führten die Menschen schon seit langer Zeit auf den richtigen Weg.

Adriel sah sich als denjenigen, der Elaine aus dieser Situation retten musste, um ihr zu zeigen, dass sie auf den falschen Weg geraten war. Durch seine Liebe wollte er sie retten und sie auf den richtigen Weg bringen. Weg von dem übermäßigen Alkohol, weg von der Gefahr der Drogen. Sie sollte auf gar keinen Fall noch einmal Drogen ins Getränk untergejubelt bekommen. Das wäre fatal. Er wusste, sie beide konnten das nicht kontrollieren.

Hinzu kam die Gefahr ihrer toxischen Beziehungen. Adriel konnte beobachten, dass ihr Ex neulich zu einem Bandenmitglied wurde. Da er so oft in Schlägereien verwickelt war, hielt er sich in einem falschen Freundeskreis auf. Sein Freundeskreis machte ihn nur noch brutaler. So wurde er in die Drogengeschichte mit verwickelt. Er war wirklich keine gute Gesellschaft für Elaine. Obwohl ihr Schutzengel wusste, dass sie keine Beziehung mehr zu ihm haben wollte, waren andere ähnlich toxische Männer immer noch in ihrem Freundeskreis vorhanden. Er wollte Elaine vor ihnen warnen. Auf gar keinen Fall wollte er, dass sie wieder in eine toxische Beziehung geriet.

Viel mehr sah er sich als den Richtigen für sie. Dadurch, dass er sie schon lange beobachtete und ihr Schutzengel war, wollte er sich mit ihr verbinden. Er wollte sich mit ihr verbinden gegen die dämonischen

Kräfte, die sich im Berliner Nachtleben verbreiteten. Er sah sich stärker, wenn er sie überzeugen konnte, den richtigen Weg zu wählen. Vielleicht, so dachte er, würde sie sich für ihn entscheiden. Er wollte sie überzeugen, bei ihm zu bleiben, denn er war in sie verliebt.

Das waren seine Gedanken, als er noch einige Minuten ihre Rettung plante. Es fuhren nun weniger Autos vorbei. In der Disco war jetzt weniger los. Cara und Melinda bemerkten bereits, dass ihre Freundin Elaine nicht mehr da war. Sie machten sich große Sorgen. Das Problem war, dass sie nicht wussten, wen sie fragen konnten. Außer ihnen war keiner von Elaines Freunden in der Disco. Sie erinnerten sich an Elaines schlechten Zustand.

»Vielleicht ist sie einfach nach Hause gegangen«, dachten sie. Da sie mit Männern tanzten, dachten sie, dass Elaine vielleicht unauffällig die Disco verlassen hatte. Sie überlegten, dass es dunkel war, und Elaine es wegen ihrem schlechten Zustand bestimmt eilig hatte. Sie wollten ihre Freundin Elaine nicht kontrollieren, sondern ihr ihre Freiheiten lassen. So galt es immer in ihrer Freundschaft.

Cara und Melinda wollten langsam nach Hause gehen. Sie hatten für heute genug getanzt. Am Montag ging es für sie wieder an die Arbeit im Büro. Etwas hektisch schauten sie sich nach Elaine um. Leider war sie nicht auffindbar. Sie beschlossen schweren Herzens, die Diskothek ohne ihre Freundin zu verlassen. Sie nahmen das Taxi. Die Engel blockierten Elaines Handy. Keiner sollte sie erreichen. Es ging um ihren Schutz. Sie lag immer noch etwas unterkühlt auf der Straße. Adriel kam langsam auf sie zu. Er schaute sie aus der Nähe an. Sie war etwas blass. Auf ihrem Gesicht bildeten sich Regentropfen. Es hatte etwas geregnet in der Zwischenzeit. Sie war jedoch nicht nass geworden. Es war nur ein kleiner Nieselregen. Trotzdem dachte Adriel, sie könnte etwas Wärme vertragen. Er dachte, sie ins Warme zu bringen. Weg von hier.

Einige Autos fuhren noch vorbei. Es roch nach Benzin. Die Luft wurde kühler. Der Himmel war schwarz. Die Straßenbeleuchtung beleuchtete schwach die Straße. Elaine war gut zu erkennen in der Dunkelheit der Nacht. Adriels Freunde, die anderen Engel, gaben jetzt das Signal zur Rettung. Sie konnten fast keine Kriminellen in der Nähe beobachten. Diese hatten für heute genug Unheil angerichtet und waren jetzt gegangen. Langsam gingen die Menschen aus der Disco nach Hause. Es wurde dunkler, unheimlicher. Die Musik wurde leiser gedreht. Adriel bereitete sich vor, Elaine zu retten.

KAPITEL 6

Adriel näherte sich Elaine, die immer noch bewusstlos war. Ganz langsam berührte er sie an den Schultern. Er stellte fest, dass sie leicht fröstelte. Er hob sie an, und schwang mit seinen Flügeln. Anschließend hoben sie ab in die Lüfte. Sie flogen in Richtung seiner Heimat auf der irdischen Sphäre. Dies war sein großes Haus am Rande von Berlin, das für die Menschen unsichtbar war. Nur die Engel wussten von seinem Wohnsitz auf der Erde.

Er umarmte Elaine in seinem Flug hoch über Berlin. Sie schwebten langsam über den dunklen Himmel. Dort wurde es noch kälter für Elaine, daher beeilte sich Adriel, um sie schnell ins Warme zu bringen. Sie flogen über die grauen, dunklen Wolken durch die Nacht. Keiner konnte sie sehen, außer die Engel. Andere Engel hatten auch einen Wohnsitz auf der irdischen Sphäre, genauso wie Adriel. Diese Wohnsitze waren meist in einem großen Haus, verteilt auf der ganzen Erde.

Jetzt fröstelte Elaine noch mehr, daher umarmte Adriel sie noch fester. Bald würden sie ankommen. Unbewusst bemerkte sie, dass sie in der Luft war, als sie kurz die Augen öffnete. Dennoch ließ sie alles zu, was mit ihr geschah. Sie wusste, dies war ihre Rettung. Adriels Flügel schwangen wunderschön und gewaltsam, denn er wusste, er konnte sie retten. Sie atmete schwer. Sie flogen über ganz Berlin vorbei, bis sie sich langsam dem Stadtrand von Berlin näherten. Adriel setzte zur Landung an. Sanft aber sicher flog er zu seinem Haus. In einer weichen Landung setzte er Elaine vor seiner Tür ab. Anschließend hob er sie an, um mit ihr durch die Tür zu gehen.

Nun waren sie sicher gelandet und traten in sein Haus ein. In seinem großen Haus befanden sich große Säulen mit goldenen Schmückungen in einem weißen Hintergrund. Die Verzierungen glichen Weinblättern mit Trauben. Die Decke ragte sehr hoch. Trotzdem hatte das Haus drei Stockwerke. Das Wohnzimmer mit den Säulen als Blickfang hatten einen großen Kamin, den Adriel jetzt anzündete.

Elaine sollte es warm werden. Adriel wollte es kuschelig für sie beide. Am großen Esstisch standen goldene Kerzenständer mit weißen Kerzen. Nachdem Adriel den Kamin angezündet hatte, zündete er die Kerzen an. Das Haus wurde durchdrungen von einer romantischen, jedoch melancholischen Stimmung. Elaine lag auf der großen, edlen Couch. Die Couch war beigegolden. Sie war groß und weich. Adriel deckte sie mit einer weichen, seidenen Decke zu. Die Decke duftete nach getrockneten Rosen. Der Duft aktivierte Elaines Sinne, sie konnte besser durchatmen. Jetzt wurde es ihr wärmer, sie fröstelte fast nicht mehr. Ihr Kreislauf stabilisierte sich allmählich.

Das Wichtigste war, dass sie jetzt nicht mehr draußen auf der Straße war. Denn das war eine Zumutung für sie, fast schon unerträglich. Zum Glück war sie dank Adriel in Sicherheit. Er meinte es wirklich gut mit ihr, wollte ihr aufrichtig helfen, für sie da sein in diesen schweren Zeiten.

Die Decke oben war mit Stuck verziert. Goldene Lilien schmückten die hohe Decke, machten das Haus machtvoll und schön. Ein großer Fernseher, den Adriel nur selten anschaltete, war auch vorhanden. Vielleicht wollte Elaine ein wenig Fernsehen schauen während ihrer Genesung, dachte Adriel. Vielleicht sollten sie gemeinsam einen Film schauen zum Kennenlernen. Er hatte Chips im Schrank, Schokoladenkekse und Erfrischungsgetränke. Doch nicht nur das, natürlich hatte er genügend Essen im Kühlschrank.

Zunächst brauchte Elaine einfach nur Ruhe. Sie brauchte zudem eine medizinische Versorgung, die Adriel gut beherrschte. Er war ausgebildet in medizinscher Erstversorgung von Notfällen. Auch hatte er während seiner langen Lebenszeit die Gelegenheit gehabt, Vorlesungen in Medizin zu besuchen.

Auf einmal klingelte es an der Tür. Ein anderer Engel, Adriels guter Freund Raguel, wollte sie besuchen. Adriel lief zur Tür und machte sie auf. Sie begrüßten sich, als Raguel reinkam. Raguel hatte von der Situation mitbekommen. Er war in der Diskothek anwesend, als die Kriminellen ihr Unwesen trieben. Er wusste von dem unglücklichen Zwischenfall von Elaine. Nun dachte er, da sie nicht mehr in der Straßenecke lag, dass Adriel sie gerettet hatte. Er war während der Rettung noch in der Diskothek, um die Kriminellen zu verscheuchen mit seiner Engelsenergie. Das klappte, wenn nur ganz wenige Menschen anwesend waren. Viele Besucher der Diskothek waren schon nach Hause gegangen.

»Hallo Adriel, mein guter Freund. Wie ich sehe, bist du nicht ganz alleine. Eine Frau ist bei dir«, sprach Raguel.

»Hallo Raguel. Das ist Elaine. Sie wurde von den Kriminellen angegriffen und durch Drogen lahmgelegt. Ich habe sie hierhergebracht. Leider ist sie ziemlich schwach und bewusstlos«, antwortete Adriel.

»Pass gut auf sie auf. Sie wird deine Hilfe sicherlich noch gebrauchen. Wie geht es dir denn?«, fragte Raguel besorgt.

»Ich bin in Sorge um Elaine. Wie du bestimmt weißt, bin ich ihr Schutzengel. Ich kenne sie schon seit ihrer Geburt und passe auf sie auf. Dass ihr dieses Unglück heute passiert ist, ist wie ein schrecklicher Alptraum für uns«, gab Adriel zu. Er schaute besorgt zu Elaine, die nach dem Zwischenfall jetzt in Sicherheit war.

»Ich verstehe. Für all unsere Engel ist dieser unglückliche Zwischenfall eine schreckliche Nachricht. Wir alle machen uns große Sorgen um Elaine«, gab Raguel zur Antwort. Er schaute sich im Haus um. Große Kronleuchter beleuchteten das gemütliche Haus. Sie hingen an den Wänden und an der hohen Decke. Die Kronleuchter hatten einen Stil des Mittelalters, ganz im Kontrast zum neu errichteten, modernen Haus. Doch sie passten zu den hohen Decken und dem goldenen Stuck. Auch passten sie zum Kamin, der im Zentrum des Wohnzimmers stand. So konnte der Kamin das ganze Haus gut wärmen. Elaine spürte eine wohlige Wärme um sie herum. Sie war nicht mehr so blass. Auch spürte sie, dass sie das Schlimmste überstanden hatte. Bald würde es ihr besser gehen.

»Es machen sich Banden im Nachtleben von Berlin bemerkbar, die für Unruhe sorgen. Drogen sind im Spiel. Wir sollten etwas dagegen tun«, erklärte Adriel seinem Freund Raguel das Problem, das die Engel hatten. Sie waren verantwortlich für das Wohlergehen der Menschen. Die Engel mussten für Ordnung sorgen, falls etwas aus den Fugen geraten war.

»Ich schlage dir vor, dass du dich zuerst um Elaine kümmerst. Sie soll erstmal gesund werden. Lass dir ruhig Zeit, um sie kennenzulernen. Verbringe Zeit mit ihr, so lange wie du möchtest, während wir über eine Lösung nachdenken werden«, schlug Raguel seinem guten Freund, dem Engel Adriel vor. Dieser war einverstanden:

»Das ist eine gute Idee. Tatsächlich, ich möchte nichts überstürzen. Ich möchte mir lange Zeit lassen, Elaine kennenzulernen. Sie soll nicht nur gesund werden, sondern auch auf den richtigen Weg kommen.« Adriel fand, dass Elaines Erholung an erster Stelle stand. Schließlich hatte er vor, sie richtig kennenzulernen, denn sie gefiel ihm wirklich gut. Er wollte die

Chance nutzen, denn er war in sie verliebt. Er wollte in seinem schönen Haus die richtige Stimmung erzeugen, damit sie sich wohl fühlt. Eine Stimmung, die für ihre baldige Genesung sorgen sollte. Vielleicht auch eine romantische Stimmung für mehr. Wenn sie das wünschte.

Um ihre Genesung sorgte sich auch der Engel Raguel, als er sagte:

»Was denkst du, wie du ihr medizinisch helfen kannst? Sie ist ja noch nicht zu sich gekommen. Vielleicht solltest du deine medizinischen Kenntnisse nutzen.« Adriel war sich darüber im Klaren, dass Raguel recht hatte. Er antwortete:

»Ich habe gute Kenntnisse über das Verabreichen von Infusionen. Ich werde ihr eine Infusion aus Elektrolyten und Glukose verabreichen. So wird sie zu sich kommen.« Für Notfälle bewahrte Adriel Infusionen und andere Arzneimittel zu Hause im extra Kühlschrank auf. Er hatte also an alles gedacht, war bestens vorbereitet. Auch wenn er nicht vorausschauen konnte, dass Elaine das mal brauchen wird. Trotzdem wollte er sicher sein. Den Engeln wurde empfohlen, bestimmte Medikamente für die Notfallversorgung bei sich zu Hause aufzubewahren.

»Ich finde, das ist eine gute Idee. Wenn du nichts dagegen hast, werde ich noch etwas bleiben, um euch Gesellschaft zu leisten«, schlug Raguel vor. Er war überzeugt davon, dass Adriel gut darin war, präzise Infusionen zu legen. Adriel hatte viele Fächer studiert. Im Fachgebiet Medizin kannte er sich gut aus.

»Du kannst so lange bleiben, wie du möchtest. Wir haben jetzt die ganze Nacht hier verbracht. Bald bricht schon der nächste Morgen an. Es wird Zeit für die Infusion«, sagte Adriel und holte die Infusion aus dem Kühlschrank. Außerdem holte er eine Kanüle für die Infusion.

»Genau, da muss ich dir zustimmen. Gib ihr jetzt die Infusion. Ich werde dir dabei zuschauen, denn vielleicht kann ich etwas dabei lernen«, sprach Raguel.

»Ich freue mich, wenn du mir zuschaust. Dann kannst du noch besser lernen, präzise Infusionen zu legen.«

Adriel näherte sich der ohnmächtigen Elaine. Sie lag immer noch sicher und warm auf der Couch. Sie hatte ein längeres Kleid an. Das Kleid hatte praktischerweise kurze Ärmel, was gut für das Legen der Infusion war. Er legte ihren linken Arm auf die seidene, weiche Decke. Anschließend schaute er sich ihre Venen genau an. Währenddessen machte er sich Gedanken, welche Vene er nehmen sollte.

Jetzt zog er sich medizinische Handschuhe an und desinfizierte die Innenseite ihres Armes. Schon fand er eine gute Vene, als er die Innenseite ihres Armes mit seiner Hand ertastete. Nun stach er mit der Nadel zu, traf gleich beim ersten Mal eine gute Vene von Elaine. Die Infusion aus Elektrolyten und Glukose lief perfekt in ihre Vene ein. Adriel hatte vor, ihr eine lange Infusion zu geben, den ganzen Tag über. Sie brauchte viel Elektrolyten und Glukose, da sie lange nichts essen und trinken konnte. Außerdem sollte sie sich langsam von ihrem Drogenrausch erholen und zu sich kommen. Währenddessen schaute der Engel Raguel zu, wie Adriel präzise die Infusion legte. Für beide war es sehr spannend und zugleich aufregend. Auch Raguel hatte in seinem langen Leben die Gelegenheit genutzt, Fächer in Medizin zu belegen, sowie einige Infusionen zu legen. Er wollte noch besser darin werden. Er wollte wissen:

»Und, hat alles so geklappt, wie du es dir vorgestellt hast?«

»Für den Anfang bin ich zufrieden. Ich habe die Vene gut getroffen. Das ist für das Erste am wichtigsten. Danach werden wir weitersehen. Sie muss ruhig liegen, sich wenig bewegen.«

»Das tut sie ja. Ich hoffe, es wird weiterhin so gut klappen.«

Beide Engel beobachteten die schlafende Elaine ganz genau. Sie schauten auf ihr Gesicht. Ihre Augen waren geschlossen. Sie lag ruhig da. Adriel sprach:

»Ich horche mal nach ihrem Atem. Bleib du ruhig hier in der Nähe.« Er legte sein Ohr an Elaines Brust. Zum Glück konnte er ein gleichmäßiges, ruhiges Atmen feststellen.

»Und, wie hört sich ihr Herzschlag an mit der Infusion?«, wollte Raguel nervös wissen.

»Sie atmet frei. Ihre Lunge ist nicht mehr mit Wasser gefüllt. Ihr Herzschlag hat sich schon etwas verlangsamt. Dies ist ein Zeichen dafür, dass es ihr langsam wieder besser geht.« Beide Engel waren erleichtert.

»Wie schön. Dann war die Idee mit der Infusion ja eine richtige Entscheidung. Falls sie aufwacht, solltest du ihr Mineralwasser geben«, schlug Raguel vor. Er war geduldig, genauso wie alle Engel. Er wollte noch bleiben. Adriel hatte nichts dagegen. Er freute sich jedes Mal, wenn ein Engel ihm Gesellschaft leistete. Dann war er nicht so alleine. Manchmal fühlten sich Engel alleine, selbst auf der himmlischen Sphäre. Manchmal wünschten sie sich mehr Kontakt zu den Menschen. Die Engel hatten schon mehrmals Kontakt zu den Menschen. Viele Menschen hatten einst von Engelserscheinungen gesprochen. Dass Engel existierten, war bei den Menschen weit verbreitet. Jeder konnte für sich entscheiden, ob er an Engel glaubte oder nicht. Elaine war offen für das Übernatürliche. In ihrer Familie sprach man jedoch nicht über Kontakte mit den Engeln.

Adriel streichelte Elaines Hände. Er fühlte ihre Körpertemperatur.

»Sie fühlt sich wärmer an, als damals, als ich sie aufgefunden habe«, sagte er zuversichtlich.

»Das ist gut zu hören. Wir haben Spätsommer. Die Nacht ist kühl. Morgen wird es wärmer werden«, antwortete Raguel.

»Ja. Ich hoffe, morgen wird sich ihre Körpertemperatur noch besser stabilisieren. Für den Anfang ist es ein guter Schritt in die richtige Richtung«, betonte Adriel. Er streichelte ihre Hände ganz sanft und zärtlich. Dabei fühlte er auch bei sich eine Wärme in seinen Händen. Alsdann konnte er eine Wärme in seinem ganzen Körper spüren, die mit Elaines Berührung zu tun hatte. Sie konnte von der sanften Berührung andeutungsweise etwas mitbekommen. Denn in ihrem tiefen Schlaf waren ihre Sinne nicht ganz ausgeschaltet. Sie fühlte, dass ein guter Engel sich um sie kümmerte. Ein gutes Gefühl. Ein Gefühl der Geborgenheit und Fürsorge, die tief von Herzen kam.

»Die Infusion läuft gut in die Vene rein. So wie ich es richtig mitbekommen habe, müssen wir die Therapie mit der Infusion weiterführen. Die Ärzte im Krankenhaus würde dasselbe tun«, warf Raguel sein Wissen ein.

»Durch Erfahrung und durch mein Wissen aus den Medizinvorlesungen weiß ich, dass solche Infusionen bei Vergiftungen aller Art helfen. Auch bei Menschen, die unter Drogeneinfluss stehen«, sagte Adriel verantwortungsvoll.

»Und der Fall mit den Drogen trifft leider bei Elaine zu. Es ist keine gewöhnliche Vergiftung«, kommentierte Raguel.

»Stimmt. Jedoch ist Elaine keine Drogensüchtige. Sie nimmt sonst keine Drogen. Ihr wurde etwas ins Getränk getan, mit bösen Absichten«, betonte Adriel. Raguel war das bewusst. Er sagte:

»Ich bedaure diesen schlimmen Vorfall. Ich hoffe, sie wird sich bald davon erholen.«

Adriel ließ Elaines Hände nicht los. Er wollte ihren Puls fühlen. Seine Uhr diente zur Überprüfung ihres Pulses. Er wollte ihren Puls in der Zeitspanne von einer Minute fühlen.

»Sei mal bitte kurz still. Ich werde jetzt ihren Puls fühlen«, gab er leise von sich.

»Ist in Ordnung. Mach ruhig«, antwortete Raguel.

Adriel konnte ihren Puls gut tasten. Er stellte leider immer noch einen etwas beschleunigten Puls fest.

»Ihr Puls ist noch nicht ganz im Normalbereich. Es ist ganz normal, dass er nicht ganz so stabil ist, wie bei einem gesunden Menschen. Leider ist er ein wenig zu schnell«, berichtete Adriel seinem guten Freund, dem

Engel Raguel von Elaines Zustand. Raguel hatte Verständnis dafür. Er war sowieso derjenige, der fand, dass die Menschen viel Zeit zur Genesung brauchten. Das musste auch Adriel feststellen.

»Du darfst auf gar keinen Fall etwas überstürzen. Es ist eine ganz typische Erscheinung nach einem Drogenkonsum, dass der Puls beschleunigt ist«, berichtete Raguel unruhig. Natürlich waren beide Engel bekümmert. Adriel fühlte sich als Elaines Schutzengel traurig. Er hatte es mit einer Angst zu tun, versagt zu haben. Er antwortete sichtlich angespannt:

»Da hast du absolut recht«. Die Infusion lief weiterhin gut in die Vene ein. Elaine bewegte sich wenig, sodass es keine Probleme damit gab. Es war eine ganz langsame Infusion, dafür sollte sie über einen längeren Zeitraum gegeben werden. Das hatte Adriel so entschieden. Er hatte das nötige Wissen dafür.

Raguel saß inzwischen auf einem Sessel neben der Couch, auf der Elaine lag. Adriel saß bei Elaine. Eine Anspannung machte sich bei allen drei bemerkbar. Adriel streichelte ganz sanft Elaines Stirn. Seine Fingerspitzen umrundeten spielerisch ihr Gesicht. Von der Stirn, hin zu den Wangen bis zum Kinn. Sie spürte eine sanfte Wärme auf ihrem Gesicht. Seine Hände strahlten eine milde Heilkraft aus. Elaines Gesicht war warm. Nicht mehr so kalt, wie damals vor dem Flug zu seinem Haus. Er reagierte mit einer kurzen Erleichterung. Als Reaktion konnte er eine Zuneigung zu ihr spüren. Er lächelte gewagt. Sein Freund beobachtete die beiden. Auch er lächelte erfreut. Denn er konnte diese Erleichterung bei Adriel nun wahrnehmen. Die Stimmung war trotzdem noch nicht ganz aufgelockert. Der Grund dafür war, dass Elaine noch nicht ganz wach war.

Adriel wollte mit seinem guten Freund über seine Gefühle zu Elaine sprechen:

»Ich bin schon 300 Jahre alt. Und noch nie war ich mir meinen Gefühlen so sicher wie jetzt.« Da wurde Raguel neugierig und fragte:

»Wie meinst du das? Hast du dich etwa in Elaine verliebt?«

»So kann man das sagen. Ich war mir zunächst nicht ganz sicher. Weißt du, ich kenne sie schon so lange. Es haben sich mit der Zeit Gefühle zu ihr entwickelt. Ich kann nichts dagegen tun.« Adriel wollte die Zuneigung zu Elaine seinem Freund anvertrauen. Er fand, er konnte ihm gut vertrauen. Die Engel sind vertrauenswürdige Wesen, die einander niemals verraten würden.

»Das ist doch schön. Umso wichtiger finde ich es, dass du sie hier in deinem Haus wohnen lässt und sie verwöhnst. Das ist eine schöne Art, sich nach einem Schicksalsschlag wie diesen langsam kennen und vielleicht sogar lieben zu lernen.« Raguel freute sich über diese Nachricht. Er schätzte Adriels Vertrauen.

»Das war auch meine Absicht. Eine andere Sache ist die mit unserem ewigen Kampf gegen die Dämonen. Es haben sich anscheinend einige Dämonen nach Berlin eingeschlichen. Wir müssen uns weiterhin gegen sie zusammentun und sie bekämpfen«, bemühte sich Adriel auch um seine Aufgabe als Engel.

»In der himmlischen Sphäre werden wir uns zusammentun, um die Situation zu beobachten und um uns eine passende Strategie auszudenken. Wir werden vielleicht sogar wieder kämpfen müssen. Ich rate dir jedoch, zunächst eine schöne Zeit mit deiner Elaine hier auf der irdischen Sphäre zu verbringen«, gab Raguel ihm einen guten Ratschlag, um nichts zu überstürzen. Er schätze die seltenen Momente der Geselligkeit zwischen Menschen und Engeln. Daher wusste er, dass gerade jetzt diese ungestörte Geselligkeit Adriel und Elaine sehr guttun würde. Sie brauchten viel Zeit für einander. Daraufhin meinte Adriel:

»Dem stimme ich dir absolut zu. Aber eins muss ich dir noch sagen. In den vielen Jahren hatte ich nur flüchtige Bekanntschaften zu Frauen. Ich möchte mich endlich dauerhaft mit einer Frau verbinden.«

»Dann hast du jetzt die Gelegenheit dazu. Vielen von uns geht es leider ähnlich. Wir können nichts dafür. Wir sind Engel, mit der Aufgabe beauftragt, die Dämonen zu besiegen. Liebe darf da trotzdem nicht zu kurz kommen, finde ich.«

So langsam bewegte sich Elaine. Ihre Gesichtsfarbe wechselte von einem blassen Teint zu einem weichen Teint mit leicht rosa Wangen. Sie wurde lebendiger. Die Infusion zeigte ihre erste Wirkung. Adriel als Elaines Schutzengel hatte richtig gehandelt. Sie würde wieder gesund werden.

Raguel wollte sich langsam auf den Weg machen. Durch ein Portal wollte er sich auf die himmlische Sphäre zu dem Wohnsitz der Engel begeben. Hier, in dem großen Haus, wollte er Adriel nicht mehr lange damit aufhalten, Elaine persönlich kennenzulernen. Sie sollten sich in ihrer Zweisamkeit nicht gestört fühlen, sobald Elaine wieder aufwacht.

»Mach's gut, Adriel. Kümmere dich weiterhin gut um Elaine. Ich muss mich für heute von euch verabschieden.« Raguel schaute kurz zu Elaine.

»Tschüss und bis bald, Raguel. Vielen Dank für den netten Besuch. Ich habe mich sehr darüber gefreut«, sprach Adriel.

Daraufhin ging Raguel durch die Tür. Er spannte seine großen Flügel auf und flog davon. Durch das Portal der Engel kam er bald in der himmlischen Sphäre an. Dort wurde er bereits von den Engelsfürsten erwartet. Sie fragten gespannt nach dem Geschehen.

KAPITEL 7

In Adriels großem Haus schienen die ersten Sonnenstrahlen des frühen Morgens durch die Fenster. Der nächste Tag brach an. Der Morgen brachte wärmere Temperaturen mit sich. Adriel ließ das Kaminfeuer ausgehen. Sie brauchten es nicht mehr, da es Spätsommer war.

Anschließend setzte er sich gemütlich neben Elaine, die ihre Augen leider noch geschlossen hielt. Er schloss für einige Minuten die Augen und schlief ein. Durch die ganze Aufregung und Sorge um Elaine war er müde geworden. Ungefähr drei Stunden vergingen, in denen er fest schlief. Dann wachte er wieder auf. Elaine lag neben ihm, bewegte sich wenig. Er machte sich einen Kaffee mit zwei belegten Brötchen zum Frühstück. Nachdem er das Frühstück aufgegessen hatte, holte er eine frische, kühle Mineralwasserflasche aus dem

Kühlschrank. Elaine sollte nach ihrem Aufwachen versuchen, dieses gesunde Mineralwasser zu trinken. Er hoffte, es würde ihr gelingen. Ganz sanft streichelte er sie an ihrer Schulter. Er gab ihr einen Kuss auf den Mund. Ihre Lippen waren weich und zart. Sie waren weniger rot als in der Vergangenheit. Der Kuss schmeckte süß. Mit einem Schauer über den Rücken hoffte er, dass es nicht der letzte Kuss sein würde.

Da machte Elaine langsame Bewegungen. Ganz langsam bewegte sie ihre Arme und Beine. Die Infusion lief trotzdem gut in die Vene ein. Sie gähnte einige Male. Plötzlich kam sie wieder zu sich und öffnete ihre Augen. Ahnungslos schaute sie sich im Haus um. Sie wusste nicht, wo sie war. Sie war die ganze Zeit nicht bei Bewusstsein. Davon konnte sich Adriel nun überzeugen. Anschließend schaute sie den Engel Adriel an. Sie wusste nicht, wer er war. Als Nächstes bemerkte sie ihre Infusion. Sie wusste, dass sie diese Infusion brauchte.

Langsam kamen ihr die Gedanken an die letzte Nacht in den Sinn. Sie fragte sich, ob sie denn jemand tatsächlich gestern mit Drogen lahmgelegt hatte. Viele Fragen drangen sich ihr in den Sinn. Weder wusste sie, wo sie war, noch wer sie hierhergebracht hatte. Ein paar Mal blinzelte sie, um ihre Umgebung richtig zu erkennen.

Als Erstes fielen ihr die großen Säulen auf, mit den goldenen Verzierungen. Sie schaute sich die hohe Decke mit dem goldenen Stuck an, sowie den Kronleuchtern. Die Kronleuchter an der Decke waren ausgeschaltet. Einige Kronleuchter an den Wänden ließ Adriel an, um ihr eine bessere Sicht im Haus zu ermöglichen. Sie konnte erkennen, dass der nächste Morgen gerade anbrach. Daher dachte sie sich, dass sie wohl die ganze Nacht hier verbracht hatte.

Adriel beobachtete sie, als sie langsam erwachte. Er nahm wahr, dass sie bei Bewusstsein war, und viele Fragen hatte.

»Guten Morgen, Elaine. Ich bin Adriel. Wie fühlst du dich heute?«, stellte er ihr eine wichtige Frage zum Einstieg.

»Guten Morgen, Adriel. Ich fühle mich ganz okay. Nur leider weiß ich nicht, wo ich bin und wer du bist. Aber danke der Nachfrage.« Sie schaute ihn ganz verwirrt an. Ihre Neugierde auf den gutaussehenden Mann neben ihr stieg mit jedem Moment an. Sie wollte unbedingt wissen, wer er war.

»Ich bin ein guter Bekannter von dir, nur du kennst mich leider nicht. Ich kenne dich und deinen Namen. Es wäre schön, wenn wir uns hier gemeinsam kennenlernen würden.« Adriel wollte nichts überstürzen. Er wusste, dass er ihr nicht sofort alles erzählen konnte. Er musste es langsam angehen.

»Ein Bekannter also, von dem ich nichts weiß. Das hört sich ja spannend an. Kannst du mir bitte sagen, wo ich bin und wie ich hierhergekommen bin?«, wollte sie mit einer Anspannung im Gesicht wissen. Sie sah seine leergetrunkene Kaffeetasse. Also hatte er schon ohne sie gefrühstückt.

»Das hier ist mein Haus. Du bist hier herzlich willkommen und kannst hier dauerhaft bleiben. Dir ist gestern ein Unglück passiert. Ich habe dich gerettet und dich in mein Haus gebracht. Wie du siehst, benötigst du diese Infusion. Diese wirst du noch bis heute Nachmittag benötigen.« Adriel hoffte, sie konnte sich noch erinnern, was gestern Nacht geschehen war. Er ließ es sein, sie danach zu fragen. Aus Höflichkeitsgründen. Wenn sie wollte, konnte sie es selber erwähnen. Da sagte sie:

»Gestern bin ich ohnmächtig geworden. Ich kann mich daran erinnern, zu glauben, dass mir etwas ins Getränk untergejubelt wurde. Weiter weiß ich nicht.« Adriel wurde ernst. Sie konnte sich also erinnern, was mit ihr los war. Das war für ihn entscheidend.

»Hör mal zu: Dir wurden gestern Drogen ins Getränk getan. Du wurdest ohnmächtig. Kriminelle Banden hatten dich gestern in eine Straßenecke geworfen. Du warst in einer großen Gefahr, bis ich dir helfen konnte«, sagte Adriel schweren Herzens. Er schaute ihr tief in die Augen. Sie erwiderte seinen ernsthaften Blick.

»Langsam erinnere ich mich. Ich war mit meinen Freundinnen abends tanzen und dann wurde mir plötzlich schlecht. Ich meine mich zu erinnern, wie ich danach nicht nach Hause gekommen bin.« Sie blinzelte mit den Augen, da ihre Sicht ein wenig verschwommen war. Die Luft in seinem Haus war frisch und rein. Sie schaute sich mehrmals im Haus um. Das Haus wirkte auf sie modern und prachtvoll zugleich, was ihr sehr gefiel.

»Genau. Wie du erkannt hast, bist du nach dem Tanzabend nicht zu dir nach Hause gekommen. Ich habe dich aus der Gefahr befreit und dich zur Sicherheit in mein Haus gebracht«, versuchte Adriel ihr zu erklären. In welcher Gefahr schwebte sie denn gestern, dachte sie fragend. War es denn wirklich so schlimm?

Sie hoffte, nicht. Auch dachte sie, woher dieser sympathische junge Mann sie kannte und ihren Namen wusste. Trotzdem wollte sie mehr über den gestrigen Abend wissen:

»Was waren das denn für Kriminelle und warum haben sie mir das angetan?«

Da wurde es in Adriel sehr finster. Allein schon der Gedanke daran, wie sie gestern ganz alleine ohnmächtig in der Straßenecke lag, brach ihm das Herz.

»Drogendealer suchen nach Kundschaft. Sie versuchen die jungen Leute mit Drogen lahmzulegen, damit sie am nächsten Tag eine Drogensucht verspüren. Eben das würde den Drogendealern neue Kundschaft und mehr Profit bringen«, öffnete er ihr das Geheimnis um den gestrigen Abend.

»Du meinst also, ich könnte schon von ersten Mal eine Abhängigkeit von dem gestrigen Zeug verspüren? Du musst wissen, mit Drogen habe ich eigentlich nichts zu tun.« In Elaine machte sich eine Panik breit. Sie horchte tief in sich hinein, behielt die Infusion im Blick. Sie fühlte sich müde, irgendwie nicht ganz bei der Sache.

»Keine Sorge. Ich habe Ahnung von Medizin. Wie du siehst, habe ich dir eine Infusion gegeben, um dich von dem Zeug zu entgiften. Das sollte helfen.« Er kontrollierte ihren Blick. Dabei stellte er fest, dass sie ein wenig matt wirkte. Ihre Augen waren nicht so leuchtend wie sonst.

»Ich möchte mich bei dir bedanken. Doch möchte ich mehr darüber wissen, wer du bist. Es stellen sich so viele Fragen in mir. Ich bin ganz durcheinander. Wie hast du mich denn gestern hierhergebracht?«, fragte sie, während sich ihre Gedanken nur darum drehten, wer er war.

»Leider hattest du gestern komplett das Bewusstsein verloren, daher kannst du dich nicht an alles erinnern«, sagte er zutiefst besorgt.

»Das stimmt, aber ich kann mich überhaupt nicht erinnern, dir vorher begegnet zu sein. Das ist schon sehr seltsam«, warf Elaine skeptisch ein. Dabei streifte sie sein tiefer Blick. Sie bekam einen Schauer im Rücken. Seine klaren Augen deuteten darauf hin, dass er es ernst meinte. Sie war fasziniert von ihm auf eine Art, die sie nicht verstand.

»Vertrau mir, ich bin ein guter Freund von dir, auch wenn du mich nicht kennst. Ich schlage vor, dass wir uns kennenlernen, wenn du möchtest.« Er nahm ihre Hand. Sie lag auf der Couch und ließ es zu. Er saß bei ihr. Dabei spürte sie eine erste Vertrautheit, ohne von dem Kuss zu wissen. Sie hatte natürlich keine Ahnung darüber, dass er ihr Schutzengel war. Seine großen Flügel verbarg er vor ihr. Jetzt brauchte er sie nicht. Er hielt es für richtig, ihr nicht gleich alles zu erzählen. Das wäre in diesem Zustand zu viel für sie.

»Warum auch nicht. Was bleibt mir denn anderes übrig. Du hast mich doch gestern gerettet. Daher vertraue ich dir«, warf sie dennoch skeptisch ein. Sie vertraute ihm, jedoch mit Vorbehalt. Seine Aufgabe war es, dass sie lernt, ihm ohne Vorbehalt zu vertrauen. Er konnte ihr natürlich noch nicht die Wahrheit darüber erzählen, wie sie gestern zusammen über den nacht-schwarzen Himmel von Berlin geflogen sind, um sich dann in diesem Haus auszuruhen. »Wie gesagt, gestern habe ich dich in mein Haus gebracht, als du nicht bei Bewusstsein warst. Ich hielt es für das Sicherste, denn du hast unbedingt eine Infusion gebraucht. Du warst unterkühlt, daher brachte ich dich zu mir ins Warme.« Elaine fühlte die kuschelige, warme Decke. Sie fühlte sich warm und gemütlich. Sie wickelte sich noch mehr in die Decke ein. Dabei fühlte sie erneut eine Dankbarkeit zu ihrem Engel, denn sie wusste nicht, dass sie gestern unterkühlt war.

»Ich denke, du bist eine nette Person. Ich bin froh darüber, dass du mich gestern gerettet hast. Wenn ich gestern noch unterkühlt war, dann ist mir jetzt wieder warm.« Sie richtete ihren Blick auf die Mineralwasserflasche. Er nahm wahr, dass sie vielleicht Durst haben könnte. Daher sagte er:

»Dass du jetzt im Warmen bist, kann dir helfen, dich besser zu erholen. Übrigens, diese Wasserflasche habe ich extra für dich vorbereitet. Möchtest du etwas davon trinken?« Elaine spürte ein Verlangen nach etwas Erfrischendem.

»Ich würde gerne etwas trinken. Wir können ja zusammen etwas Wasser trinken. Hast du auch was zum Essen im Haus? Ich könnte vielleicht später Hunger bekommen«, sagte sie gespannt.

»Natürlich habe ich auch genügend zum Essen hier in meinem Haus. Da du die Infusion noch brauchst, solltest du mit dem Essen warten. Trinken ist aber kein Problem. Warte mal kurz, ich hole uns zwei Gläser.«

Elaine freute sich, dass er sich so gut um sie kümmerte. All ihre Gedanken an Früher waren wie ausgeschaltet. Ihre Erinnerung an ihr früheres Leben würde sich später wiederherstellen. Durch den Schock und die Umstellung in ihrem Leben beschäftigte sie sich nur mit dem gegenwärtigen Augenblick. Sie wollte weder an die Vergangenheit, noch an die Zukunft denken. Was für sie zählte, war nur der Moment. Da kam auch schon Adriel mit den zwei Gläsern.

»Das ist aber nett. Danke«, sagte Elaine freundlich.

»Gerne. Ich hoffe, du verträgst das stille Mineralwasser nach dem gestrigen Rausch«, sprach Adriel betroffen. Er war sich nicht ganz sicher, ob es nicht verfrüht für sie war, das stille Wasser zu trinken. Aus seinen Kenntnissen der Medizin wusste er, dass das Trinken am nächsten Tag nach der Vergiftung nicht immer gut vertragen wird. Trotzdem schenkte er ihnen das stille Wasser in die zwei Gläser ein. Auch er wollte etwas trinken.

Sie nahm sich ihr Glas und trank vorsichtig ein Schluck nach dem anderen. Beide bemerkten, dass sie es gut vertrug.

»Es schmeckt sehr erfrischend. Das war eine gute Idee von dir. Wann darfst du mir denn die Infusion abmachen?«, fragte sie nachdenklich.

»In ein paar Stunden. Dann werden wir ein spätes Mittagessen zu uns nehmen. Ich werde uns einen Gemüsegratin zubereiten«, antwortete Adriel mit einer leichten Vorfreude, sie zu verwöhnen. Elaine hätte damit nicht gerechnet. Ein gutaussehender Mann, der auch noch kochen kann, das klang für sie spannend. Wie gerne würde sie sich von ihm in seinem Haus verwöhnen lassen. Denn sie war ja noch nicht ganz bei ihren Kräften. Das könnte sie nicht abschlagen, dachte sie. Sie wagte noch nicht, nach mehr Details über ihn zu fragen. Neugierig war sie aber schon darauf, mehr über ihn zu erfahren.

»Klingt gut«, antwortete sie.

Sie schwiegen anschließend etwas, sodass Elaine leicht einschlief. Auch Adriel ruhte sich aus. Beide waren müde von der Rettungsaktion. Alsbald wachten sie auf. Schließlich machte Adriel ihr die Infusion ab. Er fand, es reichte völlig aus, sie einen Tag damit zu versorgen. Er klebte ein kleines Pflaster auf die Stelle. Sie ließ es ruhig zu und vertraute ihm. Dies schätze er an ihr, denn nur so konnte er ihr gut helfen.

Jetzt konnte sie ihn besser erkennen. Ganz aktiviert von ihren Sinnen bemerkte sie seine Kleidung. Er hatte eine Jeans an. Sein Shirt war grau. Es sah aus, wie ein Markenshirt. Auch die Jeans gefiel Elaine. Sie fand, er hatte einen schlanken Körperbau. Jedoch konnte sie seine starken Oberarme erkennen. Also stellte sie fest, dass er schlank und gleichzeitig muskulös war, was ihr sehr gefiel. Seine Haare waren kurz, wie sie feststellte, und gestylt.

Er lächelte sie charmant an, während er ihr vorschlug, jetzt das späte Mittagessen für sie zu kochen. Bei dem Blickkontakt spürte sie da etwas, wie eine Anziehung. Mehr wusste sie nicht. Aber Adriel gefiel ihr jetzt besser, nachdem sie sich wacher fühlte. Denn sie konnte ihn besser sehen. Anschließend ließ er sie alleine. Er ging in seine Küche, um für sie beide das Mittagessen zu kochen. Dabei hoffte er, sie würde es ihm nicht übelnehmen, dass es schon nach sechzehn Uhr war. Sie lag immer noch auf der Couch. Leider war sie noch zu schwach um aufzustehen. Als beide alleine für sich waren, dachten sie nach. Adriel dachte darüber nach, ob er ihr gefiel. Er überlegte sich, was sie denn über ihn dachte. Ob sie denn eine Ahnung davon hatte, dass er in sie verliebt war. Noch konnte er nicht wissen, wie es weiter mit ihnen gehen würde. Insgeheim hoffte er, dass sie sich bei ihm eine längere Zeit ausruht, vielleicht sogar einige Monate. Er wollte ihr die Zeit geben, ihn kennenzulernen, denn das war die einzige Chance für sie beide.

Elaines Gedanken waren immer noch mit dem jetzigen Moment beschäftigt. Sie wollte und konnte nicht an ihre Vergangenheit denken. Ihr Denken drehten sie schon den ganzen Tag um diesen geheimnisvollen jungen Mann namens Adriel. Ein Glück, dachte sie, dass er sie gerettet hat. Was wäre aus ihr nur geworden ohne seine rettende Tat. Das kam ihr in den Sinn. Dabei musste sie daran zurückdenken, dass sie ohne ihn vielleicht gestorben wäre.

In der versteckten, dunklen Straßenecke hätte sie vielleicht keiner gerettet, und dann wäre es zu spät. Sie war ihrem Lebensretter sehr dankbar, konnte diese Dankbarkeit aber nicht offen zeigen. Manchmal tat sie es sich schwer mit Gefühlen. Große Gefühle zu empfinden, musste sie noch lernen. Genauso wie Gefühle zu zeigen. In ihrem Fall ging es noch nicht um das Gefühl eines ersten Verliebtseins, sondern um das Gefühl einer großen Dankbarkeit.

Sie mochte seinen Style, sowie sein Gesicht mit den ernsten Augen sehr. Vielleicht würde es ihm leichter fallen, später mehr zu lächeln. Noch machte er sich viele Sorgen um Elaine. Jedenfalls bemerkte sie schon einige Male eine Auflockerung in seinem Gesicht, sowie ein leichtes Lächeln. Sie fand, es stand ihm gut, zu lächeln. Auch sie lächelte jetzt.

Währenddessen bereitete Adriel das Gemüse zu. Er entschied sich für Kartoffeln, Brokkoli, Paprika, Möhren und Zucchini. Für die Soße benutzte er Sahne, Butter und Mehl, dazu geriebenen Parmesan. In einem Backblech für den Ofen bereitete er den Auflauf sorgsam zu und dachte dabei an Elaine.

Der Duft von frischem Gemüse breitete sich nach wenigen Minuten in der Küche aus. Diesen Duft konnte Elaine sogar im Wohnzimmer riechen, als ungefähr fünfzehn Minuten vergangen waren. Nach zwanzig Minuten war das Gemüsegratin fertig. Elaine konnte es kaum erwarten. Es duftete herrlich. Adriel servierte das Gemüsegratin in zwei Tellern und brachte diese in das Wohnzimmer.

»Schau mal, ich habe dieses Gemüsegratin für uns beide gekocht. Ich hoffe, es wird uns gut schmecken«, sagte Adriel stolz.

»Wow, das sieht ja toll aus. Lass es uns gleich mal probieren«, sagte Elaine überrascht.

Die saftigen Kartoffeln waren ein köstlicher Blickfang beim Gemüsegratin. Der geriebene Parmesan ließ das Gericht auflockern und gab seinen Duft hinzu. Beide aßen von dem Gemüsegratin. Dabei schauten sie sich tief in die Augen wie ein verliebtes Paar. Für Elaine war es jedoch noch viel zu früh, Adriel als ihren festen Freund zu betrachten. Ihre Gefühle mussten sich noch entwickeln. Adriel wollte charmant zu ihr sein, damit sie es sich in seinem Haus für eine Weile gemütlich machen konnte.

»Und, schmeckt's dir?«, wollte Adriel wissen.

»Und wie… Ich bin begeistert. Du kannst echt gut kochen. Das solltest du an dir schätzen. Nicht alle Männer können gut kochen.«

Elaine aß das Gemüsegratin langsam, denn sie genoss Adriels Kochkünste sehr. Für Adriel war es keine Selbstverständlichkeit, eine Frau mit seinen Kochkünsten zu verwöhnen. Er machte das nur bei Elaine, weil er Gefühle für sie empfand. Sie spürte erneut eine wachsende Verbindung zwischen ihnen.

»Ich koche eigentlich selten für andere. Doch ich habe natürlich schon mal für Freunde gekocht und es hat ihnen geschmeckt. Es macht mir Freude, dich mit dem Essen zu überraschen.« Adriel schaute sie erneut an.

»Das ist doch schön. Ich koche auch selten für andere. Wenn, dann koche ich nur für gute Freunde«, antwortete sie. Nachdem sie aufaßen, bedankte sich Elaine bei Adriel für das gute Essen. Adriel räumte das Geschirr ab.

Elaine stand zum ersten Mal nach dem Vorfall auf, um sich ein wenig im Haus umzuschauen. Sie betrachtete die feinen Säulen, die hohen Decken mit den Kronleuchtern, und schaute sich anschließend den Kamin an. Adriel schaute ihr dabei aus der Ferne zu. Er ging zu ihr. Sie standen sich gegenüber in seinem großen Wohnzimmer. Er fragte sie: »Wie fühlst du dich jetzt nach dem Essen?«

»Ich habe mich für den Anfang gut erholt. Das lag auch an deinem guten Essen. Ich werde noch ein wenig Zeit brauchen, bis ich wieder ganz bei mir bin. Mir ist noch etwas schwindelig«, sagte sie, ohne zu zögern. Sie fing langsam an, ihm zu vertrauen.

»Komm, gehen wir wieder zur Couch und setzen uns hin. Du kannst dich auch wieder hinlegen, wenn du möchtest«, schlug er vor.

»Klar, ich denke, ich werde mich diesmal hinsetzten.«

Beide gingen zur Couch. Sie setzten sich nebeneinander. Ihre Beine berührten sich leicht, was jedoch nur aus Zufall geschah. Elaine bemerkte es, wich jedoch nicht zurück. Sie scheute seinen ersten Körperkontakt nicht. Schließlich war er ihr sehr sympathisch.

Da wurde es still zwischen den beiden. Adriel wollte etwas von Elaine erfahren. Es hatte was mit der gestrigen Nacht zu tun. Da fragte er sie leise:

»Sag mal, spürst du jetzt ein Verlangen nach der Droge, oder ein Kribbeln? Ich möchte das wissen, weil es sehr wichtig ist.«

Sie horchte tief in sich hinein. Eigentlich war da nichts außer einem leichten Unwohlsein.

»Ich hatte großes Glück, dass du mir geholfen hast. Ich bemerke überhaupt kein Verlangen nach der Droge von gestern. Das ging nochmal gut«, sagte sie erleichtert. Dennoch würde sie lange brauchen, um sich vollständig zu erholen. Dafür hatte sie alle Zeit der Welt.

»Das ist gut zu hören. Mir fällt ein Stein vom Herzen. Ich hatte mir wirklich große Sorgen um dich gemacht.«

Sie verbrachten den restlichen Abend zusammen. Als es Zeit zum Schlafen wurde, brachte er sie ins Gästeschlafzimmer. Er schlief in seinem Bett.

KAPITEL 8

Die nächsten Wochen verbrachten Elaine und Adriel in seinem Haus. Adriel verwöhnte Elaine weiterhin mit gutem Essen. Sie führten lange Gespräche in seinem Wohnzimmer. Dabei schauten sie häufig fern. Manchmal schauten sie sich einen romantischen Liebesfilm an. Während des Liebesfilms saßen sie eng beieinander und berührten sich zufällig. Beiden tat diese Berührung gut.

Adriel hatte einen großen, gepflegten Garten. Eines Tages gingen sie in seinen Garten, um dort Picknick zu machen. Der Garten hatte einen Teich, in dem bunte Fische schwammen. Die Wiese des Gartens hatte ein sattes Grün. So wirkte der Garten einladend. Rosensträucher befanden sich an den Seiten des Gartens, mit großen Rosen in den satten Farben Rot und Violett. In der Mitte war der Teich, sowie mehrere melancholische weiße Bänke. Adriel saß gerne auf einer der Bänke, wenn er alleine war. Dann betrachtete er die Fische im Teich, die Wolken und dachte viel über das Leben nach. Mehrere Bäume befanden sich im Garten, auf denen im Herbst Nüsse wuchsen. Adriel sammelte diese Nüsse dann auf, sobald es Anfang Herbst wurde. Sie fielen während dieser Zeit von den Bäumen ab und lagen auf der Wiese. Die Nüsse schmeckten ihm gut. Auch waren sie gesund.

Die beiden nahmen sich eine weiche Decke mit, sowie Kekse und Orangensaft. Es war Anfang Herbst. Aber es war noch warm genug, um draußen zu verweilen. Die Wiese war trocken, daher konnten sie sich bequem auf die Decke setzten. Diese hatten sie direkt auf der Wiese ausgebreitet. Die Blätter waren noch vermehrt grün. Sie fielen noch nicht von den Bäumen ab. Es war ein warmer, sonniger Herbstanfang. Adriel dachte darüber nach, ob er ihr heute anvertrauen sollte, was ihm auf dem Herzen lag. Sie saßen mit ausgestreckten Beinen bei ihrem Picknick. Da sprach Adriel bewusst:

»Weißt du, Elaine, ich beobachte dich schon seit langem. Ich habe den Eindruck, dass dein Leben in der letzten Zeit aus den Fugen geraten ist.« Elaine war erstaunt über seine Aussage. Woher konnte er das alles wissen? Sie konnte sich stellenweise erinnern, was er meinte. Sollte sie ihm zugeben, dass er recht hatte?

»Ich weiß nicht, wie das möglich ist. Ich kann mich nicht daran erinnern, dich vorher in meinem Leben getroffen zu haben. In meinem Freundeskreis bist du auch nicht. Überhaupt kann ich mich nicht an die

Einzelheiten meiner Vergangenheit erinnern«, antwortete sie ihm zunächst misstrauisch. Sie wusste, das lag an ihrer Drogenvergiftung.

»Hör mal, ich habe dich in Diskotheken gesehen, wie du dich von den Barkeepern zu immer mehr Alkohol verführen lässt. Das könnte mit der Zeit zu einer Gefahr für dich werden«, warf Adriel seine Meinung zu dem Thema ein. Da kam ihr in den Sinn, wie das langsam zum Problem für sie wurde und wie sie dieses Problem immer wieder verdrängte. Schließlich gab sie zu:

»Das Stimmt. Ich gebe zu, dass ich es in der letzten Zeit immer mehr zugelassen habe. Auch haben mich dann in der Disco Männer angemacht, von denen ich nichts wollte.«

»Na siehst du. Das liegt auch an deinem Freundeskreis. Ihr geht an den Wochenenden immer tanzen. Aus Gewohnheit trinkt ihr dann stark alkoholhaltige Cocktails. So kann das doch nicht weitergehen.« Er machte sich erneut große Sorgen um sie. Aber er war froh, ihr von seinen Sorgen zu berichten. Sie fühlte sich zunächst durcheinander und verstand nicht, woher er so viel über sie wusste. Sie wusste einfach nicht, was sie daraufhin antworten sollte. Sollte sie jetzt sauer auf ihn sein? Nein, das konnte sie nicht. Nachdem er so lieb für sie gekocht hatte, nachdem er sie gerettet hatte, da konnte sie keine Wut für ihn empfinden. Stattdessen versuchte sie, ihm zu vertrauen.

»Ich kann mich daran erinnern. An die durchtanzten Nächte mit meinen Freunden in dem Nachtleben von Berlin. Das alles mit zu viel Alkohol und blöden

Anmachen von irgendwelchen Typen. Langsam ist es außer Kontrolle geraten. Da gebe ich dir recht.« Jetzt vertraute sie ihm auch das an. Es sollten keine Geheimnisse dieser Art zwischen ihnen entstehen. Vor allem nicht, wenn er sowieso schon davon wusste.

»Genau das meine ich. Ich denke, du bist da einfach an die Falschen geraten. Ich schlage dir daher vor, dass du dich davon in meinem Haus erholst. Du sollst nicht wieder mit deiner Vergangenheit in Berührung kommen«, sagte Adriel in einem eindringlichen Ton. Sie nahm ihn als sehr direkt wahr. Erneut fühlte sie sich von ihm überrumpelt. Wie konnte er nach alldem so direkt sein? Es musste sich um echte Schwierigkeiten handeln, dachte sie.

»Na gut. Aber irgendwie muss doch mein Leben weitergehen. Ich habe einen Beruf, habe Freunde…«, sagte sie aufgewühlt.

»Ich habe bei deiner Arbeit angerufen und gesagt, dass du für eine längere Zeit krank bist. Deine Freunde werden wohl denken, du machst gerade Urlaub oder bist verreist. Nimm Abstand von deinem früheren Leben. Ich kann dir dabei helfen.«

Eine längere Gesprächspause entstand zwischen ihnen. Sie schauten sich direkt in die Augen. Elaine war den Tränen nahe. Plötzlich empfand sie ihn so geradeaus. Sie kämpfte damit, nicht loszuweinen. Ihre Wangen erröteten vor Wut. Ob es eine Wut auf Adriel war, oder auf sie selbst, wusste sie nicht. Sie wollte einfach schweigen. Daher nahm sie sich ein paar Kekse und schüttete sich den Orangensaft in einen Becher ein. Er ahmte ihr das nach. Sie konnten diese Erfrischung gut vertragen nach dem ernsten Gespräch. Sie aßen die süßen Kekse und tranken den fruchtigen, kühlen Orangensaft, um sich wieder zu beruhigen. Sie konnten den Geruch von grünen Bäumen wahrnehmen. Der Duft der Wiese und der Rosen vermischte sich mit dem Wind. Es war früher Nachmittag. Der Himmel war blau mit einigen Wolken. Da zeigte Adriel Elaine seine großen Flügel.

Ganz langsam spannte er sie auf. Er öffnete sie in ihre Richtung und schwang mit ihnen. Es sah einfach herrlich aus. Sie schaute ihn ganz verwundert an. Anschließend schaute sie sich seine Flügel an, die ihn zu einem richtigen Engel machten. Ihr stockte zunächst der Atem. Sie musste zweimal hinsehen. So etwas kannte sie noch gar nicht. Keiner ihrer Freunde besaß Flügel. Sie wusste nicht, dass es solche Menschen mit Flügeln gab. Sie kannte das nur aus Filmen und Legenden.

»Das habe ich ja noch nie gesehen. Hast du da etwa große Flügel? Wer bist du eigentlich und warum hast du mir das die ganze Zeit verschwiegen?« Sie glaubte immer an übernatürliche Wesen wie Engel. Das, was sie sah, war ihr jedoch zu viel.

»Ich bin dein Schutzengel. Und das sind meine Flügel. Wie du siehst, bin ich ein richtiger Engel. Ich wollte es dir nicht gleich verraten.« Er lächelte sie freundlich an. Damit wollte er zeigen, dass er es gut mit ihr meinte.

»Wow, du hast also richtige Flügel und bist ein Engel. Du hast eben gesagt, du bist mein Schutzengel. Jetzt weiß ich, woher du soviel über mich weißt«, sagte sie in einem bewegten Ton. Sie konnte es nicht lassen, Adriel mit seinen Flügeln zu betrachten. Sie fand, er sah fantastisch aus. Die Flügel machten ihn noch sympathischer für sie. Doch wirkten die Flügel zunächst auch furchteinflößend. Sie hatte gemischte Gefühle zu ihm.

»Jetzt weißt du auch, woher ich dich kenne und deinen Namen weiß. Es gibt viele Engel hier über Berlin. Wir wohnen in einer himmlischen Sphäre. Doch manchmal wohnen wir auch in unseren Häusern«, vertraute er ihr die Wahrheit über die Engel an.

»Das hört sich ja echt spannend an. Ich habe es also mit einem richtigen Engel zu tun. Seit wann bist du denn mein Schutzengel?«, wollte sie wissen.

»Seit deiner Geburt. Manchmal habe ich dich beobachtet, als du es nicht bemerkt hast. Zum Beispiel an der Uni oder im »Café Royale«. Wir Engel können uns unsichtbar vor den Menschen machen«, erklärte er ihr alles. Er wollte ihr nichts mehr verheimlichen. Sie sollte alles erfahren, denn sie schien mutig genug dafür zu sein.

»Dann weißt du also eine Menge über mein Leben. Das ist gar nicht so schlimm. Ich habe nichts vor dir zu verbergen. Nur so konntest du mich rechtzeitig retten.« Beide lächelten sich charmant an. Sie saßen sich gegenüber. Die Tatsache, dass sie ihm nichts zu verbergen hatte, schmeichelte ihm.

»Auch ich habe dir nichts zu verbergen. Mit der Zeit wirst du mehr über die Aufgabe der Engel erfahren«, sagte er sanft und blickte ihr dabei tief in die Augen.

»Erzähl mir auch ein wenig über dein Leben als Engel. Es muss nicht heute sein. Wir haben ja noch Zeit. Ich möchte zunächst bei dir bleiben, denn ich vertraue dir.« Da berührte er sanft ihre Hand. Sie ließ es zu. Es war ein romantischer Augenblick in seinem schönen Garten. Sie saßen Hand in Hand auf der Wiese beim Picknick. Sie konnte ein erstes Kribbeln im Bauch spüren. Anschließend streichelte er ihre blonden, offenen Haare. Diese Berührung fühlte sich für sie weich an. Er streichelte sie leicht an ihrem Nacken und am Rücken. Seine sanften Berührungen weckten erste Gefühle in Elaine. Sie verstand allmählig, dass er vielleicht etwas für sie empfand. Er war schließlich schon seit ihrer Geburt ihr Schutzengel.

Sie wich nicht zurück. Er streichelte sie zärtlich am Rücken mit seiner rechten Hand. Er machte das ganz langsam und bewusst. Als Reaktion richtete sie sich auf. Ihr Rücken fühlte sich von der Berührung warm an. Ihr Bauch zog sich zusammen. Am Rücken kribbelte es. Ob sie es verstand oder nicht, sie empfand diese ersten Berührungen als angenehm. Dennoch musste sie sich noch mehr lockern, um die Berührungen intensiver zu fühlen. Da war eine gewisse Anspannung in ihr vorhanden, als er sie berührte. Sie musste so viel nachdenken. Ihm schien das nichts auszumachen.

Sie saßen sich immer noch gegenüber. Da nahm er ihre beiden Hände in seine und schaute ihr tief in die Augen. So, als wollte er ihr etwas sagen. Jedoch schwieg er dabei. Sie musste schwer durchatmen. Tausend Gedanken auf einmal gingen ihr durch den Kopf. Sie wusste, sie musste sie ordnen, damit kein Chaos in ihrem Kopf entstand. Er hielt ihre beiden Hände fest, ohne sie zu drücken, sondern berührte sie nur ganz leicht. Dabei streichelte er mit seinen beiden Händen die ihre. Er streichelte sie an der Handoberfläche. Dann ging er zu den Daumen über, bis er zärtlich mit seinen Händen alle ihre Finger umrundete. »Ich muss wirklich zugeben, du hast wunderschöne Hände. Deine Haut ist ganz weich und sanft. Ich könnte stundenlang nur deine Hände streicheln«, sagte er mit einem charmanten, süßen Lächeln. Er hoffte, ihr gefielen seine Worte und die sanften Berührungen. Sie lächelte ihm entgegen und schaute auf seine Hände. Sie fand, auch er hatte schöne Hände. Für einen Mann waren sie sehr gepflegt. Sein Lächeln gefiel ihr jetzt noch mehr.

»Das hast du schön gesagt. Ich finde meine Hände sehen ganz normal aus. Ich muss aber zugeben, dass ich auf meine Maniküre achte.« Sie schaute als Nächstes ihre eigenen Hände an. Sie wusste zwar nicht, wie er das empfand. Jedoch empfand sie seine Hände als ein Symbol dafür, dass er sich pflegte. Das war ihr wichtig. Auch sie pflegte sich. Das tägliche Duschen und das Eincremen gehörten für beide mit dazu. Bei ihrer Ankunft in seinem Haus hatte er ihr im Bad alles gezeigt. Sie hatte ein extra Gästebadezimmer für sich alleine, mit allem, was sie als Frau an Schönheitspflege benötigte.

»Du bist eine hübsche Frau. Mir gefällt, wie du lächelst. Und mir gefällt deine Art. Du hattest gleich nichts dagegen, mich näher kennenzulernen«, sagte er selbstbewusst. Dabei war er auf ihre Reaktion sehr gespannt. Er wollte weitermachen.

»Danke für dein Kompliment. Ich finde dich sehr nett. Das ist der Grund, warum ich dich näher kennenlernen möchte. Von Anfang an fand ich dich sehr sympathisch«, sie musste sich für diese ehrlichen Worte überwinden. Sie fielen ihr nicht leicht. Sie hatte noch nie richtige Gefühle für jemanden empfunden. Das war etwas ganz Neues für sie, was sie noch lernen musste. Sie fand, jetzt war die richtige Zeit dafür gekommen.

»Es ist gut, wenn auch ich dir sympathisch bin. Denn ansonsten würde ich dich ja zu etwas zwingen, was du nicht möchtest«. Auch er wurde von einem Gefühlsausbruch überwältigt. Jetzt versuchte auch er, seine Gefühle zu ordnen. Es war das erste Mal, dass sie sich so nahe waren. Es fühlte sich wohl an, für beide. Zugleich war es für beide aufregend.

»Nein, ganz und gar nicht. Ich bin im Moment offen für etwas Neues. Mich hält keiner fest, einen neuen Mann wie dich kennenzulernen«, sagte sie ihm offen und ehrlich. Seine Augen strahlten, als sie das sagte. Sie fühlte sich deutlich mehr zu ihm hingezogen, als noch vor ein paar Tagen. Eine ehrliche Antwort, das fand er gut.

»Auch mich hält keiner auf, einer schönen Frau wie dir zu begegnen. Auch ich möchte dir näher sein und dich besser kennenlernen.« Adriel dachte sich schon, dass Elaine gerade nicht in einer festen Beziehung war. Er war schon lange in keiner Beziehung. Überhaupt war er noch nie in einer richtigen, festen Beziehung. Daher war es ihm wichtig, das kurz anzusprechen. Denn sie sollte nicht denken, in seinem Haus wohnt eine andere Frau. So, hoffte er, dachte sie, er war offen für eine neue Beziehung zu ihr. Damit hatte er auch recht.

So langsam verschwanden ihre Zweifel daran, ob denn dieser Prachtkerl schon in einer Beziehung zu einer anderen Frau war. Natürlich war Elaine als Frau da erstmal skeptisch. Daher hielt sie sich in seinem Haus etwas zurück. Schließlich war es ein großes, schönes Haus. Einschüchtern lassen wollte sie sich jetzt aber nicht mehr.

Langsam ließ er ihre Hände los. Er nahm ihr Gesicht in seine Hände und streichelte ihre Wangen. Sie errötete. Wohin soll das nur führen, dachte sie. Er kam ihrem Gesicht plötzlich näher und gab ihr einen liebevollen Kuss auf den Mund. Sein Mund fühlte sich für sie weich an. Ihre Lippen schmeckten für ihn süß wie bei einem jungen Mädchen.

Es folgten weitere liebevolle Küsse auf den Mund. Bis sich beim nächsten Kuss ihre Zungen berührten. Er umrundete ihre Zunge spielerisch, während die Vögel im Garten eine Liebesmelodie zwitscherten. Sie gaben sich in seinem Garten gefühlvollen Küssen hin, um ihr Kennenlernen aufzulockern.

Schließlich ließen beide eine enge Umarmung zu und küssten sich weiter. Die feste, verliebte Umarmung zusammen mit den langen Küssen wurde noch leidenschaftlicher. Bis sie sich ganz in einander verloren fühlten. So verbrachten sie den ganzen Nachmittag.

Als sie endlich von den Küssen loslassen konnten, sagte Adriel:

»Ich glaube, ich habe mich in dich verliebt. Und zwar nicht erst gerade eben. Ich habe mich schon vor einigen Jahren in dich verliebt, als du noch nichts von mir wusstest.« Sein Herz klopfte vor Aufregung, als er ihr seine tiefsten Gefühle gestand. Er wusste bis jetzt nicht, was sie für ihn empfand. Natürlich hoffte er zutiefst, sie würde das Gleiche für ihn empfinden. Sicher war er sich jedoch nicht. Dafür kannte sie ihn noch zu wenig. Er wartete gespannt ihre Reaktion ab. Ein wenig schaute er jetzt weg, denn die eigene Unsicherheit bestürzte ihn.

»Ich denke, ich empfinde da auch etwas für dich. Du hast dich als mein Retter in einer sehr schwierigen Lage bewiesen. Dafür bin ich dir dankbar. Auch mag ich, wie du mich in deinem Haus aufgenommen hast«, gestand sie ihm ihre anfänglichen Gefühle. Da war er erleichtert und sagte:

»Es war klar für mich, dass ich dir helfen würde. Du brauchst dich dafür nicht zu bedanken. Ich bin schließlich dein Schutzengel.« Jetzt zeigte er ihr seine riesigen Flügel erneut. Er beschützte sie mit seinen Flügeln, als er sie schwungvoll um Elaine legte. Nun lag Elaine in seinen riesigen, weichen Flügeln. Sie kämpfte mit ihren aufflammenden Gefühlen. Wie im Traum schmiegte sie sich in seine Flügel. Beide waren sich ganz nahe in diesem Moment der ersten Liebe. Jedoch wusste keine der beiden, wie es weitergehen würde. Keiner wollte zu viel an die Zukunft denken oder etwas überstürzen.

Elaine lehnte den Kopf an Adriels Schulter. Sie konnte zum ersten Mal seinen männlichen Duft wahrnehmen. Er roch nach Bergamotte, Orangenblüten und Rosenholz. Diese Duftkombination raubte Elaine ihre Sinne. Sie schaute ihm direkt ins Gesicht und nahm dabei noch mehr von diesem männlich riechenden Duft wahr.

Sie könnte in seinen dunklen Augen versinken. Dabei musste sie ihm nicht direkt in die Augen schauen. Sie fühlte sich manchmal viel zu schüchtern, ihm direkt in die Augen zu schauen. Manchmal, wenn sich ihre Blicke zufällig trafen, schaue sie einfach weg. Denn seit ein paar Tagen fühlte sie da ein Kribbeln im Bauch, wenn sich ihre Blicke trafen. Sie bewunderte seinen eindringlichen, männlichen Blick. Manchmal ertappte sie sich dabei, wie sie ihn heimlich beobachtete.

Doch erst heute verstand sie ihre Gefühle zu ihm. Am Anfang war es eher ein Bewundern. Mit der Zeit erst entwickelten sich bei ihr diese ersten Gefühle. Schon allein die Tatsache, dass er ein Engel war mit großen, schönen Flügeln, ließ sie auf Wolke sieben schweben. Ja, sie war in ihn verliebt, dachte sie. Das konnte sie nicht leugnen.

Auch war sie damit einverstanden, sich von ihrem Freundeskreis für eine Zeit lang zu verabschieden. Dafür wurde ihr Adriel umso wichtiger. Es ging schließlich nicht nur um Adriel. Es ging vor allem auch um ihre Gesundheit nach dem schweren Absturz. Sie sollte sich hier in seinem Haus erholen und zu sich kommen. Dafür war sie bereit, sich genügend Zeit zu lassen. So hat Adriel es ihr erklärt und sie war einverstanden.

Seine breiten Schultern waren schon ein Blickfang für sich, fand sie. Manchmal konnte sie seine starken Oberarme bewundern, wenn das T-Shirt kurz genug war. Sie war neugierig darauf, wie sein muskulöser, starker Bauch sich anfühlt. Vielleicht würde sich in der Zukunft eine Gelegenheit ergeben, da mal zu fühlen. Heute wollten sie nicht zu viel wagen, außer die sanften Berührungen, die Umarmungen und die Küsse. Adriel fand, Elaine hatte ein wunderschönes Gesicht. Ihre Art, ihn zu küssen, gefiel ihm sehr. Ihr mädchenhaftes Gesicht versteckte ihr wahres Alter. Sie war ja kein Teenager mehr, sondern schon Anfang 20.

Ihre gepflegten Nägel waren ihm genauso wichtig wie ihre frischen Haare. Sie flossen locker über ihre Schultern im blonden Glanz. Er konnte sogar einige Locken in ihren Haaren bewundern. Er erkannte ein Strahlen in ihren blauen Augen. Immer wenn er ihr nahe war, erstrahlte auch ihr Gesicht. Sie war dann nicht mehr so traurig über das, was ihr angetan worden war. Er wollte sie durch seine liebevolle Art darüber hinwegtrösten. Damit sie das schlimme Ereignis nicht mehr so nahe bei sich im Herzen trug. Denn dieses Ereignis war wirklich das Schlimmste, was sie in ihrem Leben erlebt hat.

Sie gingen nach ihrem Picknick rein ins Warme. Es wurde schon ein wenig kühl draußen, als der Abend anbrach. Die Vögel zwitscherten ein letztes Mal für diesen Abend, während der Himmel einen Ton dunkler wurde. Adriel ließ Elaine natürlich solange das Gästeschlafzimmer benutzen, wie sie es wollte. Insgeheim freute er sich jedoch darauf, sie bald auf sein Schlafzimmer einzuladen, um mit ihr sein Bett zu teilen. Nachts fühlte er sich manchmal so einsam. Er konnte auch nachts gut ihre Gesellschaft gebrauchen. So fühlte er jetzt nach der intimen Zeit im Garten.

KAPITEL 9

Es wurde Abend. Drinnen im Haus wollten sie noch ein bisschen kuscheln auf der Couch. Dabei machten sie den Fernseher an. Gerade lief »Drei Engel für Charlie«. Jedoch waren sie damit beschäftigt, ihre Gefühle füreinander zu verstehen, daher geriet der Film für sie in den Hintergrund. Schließlich kamen sie sich zum ersten Mal so nahe. Elaine wollte ihr Denken ausschalten. Einfach zur Ruhe kommen. Denn es war so viel passiert in letzter Zeit.

Adriel hörte auf sein Herz. Er spielte mit dem Gedanken, sie auf sein Schlafzimmer einzuladen, sobald es Spätabend wurde. Er dachte die ganze Zeit darüber nach, ob es nicht vielleicht zu früh sei. Doch er wollte nicht allzu lange damit warten. Denn er wollte ihr endlich anbieten, in seinem Bett zu schlafen. Er sehnte sich nach ihrer Nähe, sowie nach Geborgenheit. Schließlich fasste er den Entschluss und fragte sie: »Komm heute Nacht in mein Schlafzimmer. Wir können uns dort noch näherkommen. Du bist mehr, als nur ein Gast. Du bist jetzt meine Freundin. Wir können ruhig in einem Bett schlafen.« Sie dachte kurz darüber nach. Im Gästeschlafzimmer fühlte sie sich wohl. Doch jetzt war die Zeit gekommen, dem Mann ihrer Träume näherzukommen.

»Ich habe nichts dagegen. Warum auch nicht«, war ihre etwas zurückhaltende Antwort.

»Auf, dann komm. Es wird Zeit«, schmeichelte er ihr. Sie lächelte ihn an und sie verschwanden in sein Schlafzimmer. Der Fernseher war jetzt aus.

»Wow«, sagte sie, als sie das Schlafzimmer im ersten Stockwerk betraten. Es war sehr groß und edel. Das große Doppelbett stand an zwei Fenstern. Die Fenster waren oben rund und liefen geradeaus nach unten, wie in einem Herrenhaus. Cremeweiße, lange Vorhänge schmeichelten den Fenstern. Davor stand das Bett. Die Kopfstütze hatte oben Verzierungen aus Gold, die Lilien ähnelten. In der Mitte der Kopfstütze waren zwei goldene Ringe, die ineinander lagen. An den äußeren Rändern rechts und links der Kopfstütze befanden sich goldene Umrisse.

Das Bett war beige. Es lagen zwei elegante Kissen auf dem Bett mit einem Bettbezug aus Seide. Sie waren in einem sehr hellen Grün-Beige. Sie feine Decke war in der gleichen Farbe passend zu den Kissen. Der Nachttisch glich einer Kommode, auf dem eine Nachtlampe stand, die wie eine Vase aussah. Ein zweiter Nachttisch stand auf der anderen Seite, mit einer Vase und zwei weißen Blumen. Der Schrank hatte in der Mitte einen Spiegel mit dem gleichen, doppelten Ringsymbol wie das Bett. Oben am Rand waren goldene Lilienverzierungen vorhanden, die passend zum Bett den Blick auf sich zogen. Der Schrank war ebenfalls beige mit goldenen Umrissen an den Rändern.

Vom gesamten Schlafzimmer ging eine helle Aura aus. Es befand sich ein kleiner Tisch mit zwei Schubladen zwischen dem Bett und dem Schrank. Über dem Tisch hing ein ovaler Spiegel. Auf dem Tisch standen Blumen in einer breiten Vase. Sie waren passen zu dem beigen Schlafzimmer in der Farbe Weiß. Als Sitzgelegenheit diente ein golden-beiger Hocker mit einem feinen Stoffbezug. Der Boden war weich, denn ein großer Teppich, der eigentlich im Hintergrund blieb, brachte viel Wärme und Geborgenheit in das Schlafzimmer. An der Decke hing ein großer Kronleuchter, den Adriel zuvor anmachte.

»Das ist also mein Schlafzimmer. Ich wollte es dir endlich zeigen. Ich hoffe, es gefällt dir.«

»Das kann man wohl sagen. Du hast echt ein schönes Schlafzimmer. Du kannst dich glücklich schätzen«, antwortete sie treffend. Ihre Blicke trafen sich.

»Danke. Ich hatte gehofft, dass es dir gefällt«, gab er als Antwort. Er fügte hinzu:

»Lass uns doch gleich ins Bett gehen. Ich werde dir ein Nachthemd geben.« Er holte ein seidenes, goldenbeiges Nachthemd aus seinem Schrank, das kurz geschnitten war. Er hatte noch einige mehr in ihrer Größe vorbereitet. An alles war gedacht. »Das ist gut. Dann werde ich mich jetzt umziehen«, sagte sie offen.

»Keine Sorge, das werde ich auch. Ich schlafe in Shorts.« Sofort kribbelte es in ihrem Bauch. Sie würde bald seinen Körper sehen. Ohne Schamgefühle zogen sie sich voreinander langsam aus, als sei es was ganz Natürliches. Als Nächstes zogen sie ihre Schlafkleidung an. Keiner starrte den anderen beim Umziehen an. Ihre offene Einstellung zueinander beruhte auf Freundlichkeit.

Er schaltete das Licht aus. Daraufhin schaltete sie fast gleichzeitig die Nachtlampe an. Die Stimmung lockerte sofort auf, als das Zimmer dunkler wurde. Sie gingen zu Bett, doch nicht gleich war an Schlafen zu denken. Unter der gemeinsamen Decke lagen sie auf den weichen Kissen. Sie entspannten sich für die erste gemeinsame Nacht.

Er rückte näher zu ihr, um sich an sie zu schmiegen. Sie versuchte, ihn in seiner Nähe nicht zu fürchten. Sie lagen ganz nahe beieinander im gemeinsamen Doppelbett. Er umarmte sie ganz leicht, legte seinen Arm um ihren Körper. Sie konnte seinen Körper hinter ihrem spüren, wo er sich weich an sie schmiegte. Noch wollte sie sich nicht zu ihm drehen. Lieber wollte sie diese Nähe genießen, die er jetzt ebenfalls zuließ. Die Nachtlampe sollte an bleiben, dachten beide. Denn vielleicht wollten sie nicht gleich schlafen. Keiner der beiden hatte etwas dagegen, den anderen mit Berührungen zu erkunden. Sie waren neugierig darauf, wie es heute Nacht weitergeht.

Elaine fand, ihr Nachthemd sah sehr hübsch aus. Es betonte ihre Figur. Das bemerkte auch Adriel. Er streichelte sie an der Brust. Sie war im Nachthemd, welches sich für Adriel weich anfühlte. Diese Berührungen ließen ihr Herz höherschlagen. Ihre Verspannung löste sich. Adriel gefielen Elaines üppige Brüste. Daher konnte er mit seinen Händen nicht aufhören, sie zu streicheln.

Er ging mit seiner Hand weiter nach unten und berührte ihren Bauch. Seine Berührungen waren langsam, ruhig. Ein wenig hob sie als Reaktion ihre Schultern an. Dann ließ sie ihre Schultern wieder fallen. Sie schloss ihre Augen, jedoch nicht, um zu schlafen. Sie wollte eine sanfte Verbindung zu ihm aufbauen, mit allen ihren Sinnen. Mit geschlossenen Augen konnte sie ihn besser wahrnehmen.

»Ist es in Ordnung für dich, wenn ich dich ein wenig berühre?«, fragte er zärtlich.

»Ja, zögere nicht«, antwortete sie, ohne viel darüber nachzudenken. Adriel streichelte ihren Bauch. Er ging mit seiner Hand unter das kurze Nachthemd, denn er wollte ihre Haut spüren.

»Und wenn ich unter das Nachthemd gehe?«, wollte er wissen.

»Auch das ist in Ordnung für mich«, sagte sie leise. Er fühlte ihre weiblichen Rundungen am Becken, was er sehr schön fand. Den unteren Bauch erkundete er unter dem Nachthemd. Auch ihre Taille berührte er. Ihre schmale Taille verführte seine Sinne. Adriel fand Elaine unglaublich anziehend.

Er wagte es, ihre Brüste unter dem Nachthemd zu streicheln. Sie fühlten sich unglaublich zart an. Weibliche Rundungen hatte sie, obwohl sie schlank war, dachte er. Es fühlte sich für sie gut an, wie er sie streichelte. Trotzdem zuckte sie zusammen, als er unter dem

Nachthemd immer weiter ging. Ohne lange zu überlegen drehte sie sich zu ihm. Sie lagen jetzt einander gegenüber im schönen Doppelbett. Elaine öffnete ihre Augen. Sie stellte fest, dass er sie anschaute. Wie aufregend, fand sie. Seine Augen glitzerten, sein Blick war freundlich. Er hatte nichts zu verbergen. Er hatte ihr alles gesagt. Weitere Liebesgeständnisse brauchten sie nicht. Manchmal war es besser, zu schweigen.

Er ließ seine Flügel im Hintergrund. Trotzdem konnte sie erkennen, wie er sie um ihren Körper legte. Er wollte sie nicht mit seinen Flügeln durcheinanderbringen, daher zeigte er sie ihr nur angedeutet. Das war für sie jedoch schon eine große Geste der Wertschätzung. Elaine fand es toll, dass er sich ihr als Engel zeigte. Ja, sie hatte einen richtigen Schutzengel.

Auch sie wollte seinen Körper spüren. Sie umarmte ihn, drückte ihn näher zu sich. Sie streichelte seine muskulösen Oberarme. Als Reaktion spannte er sie an. Dann ließ er sie locker. Seine Muskeln waren ein Zeichen seiner Kraft.

Sie ging davon aus, dass es Zeiten gab, in denen er trainierte. Vielleicht mit den anderen Engeln, nahm sie an. Sie ging zu seinen Schultern über. Auch hier konnte sie Muskeln wahrnehmen. Dann streichelte sie seinen muskulösen Oberkörper. Sie stellte fest, dass er einen sehr guten Körperbau hatte. Ein Prachtexemplar von Mann, der auch noch ihr Schutzengel war. Sie schwärmte für ihn bei diesem Gedanken. Beide hatten richtige Gefühle füreinander. Es war also für beide etwas Ernstes. »Du bist sehr muskulös. Wie kommt das?«, fragte sie neugierig.

»Bei uns Engeln gibt es Möglichkeiten, zu trainieren. Das machen wir in der himmlischen Sphäre. Ich übe Leichtathletik. Aber am wichtigsten ist für uns das gemeinsame Trainieren für den Kampf.« Sie musste wissen, dass er für den Kampf trainierte, mit anderen Engeln. Genauigkeiten wollte er ihr nicht erzählen. Zum Beispiel, dass sie auch mit dem Schwert trainierten. Als er ihr das sagte, war sie ergriffen.

Diese Engel waren also sehr trainiert. Sie überlegte sich, ob sie denn manchmal kämpfen mussten. Ob es denn schwierig für die Engel war, wenn sie mit jemanden kämpften. Oder gar gefährlich. Soweit wollte sie gar nicht denken. Ihren Schutzengel wollte sie keiner Gefahr aussetzen. Schon gar nicht, wenn er gegen einen Gegner kämpfen musste.

Ohne weiter darüber nachzudenken, küsste sie ihn auf den Mund. Er antwortete mit weiteren Küssen auf ihren Mund. Dabei nahm er ihren Kopf und streichelte sie an ihren Haaren. Sie konnte eine Wärme an ihren fließenden Haaren wahrnehmen, die von seinen Händen ausging. Er zog sie noch näher zu sich in einer festen Umarmung. Beiden kam die Umarmung wie eine Ewigkeit vor.

Langsam ging er an ihren Po, um ihren Slip auszuziehen. Auch er zog langsam seine Shorts aus. Nachdem sie sich erkundet hatten, wollten sie noch mehr. Es war soweit, er kam ihr mit seinem Becken näher. Dabei fasste er sie an den Po. Das erzeugte erneut ein Wärmegefühl bei ihr. Sie hielt ihn an seinem Rücken fest. Er ging mit seinen Händen an ihren Rücken während sie sich fest umarmten. Ihr Becken vereinte sich mit ihm in einem perfekten Zusammenspiel. Sie küssten sich daraufhin leidenschaftlich. Beide bewegten sich in rhythmischen Bewegungen mit vereinten Körpern. Es wurde sehr aufregend für beide, das miteinander auszuprobieren.

Das dunkle Licht erzeugte eine romantische Stimmung im wunderschönen Schlafzimmer des Engels. Elaine wollte alles zulassen, was geschah. Es gefiel ihr. Sie waren gut aufeinander eingestimmt in allem, was sie heute Nacht taten. Keine Zweifel, sie passten als Paar gut zusammen. Das auch in ihrer nächtlichen Vereinigung. Sie vertieften sich erneut in ihren innigen Küssen. Anschließend ließen sie ein wenig Abstand von ihren Körpern.

Sie lagen wieder nebeneinander. Es hat ihnen gefallen. Loslassen wollten beide noch nicht voneinander. Küsse, Liebkosungen und Berührungen gingen in eine Müdigkeit über. Sie schaltete das Licht aus. Beide umarmten sich zärtlich und schliefen ein. Die erste gemeinsame Nacht in Adriels Schlafzimmer. Es war so schön für beide. Sie hatten sich besser kennengelernt in dieser Nacht. Sie waren einander zum ersten Mal so nahe. Jetzt schliefen sie fest in einem Bett. Sie hatten vor, ab jetzt in einem Bett zu schlafen. In Adriels Schlafzimmer.

Während der Nacht war es still. Sie schliefen gut. Am nächsten Morgen wachte Adriel etwas früher auf als Elaine. Er beobachtete sie beim Schlafen. Seine tiefen Gefühle konnte er nun deutlicher spüren. Er wollte sie nicht mehr verbergen. Er überlegte, ob sie denn auch in ihren Gefühlen zu ihm überzeugt war. Er begriff, dass sie gestern Nacht auch etwas für ihn empfand. Sonst hätte sie diese Nacht nicht zugelassen. Sie schlief noch fest. Es war früher Morgen. Draußen ging langsam die Sonne auf. Es war jedoch noch nicht ganz hell. Er legte seinen Arm um sie, während sie weiterschlief. Sie wirkte auf ihn sehr anziehend. Da machte sie einige Bewegungen und öffnete langsam ihre Augen. Sie wurde wach. Erneut nahm sie wahr, dass er sie anschaute. Also war er schon vor ihr wach.

»Guten Morgen Elaine. Hast du gut geschlafen?«, fragte Adriel.

»Guten Morgen Adriel. Ich habe sehr gut geschlafen. Das liegt an deinem gemütlichen Schlafzimmer«, antwortete sie entspannt nach ihrer ersten gemeinsamen Nacht. Er küsste sie auf den Mund, denn diese Antwort schmeichelte ihm. Sie konnte seinen Duft wahrnehmen. Er roch nach einem verführerischen Duft. Dieser war typisch für ihn. Er erinnerte sie an Bergamotte, Orangenblüte und Rosenholz.

»Möchtest du duschen und dich für den Tag frisch machen?«, wollte Adriel freundlich wissen.

»Ja, wir können ruhig schon aufstehen. Ich bin ausgeschlafen. Zeigst du mir bitte das Bad?«

Sie standen fast gleichzeitig auf. Er nahm sie an der Hand und führte sie in sein Badezimmer. Dort zeigte er ihr alles. Handtücher, eine Zahnbürste für sie, Duschzeug, Bodylotion, alles gab es dort. Das Badezimmer duftete frisch und war sehr sauber.

Sie duschte. Das warme Wasser lief über ihren Körper, den sie jetzt betrachtete. Sie gab das Duschgel auf ihren Körper, duschte sich ab. Das Duschgel roch blumig. Ein erfrischendes, ganz neues Gefühl machte sich

bei ihr bemerkbar. Sie hatte sich auf etwas Neues eingelassen. Auf etwas, was sie in ihrem Leben nicht vorher-
sehen konnte. Bevor das passiert war, lief alles wie geplant. Alles war immer geordnet, irgendwie gleich. Jetzt
brach sie unbewusst aus ihrer gewohnten Struktur heraus. Sie erlebte etwas ganz Neues. Diese Überlegung
fand sie aufregend.

Sie wusch sich ihre Haare. Alles sollte sich zum Besseren wenden, hoffte sie. Dafür hatte sie jetzt Adriel an
ihrer Seite. Ihren Schutzengel, mit großen Flügeln.

Sie stieg aus der Dusche und trocknete sich mit dem
Handtuch ab. Nach dem Eincremen machte die Bodylotion ihre Haut weich und zart. Anschließend putzte
sie sich die Zähne. Eingewickelt in das Handtuch holte
sie aus dem Gästeschlafzimmer frische Sachen. Sie
würde bei Gelegenheit ihre Sachen in Adriels Schrank
legen. So würde sie nicht immer in das Gästeschlafzimmer gehen müssen, um sich anzuziehen. Da, wo sie früher geschlafen hatte. Jetzt war Adriel dran. Er duschte
und machte sich für den Tag frisch.

Nach dem Duschen beobachtete Elaine Adriel, als
er frisch ins Schlafzimmer kam. Er war nackt, denn er
fühlte sich frei in seinem Schlafzimmer. Er hatte keine
Angst davor, sich Elaine nackt zu zeigen. Sie staunte
über sein Aussehen, er war so anziehend. Sie konnte
ihre Blicke nicht von ihm lassen, was ihm sicherlich gefiel.

»Möchtest du jetzt frühstücken? Ich denke, das wäre
doch eine gute Idee«, warf er ein, während er sich an-
zog. Elaine war schon angezogen. »Na klar. Ich habe
schon richtig Appetit bekommen. Lass uns in die

Küche gehen.« Sie gingen gemeinsam in die Küche. Sie schlug vor:

»Wenn du möchtest, werde ich für uns Spiegelei machen.« Er antwortete daraufhin:

»Das hört sich gut an. Ich werde Toast machen und den Kaffee kochen.« Adriel schaute zu Elaine, wie sie die Eier aufschlug und Spiegelei machte. Er freute sich über ihr gemeinsames Frühstück. Er mochte es sehr, mit ihr gemeinsam zu frühstücken. Eine schöne Frau wie Elaine an seiner Seite, das hatte ihm schon immer gefehlt. Er fühlte sich nach der gemeinsamen Nacht sehr glücklich.

»Und dazu können wir auch frischen Orangensaft trinken. Zum Toast Butter, Marmelade, und Käse. Ich esse zwei Toasts«, sagte sie fröhlich. Auch sie war glücklich. Daraufhin antwortete Adriel ihr:

»Ich esse auch zwei Toasts. Wenn du möchtest, wir haben auch etwas Joghurt«.

Der Kaffee war fertig. Der Duft nach frisch gebrühtem Kaffee lockerte die Stimmung noch mehr auf. Elaine goss für sie beide den Kaffee ein, sowie den Orangensaft. Jetzt konnte das gemeinsame Frühstück beginnen.

»War das gestern Nacht in Ordnung für dich, oder habe ich dich damit überrumpelt?«, stellte Adriel eine ehrliche Frage. Elaine musste kurz überlegen. Was sollte sie antworten. Überrumpelt fühlte sie sich nicht. Daher war ihre ehrliche Antwort:

»Gestern Nacht haben wir eine schöne Zeit zusammen verbracht. Ich habe es sehr genossen. Gerne können wir das heute Nacht wiederholen.« Beide mussten daraufhin grinsen. Fast schon lachen. Elaine kam schnell zur Sache, wenn es darum ging, eine ehrliche Antwort zu geben.

»Auch ich habe gestern die Zeit mit dir sehr genossen«, gab Adriel ehrlich zu. Er freute sich auf die nächste gemeinsame Nacht, und noch viele weitere gemeinsame Nächte.

Das Frühstück aßen sie langsam auf. Häufig kam es dabei zu verführerischen Blicken und zufälligen Berührungen. An ihre Vergangenheit dachte Elaine kaum. Das Leben hatte etwas ganz Neues für sie parat. Ob es Zufall war, oder ob Adriel es irgendwie geplant hatte, das war ihr egal. Sie freute sich über jeden Augenblick mit ihrem Schutzengel. Schließlich war er es, der ihr das Leben gerettet hatte. Ein sehr netter und hübscher Mann.

»Dir ist das Spiegelei gut gelungen«, äußerte Adriel.

»Auch mir schmeckt es gut.«

Ein guter Start in den Tag. Und vielleicht ein guter Start in eine Beziehung.

Die nächsten Wochen in Adriels Haus vergingen ähnlich. Auch in seinem Garten verbrachten sie die Zeit zusammen. Das Ziel war Elaines Genesung. Da Adriel als Erstes in sie verliebt war, war das auch eine Gelegenheit zum Kennenlernen. Beide nutzten diese zufällige Gelegenheit gut aus. Sie waren sich viel näher gekommen in dieser Zeit.

Aus einem Kennenlernen wurde langsam Liebe. Auch wenn es bei Elaine nicht auf dem ersten Blick war. Ihre Gefühle entwickelten sich langsam. Zuerst war es nur ein Schwärmen.

Eines Tages, als sie wieder im Garten waren, wollte Adriel von Elaine wissen:

»Wie hast du die Zeit in meinem Haus empfunden? Hast du dich gut von dem Zwischenfall in der Disco erholt?« Sie saßen auf einer weißen Bank neben dem Teich mit den bunten Fischen. Der Herbst brach an.

»Die Zeit in deinem Haus war spannend. Du hast mir wieder auf die Beine geholfen. Es war auch für dich nicht leicht. Ganz ehrlich, ich fühle mich wieder besser«, war ihre ehrliche Antwort.

»Da bin ich ja erleichtert. Trotzdem will ich noch etwas warten. Jedoch möchte ich dich bald den Engeln vorstellen. Hättest du Lust?«, riskierte er den nächsten Schritt, als er das fragte. Sie fragte sich, was er damit meinte. Wo sollte das stattfinden. Sicherlich nicht in diesem Haus. Sie antwortete, ohne es genau zu wissen:

»Ich kann es mir vorstellen, dass es noch mehr von solchen Engeln mit großen Flügeln gibt wie dich. Wo können wir sie kennenlernen?« Diese Antwort konnte er ihr klar beantworten:

»In der himmlischen Sphäre. Das ist der Wohnsitz der Engel.«

»Da soll ich mit dir hin? Ich bin schon sehr gespannt. Wenn es den anderen Engeln nichts ausmacht. Ich hätte nichts dagegen. Ich habe schon immer daran geglaubt, dass es übernatürliche Wesen gibt.«

Sie schaute in seine dunklen Augen. Sein Blick war geheimnisvoll. Er kannte eine ganz andere Welt als diese. Elaine kannte nur diese Welt. Sie sollte die andere Welt bald kennenlernen. Es war eine Welt erschaffen für die Engel. Dort lebten zwar keine Menschen.

Dennoch waren in dieser Welt Menschen als Besucher gerne gesehen. Leider besuchten Menschen die himmlische Sphäre viel zu selten.

»Aber nicht sofort. Lass es uns langsam angehen. Ich möchte nichts überstürzen«, schlug er vor.

»Ich finde die Idee gut«, stimmte sie ihm zu.

KAPITEL 10

In den nächsten Tagen wurde es langsam kühler. Die Blätter färbten sich gelb und fielen von den Bäumen ab. Ein leichter Wind machte sich bemerkbar. An manchen Tagen regnete es. Im Garten waren dann die Bänke nass. Drinnen schaltete Adriel den Kamin an. Sie saßen vor dem Fernseher. Elaines Erinnerungen an ihr früheres Leben wurden ihr allmählich bewusst. Da ihr Rausch schon lange zurücklag, kamen auch die Erinnerungen. Sie dachte an ihre Freundinnen. Sie konnte sich wieder an sie erinnern.

»Ich habe gute Freundinnen. Sie denken bestimmt an mich. Ich muss gestehen, ich will wieder zu meinem Freundeskreis zurück.«

Schon seit Tagen dachte sie daran, es ihm zu sagen. Sie konnte sich nicht dazu entscheiden, mit ihm zu den Engeln zu kommen. Würde sie dann jemals wieder ihre

Freundinnen sehen, Cara und Melinda. Obwohl sie in Adriel verliebt war, zögerte sie in ihrer Entscheidung. Als Adriel das hörte, stockte ihm der Atem. Er hatte nicht erwartet, dies von ihr zu hören. Gerade war er ihrer Zuneigung so sicher, und dann kam diese Aussage von ihr. Wie konnte das sein? Er schwieg. Schaute ihr tief in die Augen, atmete durch. Dann sagte er:

»Ich halte es für richtig, wenn du deinen Freundeskreis erstmal nicht siehst. Sicherlich wird sich später eine Gelegenheit ergeben, deine Freundinnen wiederzusehen.« Sie schaute weg. Ein wenig traurig war sie schon über diese Antwort. Trotzdem glaubte sie, dass er recht hatte. Natürlich hatte er nichts dagegen, wenn sie Melinda und Cara wiedersieht. Nur sollte sie jetzt noch nicht mit ihrer Vergangenheit konfrontiert werden. Sicherlich haben ihr manche Momente mit den Freundinnen nicht gutgetan. Das wusste sie. Abstand zu ihren Freundinnen zu nehmen war das Richtige.

»Es ist schon in Ordnung. Ich stimme dir zu«, sagte sie aufrichtig. Damit hatte sie schnell eine Entscheidung getroffen.

»Dann werden wir morgen durch ein Portal zum Wohnsitz der Engel aufsteigen«, schlug er vor.

»Das ist die beste Entscheidung. Immerhin besser, als zurück zu meinem Freundeskreis.« Sie gab ihm also recht. Dass er sie so schnell überzeugen konnte, lag daran, dass sie ihm vertraue. Da er glücklich darüber war, küsste er sie zärtlich auf dem Mund. Sie erwiderte seinen Kuss. Sie lagen sich in den Armen und schauten fern. Der Kamin erzeugte eine wohlige Wärme. Sie kuschelten weiter in Gedanken an den nächsten Tag. Als der nächste Morgen anbrach, standen sie schon früh auf. Sie packten ihre Sachen. Er bat sie:

»Bitte pack nicht so viele Sachen. Ich werde auch nicht so viel packen. Wir sollten nicht so viel Ballast mitnehmen.«

Sie fand diese Idee gut und bejahte seinen Vorschlag. Um in das Portal zu gelangen, gingen sie in seinen Garten. Das Portal befand sich hinter den Nussbäumen an einem versteckten Platz. Keiner konnte das Portal finden, denn es war unsichtbar. Bis jetzt. Adriel aktivierte das Portal mit seinen Flügeln.

»Das ist ja wie ein Lift. Und da sollten wir wirklich einsteigen? Fährt es etwa hoch?«, fragte Elaine gespannt. Ein Portal in der Farbe Blau wurde jetzt aktiviert. Es war leuchtend mit einer Kraft, die der Erdanziehung entwich. Wärme ging von dem Portal aus. Eine saubere Luft wurde erzeugt.

»Keine Sorge. Das Portal ist sehr sicher. Wir werden jetzt zusammen hineinsteigen. Es fährt nach oben zu der himmlischen Sphäre, dem Wohnsitz der Engel.« Als er das sagte, nahm er sie an der Hand.

»Ich finde das echt spannend. Lass uns da reingehen«, schlug sie vor.

Das taten sie auch. Er ging vor, sie ihn nach, bis sie in dem Portal standen. Es war dort genügend Platz für sie beide. Es war sogar noch Platz für einige weitere Menschen. Und Engel.

»Jeder Engel kennt dieses Portal. In unseren irdischen Gärten haben wir alle solch ein unsichtbares Portal. Wir aktivieren es so wie ich mit unseren Flügeln. Es fährt hoch«, beschrieb Adriel ihr die Lage. Elaine war neugierig auf die Reise durch das Portal. Noch standen sie in seinem Garten. Da schlug Adriel ihr vor:

»Verabschiede dich für die nächste Zeit von meinem Haus. Ich finde, wir hatten dort eine schöne Zeit.«

Sie wurde emotional und sprach:

»Das hatten wir. Ich werde diese Zeit vermissen. Dein Garten hat mich besonders fasziniert.« Dabei blickte sie noch einmal in den Garten durch das fast unsichtbare Portal. Sie fragte sich, ob es unsichtbar bleiben würde, oder ob es eine Farbe annehmen würde. Doch plötzlich wurde die Farbe Hellblau aktiviert und der Garten verschwand. Wände in verschiedenen Lilatönen mit hellem Blau entstanden. Die Reise ging los. Schwingungen brachten die Reise nach oben. Alles ging sehr langsam. Es roch nach Lavendel und Nebel. Adriel umarmte Elaine. Dann drehte er sich zu ihr. Sie ahmte ihm das nach.

»Keine Sorge. Die Reise ist sicher«, beruhigte er sie.

»Das hoffe ich«, war ihre kurze Antwort.

Ein wenig wackelte es. Ein leises Motorgeräusch erklang. Anschließend erklangen Töne von einer himmlischen Melodie, mit ganz leisem Vögelzwitschern. Es waren jedoch keine Vögel zu sehen. Ein Gong erklang. Durch die leicht durchsichtigen Wände sah Elaine, wie sie über Berlin schwebten.

Wolken nahmen ihnen die Sicht. Ein leichtes Wackeln des Portals bereitete Elaine zwar Sorgen, doch es ließ langsam nach. Die Sicht über Berlin verschwamm. Dafür war bald der Himmel mit vielen Wolken zu sehen. Elaine fand das sehr spannend. Eine kühlere Luft entstand. Als sie weiter hochfuhren, wurde die Luft entgegen der Vermutung wärmer. Fast schon wie im Urlaub in einem warmen Land. Das gefiel beiden. Denn nach dem Wetterumschwung in Berlin sollte es regnerisch und kühl werden. Sie blickten auf glitzernde Sonnenstrahlen. Das Violett vermischte sich mit einem Rot. Wie ein Sonnenaufgang. Jetzt hatten die Wände des Portals die Farben eines Regenbogens. Elaine ließ ihrer Fantasie freien Lauf und sagte:

»Sind wir jetzt am anderen Ende des Regenbogens angelangt?« Dabei lächelte sie ihren Engel an. Er legte seine großen, weichen Flügel um sie. Sie spürte eine Geborgenheit, die er ausstrahlte.

»So kann man es auch sagen. Bald kommen wir an«, sprach er mit einem charmanten Lächeln im Gesicht. Die Portalreise war beendet. Bald würden sie das Engelsreich betreten. Die Tür des Portals öffnete sich vor ihnen. Sie wagten, auszusteigen. Was für Adriel nichts Neues darstellte, war für Elaine eine faszinierende Reise. Beiden kam der Geruch von wolkigem Weihrauch entgegen. Auch duftete es weiterhin nach Lavendel. Überall waren himmlische Wolken. Es war angenehm warm.

Elaine schaute sich um. Sofort fielen ihr die vielen Statuen mit Engeln auf. Manche Engel spielten auf einer Posaune. Andere auf einer Harfe. Weiterhin befanden sich himmlische Säulen vor ihnen. Auch in der Ferne waren viele himmlischen Säulen. Fasziniert schaute Elaine nach oben. Die Säulen ragten hoch hinaus, bis ins Unendliche. Viele fast durchsichtige Wolken erzeugten einen Eindruck, dass es sich tatsächlich um die himmlische Sphäre der Engel handelte. Über Elaine und Adriel schwebten Bilder von Erzengeln und Engelsfürsten. Es waren frühere und jetzige Bewohner dieser Sphäre. Diese Bilder waren an keiner Wand befestigt, sondern schwebten hoch über den Köpfen der Engel, sowie Elaine.

Plötzlich standen sie vor einem weißen Gebäude mit einem Bogen.

»Schau mal, das ist das Tor zur himmlischen Sphäre der Engel. Da müssen wir hindurch«, sprach Adriel besonnen.

»Ich möchte da mit dir hindurch. Aber langsam. Es ist alles so neu für mich«, war Elaines Antwort.

Er kam ihr entgegen, sodass sie ihr Tempo verlangsamten. Sie gingen ganz langsam durch den Bogen. Als sie auf der anderen Seite wieder herauskamen, waren dort schon die ersten Engel zu sehen.

Sie waren männlich und weiblich. Alle hatten gemeinsam, dass sie große Flügel trugen. Weiß, auch mal mit schwarzen Schwingen an den Seiten. Sie hatten dunkle Haare, manche waren blond. Sie trugen helle Kleidung. Eine Hose, ein helles, lockeres Shirt, ohne Kopfbedeckung. Einige von ihnen schauten zu Elaine. Sie war als Gast von allen Engeln herzlich willkommen. Das konnte sie spüren.

»Du brauchst keine Angst vor den anderen Engeln zu haben. Es sind meine Freunde. Sie wissen, was mit dir geschehen ist und haben dich hier erwartet«, äußerte Adriel.

»Das wusste ich nicht. Ich dachte, sie würden nichts über mich wissen. Woher wissen sie denn über mich?«, fragte sie ihn gespannt. Adriel wurde traurig, als er an den schrecklichen Tag denken musste, an dem Elaine in Gefahr war.

»Sie haben an diesem Tag, als dir das passiert ist, deine Disco beobachtet. Wir waren kurz davor alarmiert, dass es dort nicht mit rechten Dingen zuging. Manche Engel, so wie ich, kamen zur irdischen Sphäre hinunter.«

»Und dann hast du mich gerettet«, sprach sie leise.

»Genau. Die anderen Engel haben die kriminellen Banden aus der Disco verscheucht«, war Adriels Antwort.

Sie gingen langsam weiter. Elaine hatte genügend Zeit, sich umzuschauen. Sie entdeckte einige weiße Häuser. Was sie wunderte, war, dass die Häuser keinen Boden hatten. Sie schwebten auf den himmlischen Wolken. Sie fand das wunderschön und aufregend. So etwas hatte sie noch nie gesehen. Adriel bemerkte ihren Blick und sagte:

»In diesen Häusern wohnen die Engel. Sie übernachten dort, entspannen sich dort und lesen. Und das da, das ist das Feld, auf dem wir Leichtathletik üben.«

Sie konnte tatsächlich einige Engel beim Trainieren beobachten.

»Wo trainiert ihr für den Kampf?«, wollte sie anschließend wissen.

»Draußen in den Gärten und Wiesen, die weiter außerhalb liegen. Damit wir dort ungestört sind. Das wirst du später alles sehen.« Ihnen kamen jetzt Engel entgegen, die sie freundlich grüßten. Adriel und Elaine grüßten zurück. Es wurde Zeit für ein erstes Kennenlernen zwischen Elaine und Adriels Freunden. Natürlich sollte sie nicht alle seine Freunde kennenlernen. Er hatte sich einige ausgesucht für das erste Treffen. Anschließend schlug Adriel ihr vor:

»Wir gehen jetzt zu einem Versammlungsort der Engel. Dort wirst du andere Engel kennenlernen. Sie sind meine Freunde«

»Das möchte ich unbedingt.« Sie schaute ihn verliebt an. Daraufhin küsste er sie auf den Mund. Sie spürte ein Kribbeln im Bauch, das sie schon kannte. Er lächelte sie an, dann schaute er in die Ferne. Jetzt gingen sie langsam zum Versammlungsort. Ein weißes Haus, das wie auf Wolken schwebte, kam zum Vorschein. Adriel sagte:

»Wir gehen jetzt da hinein.« Elaine war mit seinem Vorschlag einverstanden. Sie gingen langsam durch die Eingangstür, die nicht verschlossen war. Denn im Versammlungsort war jeder willkommen.

Elaine bemerkte viele Bilder von Erzengeln an den Wänden. Die Bilder hatten einen goldenen Bilderrahmen. Dann gingen sie durch die Bibliothek. Es war eine sehr große Bibliothek mit alten, dicken Büchern.

Elaine dachte sich, dass diese Bücher alte Geschichten über die Engel erzählten. Ihr kam der Geruch von altem Papier entgegen. Einige dieser Wälzer hatten gelbliche, dicke Seiten. Wie Unikate. Das faszinierte Elaine. Natürlich fiel das auch Adriel auf und es gefiel ihm.

Die Engel mochten diese Bibliothek sehr gerne. Einige Engel saßen an den Tischen und lasen diese Bücher mit großem Interesse. Elaine schaute zu den lesenden Engeln. Sie strahlten eine Ruhe aus. Dann schaute sie zu Adriel. Dieser spürte eine positive Energie, die von Elaine kam. Sie sprach leise:

»Ich würde auch gerne mal solche Bücher lesen. Was steht denn in diesen Büchern?«

»Dort steht was über die Geschichte unserer Entstehung vor Urzeiten. Dort findest du auch Erzählungen über die Kämpfe zwischen Engeln und Dämonen. Auch Stammbäume der Engel sind dort verzeichnet.« Er wurde ernst. Sie nahm seine Veränderung wahr. Trotzdem antwortete sie ihm:

»Das klingt sehr spannend. Allerdings freue ich mich nicht darüber, dass bei euch Engeln ein Kampf mit den Dämonen stattfindet.«

»Wir haben leider keine andere Wahl. Das ist unser Schicksal«, war seine ehrliche und gleichzeitig traurige Antwort. Sie schwiegen einen kurzen Augenblick.

Sie gingen weiter, bis sie den Hauptsaal für Versammlungen betraten. In der Mitte stand ein großer, runder Versammlungstisch. Darauf stand eine Vase mit gelben Blumen. Es waren Tulpen. Außerdem befanden sich dort blaue Stühle mit einer weichen Rückenlehne. An jedem Platz stand eine Flasche Wasser mit einem Glas. Weiße Wände mit hellblauen Tönen umgaben den Raum. Der ganze Raum machte einen fantastischen Eindruck. Es kam Elaine so vor, als würde sie wie auf Wolken schweben. Der Boden war ebenfalls weiß, umgeben von einigen Wolken. Alles schwebte im Himmel über den Wolken. Und doch war der Bau ganz fest.

Dort warteten bereits einige Engel auf sie. Sie saßen am runden Tisch. Auch Raguel war anwesend. Er durfte sich bereits in Adriels Haus in Berlin ein Bild über

Elaine machen. Hier wird Elaine nun die anderen Engel kennenlernen. Elaine bemerkte einige junge Männer in Adriels Alter. Sie alle waren in heller, lockerer Kleidung angezogen und hatten große Flügel. Ihre Frisur war unauffällig, doch sie hatten ein hübsches Gesicht. Ihre Figur war sportlich, gut gebaut. Einige junge Frauen waren ebenfalls anwesend. Sie hatten ein helles Kleid an, das mittellang geschnitten war. Auch sie hatten Flügel.

»Hallo liebe Freunde. Ich bin wieder zurück auf der himmlischen Sphäre. Ich habe sogar jemanden mitgebracht. Das ist Elaine«, sprach Adriel freundlich und lächelte die anderen Engel dabei an. Er streichelte Elaine an der Schulter, um ihnen zu zeigen, dass zwischen ihnen bereits eine Anziehung bestand. Damit deutete er an, dass sie mehr waren, als nur Freunde.

Die anderen Engel freuten sich. Auch sie lächelten, während sie das Paar betrachteten. Sie hatten an dieser Verbindung nichts auszusetzen. Es war erlaubt. Es war keine verbotene Liebe, sondern sogar gewünscht. Nur kam es leider viel zu selten vor, dass ein Engel sich in einen Menschen glücklich verliebte. Sie begrüßten die beiden. Elaine und Adriel setzten sich zu ihnen.

»Hallo Elaine, mein Name ist Raguel. Ich war kurz in Adriels Haus, als du noch bewusstlos warst. Wie gefällt es dir hier?«, wollte der Engel wissen.

»Hallo Raguel. Ich finde es einfach faszinierend, wie hier alles auf Wolken schwebt. Wie ohne Boden. Und doch sind die Bauten fest und sicher«, sagte Elaine, während sie sich über die Bekanntschaft freute.

»Das finden wir auch faszinierend. Eine sehr fantasievolle Welt. Es ist eine himmlische Sphäre. Hier wohnen wir friedlich miteinander. Ich bin übrigens Gabriel.« Der nächste Engel stellte sich vor.

»Hallo Gabriel. Schön, dich kennenzulernen.« Ein weiblicher Engel sprach als Nächstes:

»Ich bin Fiona. Du musst wissen, Engel können auch weiblich sein. In deinem hellblauen Kleid siehst du auch aus, wie ein Engel.« Elaine fühlte sich geschmeichelt. Sie dachte, dass sie leider kein Engel war.

»Danke. Es ist schön, hier zu sein.« Als Nächstes stellten sich Uriel und Leila vor. Auch sie gefielen Elaine. Gabriel machte sich gleich ein Bild von Elaine.

»Wir wissen, dass du dich in eine Gefahr begeben hast, aus der dich Adriel befreit hat. Bis jetzt ist im Berliner Nachtleben Vieles nicht in Ordnung. Dort gerät alles gerade außer Kontrolle«, äußerte Gabriel vorsichtig. Nach dem fröhlichen Empfang musste Elaine zurückdenken, was damals geschehen war.

»Das ist ja schrecklich. Ich sollte mich wirklich von dort fernhalten, wenn alles so schlimm ist«, warf sie fassungslos ein. Daraufhin sagte Fiona:

»Das musst du bestimmt nicht für immer. Wir wollen, dass das Nachtleben von Berlin wieder zu einem sicheren Ort wird.«

»Ich verstehe«, äußerte Elaine nachdenklich. Adriel, der neben ihr saß, schaute sie jetzt an. Er sagte jedoch nichts. Stattdessen ließ er die anderen Engel sprechen.

»Übrigens, falls du jemals gehört hast, dass wir Engel nicht essen und nicht schlafen, dann ist das falsch. Auch wir haben ein nächtliches Schlafbedürfnis und essen ganz normal«, wollte Raguel gleich klarstellen. »Danke, dass du mir das gleich gesagt hast. Manche glauben wirklich dieses wirre Zeug über euch. Wenn ihr nichts essen würdet, wäret ihr doch viel zu dünn. Wie ich sehe, seid ihr aber gut gebaut«, stellte Elaine gleich fest. Leila fand es gut, dass Elaine nicht zu denjenigen gehörte, die dieses wirre Zeug über Engel glaubten:

»Zum Glück hast du eine liebenswürdige Meinung über uns. Diese können wir dir nur bestätigen.«

Elaine schaute sich während des weiteren Gesprächs die Engel an. Sie alle hatten eine schöne Gestalt. Sie hatten etwas Menschliches an sich, mit übersinnlichen Eigenschaften. Ihre Figur war sehr schlank. Sie konnte bei den männlichen Engeln Muskeln erkennen, die für ihre Kraft und Stärke standen. Die weiblichen Engel, Fiona und Leila, hatten auch eine durchtrainierte Figur, auch wenn sie nicht so viele Muskeln hatten wie Raguel, Gabriel, Uriel und ihr Freund Adriel.

Als sie sich unterhielten, erkannte Elaine ein magisches Strahlen in den Augen der Engel. Dieses Strahlen, wie ein Leuchten, erzeugte magische Augenblicke zwischen ihr und den Engeln. Sie fand, Engelsaugen strahlten Güte aus. Manchmal ertappte sie sich dabei, wie sie die Engel anschaute und ein wenig beobachtete. Sie war wirklich angetan, weitere richtige Engel auf der himmlischen Sphäre kennenzulernen. Und dazu noch Adriels Freunde. Gut, dass er hier Freunde hatte, dachte sie.

Leila wollte Elaine auf weitere interessante Orte hier bei den Engeln einstimmen. Orte, an denen sie sich gerne trafen, sich unterhielten und die Zeit zusammen verbrachten:

»Wir haben hier eine Cafeteria. Dort essen wir gemeinsam. Das ist ein schöner Ort für Gemeinschaft.

Wenn du möchtest, können wir später alle zusammen dorthin gehen und gemeinsam essen.«

»Gerne. Ich möchte mit euch diese Cafeteria besuchen und freue mich schon darauf.« Elaines Augen leuchteten jetzt auch.

»Dort unterhalten sich die Engel. Sie tauschen sich dort auch aus, was auf der Erde geschieht. Falls es Probleme gibt, können wir das natürlich dort besprechen beim Essen«, meinte Fiona. Anschließend erwähnte Raguel die Wichtigkeit von diesem Versammlungsort:

»Doch wenn es Zeit wird für wichtige Gespräche oder wenn wir uns bei wichtigen Entscheidungen versammeln, dann machen wir das hier. An diesem Ort für Versammlungen lenken wir uns bei Gesprächen nicht mit dem Essen ab, deshalb mögen wir ihn auch.«

»Sehr praktisch und durchdacht. Ich finde, ihr macht das richtig.« Elaine folgte den Gesprächen der Engel.

»Dann schließen wir dieses Kennenlernen hier ab und machen weiter in der Cafeteria. Elaine, du bist in unserer Cafeteria herzlich willkommen. Komm mit, wir zeigen sie dir«, sprach Uriel.

»Danke, ich freue mich darauf.« Elaines Wangen wurden bei dieser Überraschung rosa. Sie fühlte, wie eine magische Kraft sie umgab. Die Engel meinten es wirklich gut mit ihr. Das konnte sie spüren. Sie standen nun auf, um sich in die Cafeteria zu begeben. Raguel ging vor. Die anderen folgten ihm. Sie gingen wieder an der großen Bibliothek vorbei, an den Bildern von den Erzengeln. Bis sie hinausgingen, wo die Luft nach Rosen duftete. Zusammen mit einem Geruch von Weihrauch erzeugte das bei Elaine eine Stimmung auf mehr.

Da war auch schon die Cafeteria. Ein Gebäude ebenfalls wie schwebend auf Wolken, in der Farbe Hellblau. Dort saßen bereits andere Engel beim Essen und unterhielten sich. Auch sie hatten Flügel. Sie saßen an den Tischen mit einer Portion Mittagessen. An dem Buffet nahmen sich Elaine und ihre neuen Freunde, sowie Adriel etwas zum Essen. Sie entschieden sich für ein Salatgericht zur Vorspeise. Anschließend nahmen sie sich vegetarischen Curry mit Reis. Dazu tranken sie einen Fruchtsaft. Sie unterhielten sich weiter, um sich besser kennenzulernen.

Als sie fertig waren, gingen alle nach Hause, zu ihren Häusern. Adriels Haus war nur für ihn alleine gedacht, doch es hatte Platz für weitere Personen. Es war ähnlich wie das Haus in Berlin, jedoch weniger prachtvoll. Hier hatte sein Haus einfachere Möbel, alle in der Farbe Weiß. Sie legten dort ihre Sachen ab und legten sich hin. Ein anstrengender Tag ging zu Ende. Hier umgaben Wolken Adriels Haus.

KAPITEL 11

Am nächsten Tag frühstückten sie in der Cafeteria. Andere Engel frühstückten mit ihnen. Es war ein gesundes, nährreiches Frühstück. Sie aßen Müsli, Rührei, ein Croissant mit Butter, sowie einen Apfel. Dazu tranken sie Fruchtsaft und Kaffee. Heute war wieder ein Treffen mit ihren Freunden im Versammlungsort angesagt. Die Engel wollten Elaine nach und nach Wichtiges erzählen, was auch sie später betreffen würde. Warum ihr das in der Disco angetan worden war, spielte dabei auch eine Rolle. Sie sollte heute mehr darüber erfahren.

Nach dem Frühstück gingen Adriel und Elaine also wieder zusammen zum Versammlungsort. Sie waren heute die Ersten. Schon bald erschienen die anderen Engel, die sie bereits gestern getroffen hatten. Nun waren alle anwesend. Sie begrüßten sich gegenseitig mit einem fröhlichen »guten Morgen«. Dabei strahlten die

Augen der Engel wieder. Elaine dachte nach. Dann äußerte sie vorsichtig:

»Wir treffen uns wieder hier. Das bedeutet sicherlich, dass wir Wichtiges zu besprechen haben, nehme ich an.« Die Engel schauten zu ihr mit einem ernsthaften Gesicht. Gabriel, ein starker Engel, übernahm das Wort:

»Mach dir keine Sorgen. Wir wollen dir einfach nur erklären, was gerade bei den Menschen vor sich geht. Uns wurde eine wichtige Aufgabe aufgetragen. Das solltest du wissen.«

Alle hörten Gabriel genau zu. Sie respektierten ihn. Genauso wie sie alle anderen Engel mit Respekt behandelten. Elaine stellte keine Ausnahme dar, auch wenn sie kein Engel war. Dann sagte Gabriel das Entscheidende:

»Hinter all dem steckt Luzifer. Er ist der Gangsterboss. Seine Dämonen beeinflussen die jungen Männer im Berliner Nachtleben.« Elaine stockte der Atem. Sie hatte an solche Mythen und Legenden früher nicht geglaubt. Ihr Glaube an Engel und übersinnliche Wesen war zwar vorhanden. Jedoch wollte sie früher nicht daran denken, dass es auch negative Mächte gab. In diesem Fall waren es Luzifer und die Dämonen. Die Engel wussten bereits davon, wer im Berliner Nachtleben dafür verantwortlich war.

Doch jetzt wurde es Zeit, Elaine, einer direkt Betroffenen, darüber zu erzählen. Auch sie sollte Bescheid wissen. Die Engel fühlten die richtige Zeit als gekommen, Elaine darüber zu informieren. Dass Dämonen einen negativen Einfluss auf die jungen Männer in den

Nachtclubs hätten, daran musste sich Elaine noch gewöhnen. Sie wollte mehr wissen:

»Wie kann das sein? Durch negative Energien etwa, die sie verbreiten? Oder durch schlechten Einfluss?« Sie schaute direkt zu Adriel, der bereits vorher über alles informiert wurde. Für ihn war das also nichts Neues. Elaine jedoch staunte über das Gesagte. Schließlich erklärte Leila weiter:

»Dämonen wirken auf die jungen Männer ein. Sie werden in Schlägereien verwickelt. Manchmal werden sie zu Drogendealern oder Gangstern, die leider selber auch mit Drogen in Berührung kommen.« Leila war bereit, die ernste Lage zu beschrieben. Denn die Gangster wurden durch negative Mächte beeinflusst, die sie nicht wahrnehmen konnten.

»Die Dealer verkaufen Drogen, sind wie gesagt auch selber drogensüchtig. Sie suchen nach Kunden um jeden Preis, denn sie brauchen das Geld. So wird es ihnen beigebracht.« Leila kam zum Kern des Problems. Ihre Augen strahlten jetzt finster. Sie wirkte überzeugend. Da fiel Elaine ein, was sie in ihrer Vergangenheit erlebt hatte.

»Mein Exfreund war auch in Schlägereien verwickelt. Es könnte sogar sein, dass diese negativen Mächte ihn ebenfalls erwischt haben.«

Alle Engel hörten ihr zu. Sie nahmen wahr, dass Elaine sich dafür sehr interessierte. So verdeutlichte sie ihnen, dass sie zu den Guten gehörte, sich auf ihre Seite stellte. Im Versammlungsraum schaute die Sonne durch. Ein helles Licht umgab sie. Jetzt, da sie von den dunklen Seiten der Menschheit sprachen, fühlten sie sich alle, auch Elaine, wie ein Engel zwischen Licht und Schatten. Leider gab es im Leben auch dunkle Seiten. Bei manchen Menschen lief nicht alles nach Plan. Sie kamen vom Weg ab, oder wurden beeinflusst von negativen Mächten. Fiona erläuterte ihnen weiter:

»Die Männer werden in Schlägereien verwickelt, kommen von ihrem Weg ab und werden in die Kriminalität mit einbezogen.«

»Das ist ja schrecklich. Die Frauen werden auch zu Opfern der Kriminalität.« Elaine sprach von ihrer eigenen Erfahrung. Sie hatte selbst miterlebt, wie grausam die Drogengangs sein konnten. Denn für eine Zeit schwebte sie sogar in Lebensgefahr. Ihr wurde Schlimmes angetan. Dass sie mit den falschen Leuten in Kontakt getreten war, wurde ihr immer mehr bewusst. Die Drogenbanden gehörten zu den Barkeepern. Ihre Freundinnen Cara und Melinda verweilten nur allzu gerne mit ihr an der Bar. Manchmal waren sie sogar mehr als nur angetrunken. Umgeben von bösen Männern, die überall unbemerkt lauerten.

Zum Glück wollte Elaine jetzt davon wegkommen. Zu etwas ganz Neuem. Zu ihrem Glück mit Adriel. Sie hoffte auf die neue Freundschaft mit den Engeln. Der Wohnsitz der Engel wurde für sie zu einem neuen, vertrauten Ort. Dass sie dort wie auf Wolken schwebte, passte hervorragend zu diesem Ort. Als die Engel das Gespräch fortführten, erwähnten sie die Probleme bei den jungen Frauen. Gabriel kam erneut zu Wort:

»Junge Frauen werden von den Dämonen beeinflusst. Durch Männer, die unter Dämoneneinfluss negativ auf die Frauen wirken. Zum Beispiel werden die

Frauen an der Bar zu übermäßigem Alkoholkonsum überredet. Die Barkeeper hören unbewusst auf die Dämonen.«

»Dass die Barkeeper von Dämonenkräften beeinflusst werden, habe ich natürlich nicht bemerkt. Für mich war der Faktor Spaß wichtig. Nicht die Vernunft.« Elaine gab zu, dass es schwierig ist, den Einfluss von negativen Mächten zu bemerken. Nicht nur für sie, sondern auch für ihre Freundinnen war das schwierig, genauso wie für die anderen jungen Frauen.

»Daher konntest du nicht wahrnehmen, wie die Barkeeper immer mehr darauf bestanden, euch betrunken zu machen.« Adriel machte ihr das Problem bewusst. Er wollte nicht, dass sie ihren alten Mustern verfiel. Stattdessen wollte er, dass sie bei den Engeln bleibt und sich für das Gute einsetzt. In diesem Fall wäre es, gemeinsam gegen die negativen Mächte der Dämonen anzutreten. Sie zu besiegen.

Gabriel machte Elaine und den Engeln bewusst:

»Die Frauen lernen so aufdringliche Männer kennen. Sie kommen ihnen körperlich näher, als sie es wollen. Manchmal laden die Männer die Frauen zu sich nach Hause ein, ohne dass die Frauen das wollen.«

»Durch Alkoholeinfluss oder manchmal sogar Drogeneinfluss fehlt den Frauen der starke Wille, den Anmachen der Männer zu widerstehen. Sie lassen sich da auf etwas ein, was sie später bereuen. All das geschieht gerade im Nachtleben deiner Stadt, Elaine.« Als Leila das sagte, war allen das Problem besser bewusst. Besonders Elaine brachte das zum Nachdenken. Bei ihr hätte es schlimmer enden können. Nur allzu gut kannte sie diese Männer, die sie antanzten und nachher zu sich nach Hause einladen wollten.

Der Engel Uriel erklärte, wozu das alles noch führte:

»Die jungen Frauen kommen von ihrem Weg ab. Natürlich auch die Männer. Sie brechen ihr Studium ab oder ihre Ausbildung. Sie bekommen Probleme bei ihrem Berufsstart.« Die Engel konnten beobachten, dass es den Dämonen besonders darum ging, jungen Frauen zu schaden und Chaos in ihre Welt zu verbreiten. Fiona erwähnte deshalb:

»Wir konnten natürlich weitere Fälle wie bei dir, Elaine, beobachten. Jungen Frauen und Männern wurden Drogen ins Getränk getan. Manche waren nicht so stark wie du, Elaine, und sind den Drogen verfallen. Sie wurden süchtig.« Da sprach der Engel Adriel:

»Die Dealer hatten bei ihnen ein leichtes Spiel. Sie griffen erneut zu Drogen, und lernten die geldgierigen Dealer kennen. Die Dealer erkannten nicht, dass sie von den Dämonen manipuliert wurden.«

Der Engel Raguel betonte dabei:

»Die Dealer, sowie die kriminellen Banden scheinen auf uns Engel wie getrieben. So, als ob sie wirklich von den Dämonen dazu angetrieben werden. Sie werden leicht von ihnen beeinflusst, weil ihnen eine Perspektive im Leben fehlt.«

»Das ist der Grund, weshalb sie kriminell werden. Aus Perspektivlosigkeit.« Adriel schaute zu Elaine, als er das erwähnte. Denn er versuchte, ihr das Problem noch mehr zu verdeutlichen. Sein Blick drang wie durch sie hindurch, so stark war er. Gleichzeitig leuchteten seine braunen Augen dabei. Sie traute sich, ihm in die

Augen zu schauen. Damit wollte sie ihm zeigen, dass sie die Lage ernst nahm. Auch war ihr wichtig, ihm zu zeigen, dass sie ihm, sowie allen anderen Engeln genau zuhörte. Sie wollte die Wahrheit wissen. Genauso wie die Engel es für wichtig hielten, einander über die Ereignisse aufzuklären.

Doch besonders Elaine als Betroffene sollte erfahren, wie schlimm die Lage bereits war. Es stand schlecht um die jungen Menschen, die sich im Nachtleben herumtrieben. Aus lauter Spaß verstanden sie den Ernst der Lage nicht. Der Kern dabei war, dass junge Menschen, egal ob Frauen oder Männer, manchmal leicht manipulierbar waren. In diesem Fall zu nichts Gutem.

»Ich finde das alles schrecklich. Es ist sehr schwer, die Lage zu durchschauen. Da steckt viel mehr dahinter, als es auf den ersten Blick aussieht.« Elaine war bedrückt. Sie fühlte sich bei Adriel gut aufgehoben. In ihrem Fall hatte sie großes Glück gehabt, das war ihr bewusst. Doch die anderen Jugendlichen und jungen Erwachsenen taten ihr leid. Sie war sehr besorgt um sie.

»Ich möchte unbedingt etwas dagegen tun. Ich weiß nicht, wie ich helfen kann. Aber helfen möchte ich unbedingt.« Elaine blickte zu den anderen Engeln, die sie anschauten. Sie stellte fest, dass ihre Flügel sehr groß und mächtig waren. Also waren sie Engel mit viel Macht, Gutes zu vollbringen.

Alle Engel waren sich darüber einig. Auch sie wollten sich für das Gute einsetzen, bevor es zu spät war. Uriel sagte mit gehobenem Kopf:

»Es liegt an uns. Wir sind die Schutzengel der Menschen. Diese Gegend, die Stadt Berlin, ist unser

Einsatzort. Wir müssen uns etwas einfallen lassen, um die Dämonen zu besiegen. Die Lage soll sich bessern. Die Stadt und besonders ihr Nachtleben sollen wieder sicher werden.«

»Ihr müsst wissen, ich kenne da zwei junge Frauen, meine guten Freundinnen. Sie heißen Cara und Melinda. Ich weiß nicht, was sie im Moment machen und wie es ihnen geht. Doch kann ich mich erinnern, dass wir viel zusammen nachts unterwegs waren in Clubs und Diskotheken.« Elaine musste besonders Adriel darüber informieren. Auch die anderen Engel sollten das wissen.

»Du meinst also, dass sie wahrscheinlich in Gefahr sind?«, fragte Leila.

»Ich hoffe nicht. Sicher bin ich mir aber nicht. Eigentlich kenne ich sie gut. Sie lassen sich nicht so leicht manipulieren, sind genügend selbstbewusst im Leben.«

»Trotzdem könnte ihnen was passiert worden sein, meinst du?«, wollte Leila weiterwissen.

»Ja, denn sie nehmen es mit den Cocktails viel zu locker. An der Bar. Ich mache mir Sorgen um ihren Berufsstart«, sagte Elaine leise.

»Ja, wir denken, dass es zu Problemen kommen könnte. Im Moment ist aber alles in Ordnung bei ihnen. Das konnten wir aus der himmlischen Sphäre wahrnehmen. In der Zukunft könnte es für sie schwierig werden, wenn wir nicht etwas tun.« Als Uriel das erwähnte, senkte er den Kopf. Er war sich unsicher, ob sie das rechtzeitig schaffen würden. Elaine schaute betroffen. Ihre Freundinnen aus der Zeit, bevor sie zu Adriel kam, waren jetzt ohne sie. Sie waren auf sich alleine gestellt.

Vielleicht brauchten auch sie eine starke Schulter. So wie sie eine bei Adriel fand. Sie traute sich nicht, die Engel zu fragen. Doch sie wunderte sich, ob sie einen festen Freund gefunden hatten oder immer noch Single waren. Das war jedoch nicht das Entscheidende im Moment, fand Elaine. Es ging viel mehr um ihren Berufsstart im Online-Marketing, wo höchste Konzentration gefordert war.

»Also lasst uns kurz zusammenfassen: Unsere Aufgabe ist es, dieser Entwicklung entgegenzusteuern. Da Dämonen daran beteiligt sind, wurden wir Engel mit dieser Aufgabe beauftragt. Elaine kann uns gerne dabei helfen«, sprach der Engel Gabriel eindringlich. Elaine fühlte sich direkt angesprochen.

Uriel fügte hinzu:

»Wir werden später darüber berichten, was zu tun ist. Wir müssen noch darüber nachdenken. Damit beenden wir die Versammlung für heute.«

Die Engel verabschiedeten sich nachdenklich und standen von ihren Plätzen auf. Sie verließen den Versammlungsort, gingen raus in die Sonne. Einige von ihnen gingen spazieren, die anderen gingen in die Cafeteria oder nach Hause. Adriel und Elaine gingen nach Hause zu Adriels Haus in der himmlischen Sphäre. Elaine gefiel das Haus sehr. Sie mochte, wie schwebende, himmlische Wolken sich mit dem Boden verbanden. Um sich dort himmlisch zu fühlen, dafür brauchte das Haus nicht allzu groß zu sein.

Adriel nahm an, dass es vielleicht zu viel war für Elaine. So viele neue Informationen und Eindrücke. Sie musste sich noch an die anderen Engel gewöhnen.

Zugegeben, die Engel waren sehr direkt. Für sie zählte die Wahrheit. Sie wollten vor einander und vor Elaine nichts verbergen. Und die Wahrheit war hart. Vor allem für Elaine. Ihre Freundinnen Melinda und Cara vergnügten sich abends wie gewohnt in den Clubs und Discos. Sie hatten keine Ahnung von den Dämonen. Das Schlimme war, dass sie die nächsten Opfer werden konnten.

»Wir hatten heute eine spannende Unterhaltung mit den anderen Engeln. Bei mir zu Hause können wir darüber reden. Vielleicht möchtest du in der Küche einen Kaffee zusammen mit mir trinken. Wir haben noch Gebäck«, schlug Adriel Elaine freundlich vor. Dabei hatte er ein friedliches Lächeln im Gesicht. Das empfand Elaine als erfahren und beruhigend. Vielleicht war er im Umgang mit Menschen, die von Dämonen beeinflusst wurden, schon erfahren. Von Gewalt oder einem gewaltsamen Kampf gegen diese Menschen war in seinem Gesichtsausdruck keine Spur. Elaine hoffte, es gäbe andere Mittel.

»Das ist eine gute Idee. Auf einen Kaffee mit dir in der Küche, darauf freue ich mich schon.«

Sie betraten das Haus durch die weiße Tür.

»Na dann lass uns gleich in die Küche gehen. Ich mache den Kaffee bereit.« Er freute sich auch.

»Klar.« Sie zogen ihre Schuhe aus, gingen anschließend in die Küche. Adriel kochte den Kaffee in der Kaffeemaschine. Der Geruch nach Kaffee duftete schokoladig, vermischt mit Vanille. Es war ein Kaffee, den Adriel nur hier, bei den Engeln kochen konnte. Diese ausgewählte Röstung gab es nur im Wohnsitz der

Engel. Das konnte Elaine wahrnehmen, ohne viele Worte. Manchmal konnte sie ohne Worte verstehen. Elaine nahm das Kaffeegeschirr heraus und servierte es. Dazu servierte sie das Gebäck. Adriels Küche war nicht sehr groß. Jedoch war sie gemütlich zum Verweilen. Der Küchentisch stand in der Mitte der Küche, hatte eine Tischdecke mit bunten Blumen. Die Stühle waren gelb. Das machte die Stimmung in der Küche fröhlich. Die Vorhänge waren hellblau mit durchsichtigen Wolken. Der Boden war durchsichtig-gelb wie die Sonne, umgeben von hellen Wolken. Elaine mochte die Küche auf Anhieb.

»Genieße den Kaffee. Hier hat der Kaffee weniger Koffein. Wir können also ruhig mehr davon trinken. Das Gebäck ist mit Vanille gefüllt. Nimm dir, soviel du möchtest.« Adriel freute sich über die Zweisamkeit nur mit Elaine. Nach dem Treffen mit den Engeln tat das beiden gut.

Sie probierte den Kaffee. Er schmeckte ähnlich gut wie in der Cafeteria heute Morgen. Doch schmeckte er noch mehr nach Vanille. Adriel trank auch von dem Kaffee. Er kannte ihn bereits seit Jahrhunderten. Engel konnten lange leben, viel länger als Menschen. Deshalb alterten sie erst später. Er schaute verliebt zu Elaine, die das Gebäck probierte.

Sie saßen auf den gelben Stühlen direkt nebeneinander, waren sich sehr nahe. Ihre Beine konnten sich berühren. Sie spielten mit ihren Blicken, was bei beiden ein Knistern erzeugte. Trotz der schlimmen Probleme bei den Menschen. Beide wussten, dass es an ihnen lag, einen Lösungsweg zu finden. Beide dachten nach, für sich. Jetzt wollten sie jedoch ihre Gefühle füreinander spüren. Adriel legte seinen Arm um ihre Schulter. Sie drehte ihren Kopf zu ihm, lächelte ihn dabei an. Die Energie, die sein Körper ausstrahlte, fühlte sich auf ihrem Rücken warm und angenehm an. Auch er schaute sie an. Anschließend gab er ihr einen Kuss auf den Mund. Sie neigten sich zueinander für einen weiteren Kuss, bei dem sich ihre Zungen berührten. Ihre Zungen umrundeten sich in einem zärtlichen Spiel, während er sie am Rücken sanft streichelte. Mit dem anderen Arm ging er an ihre Hüfte. Sie war weich, und wohl geformt. Dann streichelte er ihren Oberkörper.

Während dieser Zeit machten sie eine Pause mit dem Essen und waren zueinander geneigt. Weiterhin berührten sich ihre Knie. Auch sie legte ihren Arm um seinen Rücken, als er ihr seine großen Flügel zeigte. Mit seinen eindrucksvollen, weißen Flügeln umarmte er sie sanft. Sie fühlte sich bei dieser Umarmung geborgen. Für beide war das ein schöner Moment. Elaine ließ ihre Gefühle für ihn aufleuchten. Das konnte er spüren. Weitere liebreizende Küsse folgten.

Sie war fasziniert davon, dass Adriel ein richtiger Engel war. Dabei konnte sie sich erinnern, wie er ihr damals gestand, dass er ihr Schutzengel war. Das war wichtig für sie. Denn er war nicht nur irgendein Engel, wie die anderen. Sondern er war ein Engel, der ihr zugewiesen war, extra für ihren Schutz. Natürlich durfte er sich auch für den Schutz der anderen Menschen einsetzen.

»Wie fühlst du dich nach dem langen, wichtigen Gespräch heute mit den anderen Engeln«, fragte er sie vorsichtig. Sie nahm sich noch mehr von dem Vanillegebäck. Beide tranken noch etwas Kaffee.

»Ehrlich gesagt, ich mache mir Sorgen um die Jugendlichen und jungen Erwachsenen. Sie tanzen sorglos im Berliner Nachtleben, haben ihren Spaß. Doch bemerken sie nichts von der Gefahr.« Sie wurde nachdenklich.

»Einige haben sicherlich schon etwas bemerkt. Vielleicht wurden sie wie du vergiftet. Oder ein Mann wurde zu ihnen aufdringlich.« Auch er dachte nach.

»Ja, die Engel meinten, einige wurden wie ich mit Drogen vergiftet. Ich hoffe, ihnen wurde rechtzeitig geholfen.« Sie nahm seine Hand, die er zu streicheln begann. Sie saßen noch immer auf den zwei Stühlen Seite an Seite.

»Ich denke schon. Jedenfalls gab es bis jetzt keine Todesfälle.« Sie war erleichtert, als er das sagte. Beide schauten sich dennoch etwas bedrückt an. Doch sie wollten zusammenhalten. Das Geschehen sollte sie nicht zu sehr betrübt machen. Sie waren schließlich ein frisch verliebtes Paar. Das Gebäck aßen sie mit gutem Appetit auf, tranken ihre Tasse Kaffee aus. Adriel schenkte beiden etwas Kaffee nach.

Sie hielten sich an der Hand, genossen die gegenseitige Nähe. Manchmal gaben sie sich noch weitere süße Küsse auf den Mund.

Jetzt waren sie fertig. Beide räumten das Geschirr in die Spülmaschine, hinterließen eine saubere Küche. Auch in diesem Haus teilten sie sich ein gemeinsames Schlafzimmer. Dieses hatte einen nicht allzu großen Fernseher.

»Möchtest du dir in unserem Schlafzimmer eine Serie anschauen?«, fragte er sie sanft. Ihre Blicke trafen sich.

»Ja, es ist schon Abend. Wir können uns vor dem Schlafengehen eine Serie anschauen. Was habt ihr Engel denn für Serien?« Sie gingen gemeinsam ins Schlafzimmer.

»Wir haben verschiedene Serien. Sie handeln natürlich von Engeln. Manchmal auch von gefallenen Engeln, die manchmal auch Dämonen heißen.« Sie betraten das schön eingerichtete Schlafzimmer. Da auch das Schlafzimmer wie auf Wolken schwebte, wurde Elaine gleich sehr müde.

»Ich lasse mich gerne überraschen.«

Sie legten sich ins weiche Doppelbett. Er machte den Fernseher an. Anschließend zündeten sie zwei Duftkerzen an, die nach Vanille dufteten. Ein anstrengender Tag neigte sich dem Ende zu.

KAPITEL 12

Adriel fiel auf, dass Elaine Interesse für die Bücher in der Bibliothek gezeigt hatte. Also schlug er ihr am nächsten Morgen beim Frühstück vor, die Bibliothek zusammen mit ihm zu besuchen. Ihr gefiel die Idee, denn sie wollte tatsächlich mehr über die Engel erfahren. Da ihr damals auffiel, dass einige Bücher vergilbte Seiten hatten, dachte sie an uralte Bücher. Doch nicht alle Bücher waren alt. Es gab auch neuere Bücher in der Engelsbibliothek.

Überhaupt war Elaine fasziniert von Büchern und Bibliotheken. Sie fand diese Art von Orten magisch. Bücher zogen sie schon immer magisch an. Sie las gerne in der Bücherei ihrer Stadt Bücher, die über das Übernatürliche handelten. Doch damals las sie nur zum Vergnügen. Immer wieder spürte sie, wie sie magische Orte faszinierten. Auch das »Café Royale« faszinierte sie. Dort hatte sie während des Studiums gearbeitet. Doch nichts glich diesem himmlischen Ort, der sie besonders beeindruckte. Adriel schlug vor:

»Wir haben heute genügend Zeit. Heute steht keine weitere Besprechung mit den Engeln an. Lass uns doch mal in der Bibliothek der Engel vorbeischauen.«

»Schön, dass wir heute Zeit haben. Dann können wir gleich nach dem Frühstück hingehen.« Nachdem sie das Frühstück zusammen aufgegessen hatten, machten sie sich auf den Weg zur Bibliothek der Engel. Auf dem Weg hielten sie sich an den Händen, wie ein frisch verliebtes Paar. Die anderen Engel sahen ihre Verbindung. Auch sie hatten nichts dagegen. Sie freuten sich, wenn es mal wieder ein Liebespaar gab zwischen einem Menschen und seinem Schutzengel. Nicht jeder Mensch hatte einen Schutzengel. Nur besondere Menschen, die an Engel und Magie glaubten, besaßen einen Schutzengel, und das seit ihrer Geburt.

»Da wären wir also. Du hast diese Bibliothek schon gesehen. Wir sind daran vorbeigegangen, als wir zum Versammlungsort gegangen sind.« Adriel schaute zu Elaine, dann zu den Büchern. Auch er wollte etwas lesen, obwohl er die Geschichte der Engel bereits gut kannte. Es gab hier immer wieder etwas Neues zu entdecken beim Lesen.

»Schau mal, da ist ein freier Tisch für zwei. Ich werde dort meine Tasche ablegen. Ich habe uns einen Block und Stifte mitgebracht. Falls wir Notizen machen möchten.«

Elaine hatte ein freudiges Strahlen in ihren Augen. Adriel gefiel sie, so wie sie heute war. Er mochte ihren Charakter. Besonders gefiel ihm ihre Natürlichkeit und wenn sie sich auf etwas freute. Sie war eine Frau, die sich gerne verzaubern ließ. Das bewunderte Adriel an ihr. Er war genauso verzaubert von ihr, denn er schätze ihr Interesse an diesen Büchern. Es bedeutete ihm viel, dass sie sich für die Mythen und Legenden der Engel interessierte.

»Dieser Tisch steht an einem guten Ort. Dann gehen wir mal zu den Bücherregalen. Du hast freie Auswahl. Du kannst jedes Buch entweder hier lesen oder auch ausleihen.« Mit großem Interesse, Neues zu erfahren, gingen sie zu den Bücherregalen. Sie schlenderten an ihnen vorbei, schauten sich die Bücher in Ruhe an.

Da entdeckte Elaine ein Buch mit der Überschrift »Die Mächte des Guten und des Bösen«. Als sie das Buch öffnete, las sie gleich zu Anfang: »Man sollte die Welt nicht nur Schwarz und Weiß sehen, sondern versuchen, auch die Grauzonen zu erkunden.« Sie fand das Gelesene zusagend, weshalb sie das Buch mitnahm. Um besser zu verstehen, worum es ging, nahm sie das Buch zu dem Arbeitsplatz am Tisch.

Adriel schaute sich noch um, suchte weiter. Das machte Elaine aber nichts aus, sie setzte sich alleine an den Tisch. Adriel würde bald nachkommen. Sie betrachtete den Einband des dicken Buches. Es ließ erkennen, dass das Buch zwar kein Unikat sein konnte. Jedoch, dass es sich um ein altes Buch handelte. Auch Adriel nahm jetzt ein Buch heraus.

Es war ein schwarzes Buch. In seinem Buch ging es um den Stammbaum der Engel. Über die Geschichte der Engel wusste er schon viel. Er setzte sich zu dem Arbeitsplatz an den Tisch neben Elaine. Beide tauschten beschäftigte Blicke aus. Dann schauten sie sich ihre Bücher an. Anschließend schauten sie die Bücher voneinander an. Eine Neugierde stieg in ihnen auf. Sie waren für das Lesen der Bücher bereit. Bei Elaine hatte das Buch einen blauen Einband. Die Schrift war golden. Auf dem Buch war ein goldener Engelsflügel abgebildet.

Elaine las Adriel leise vor:

»Schon sehr lange gab es eine Vorstellung, dass es sowohl Himmel und Hölle gibt mit Wesen, die darin leben. Viele glaubten schon seit Jahrhunderten, dass die Erde von übernatürlichen Wesen bevölkert ist, die Böses sowie Gutes tun.«

Adriel kannte bereits dieses Buch. Er erklärte ihr:

»Das mit Himmel und Hölle musst du nicht so genau nehmen. Das ist eher als Metapher gemeint. Die Dämonen können sich überall aufhalten. Nur hier zum Wohnsitz der Engel gelangen sie nicht hin.« Daraufhin antwortete sie nach einer kurzen Überlegung:

»Das ist interessant zu wissen. Ich habe mir nie darüber Gedanken gemacht. Aber um hierher zu gelangen, braucht es ein Portal, das vor jedem unsichtbar ist, sogar vor den Menschen.« Sie wartete gespannt seine Reaktion ab.

»Das stimmt. Nur die Engel können mit ihren Flügeln das unsichtbare Portal aktivieren.«

Beeindruckt las sie weiter und wollte, dass er mithört. Also las sie ihm ganz leise vor:

»Der Glaube an Schutzengel ist weit verbreitet. Sie können auf Erden wandeln und Menschen vor Schaden bewahren. Sie sind die Kräfte des Guten. Die Menschen stellen sie sich gerne als geflügelte Lichtgestalten vor und so werden sie auch dargestellt.«

Er schaute sie verliebt an, als sie ihm das vorlas. Gut, dachte er, dass sie diese Stelle gleich entdeckt hatte. So konnte sie sich gleich davon überzeugen, dass es Schutzengel wirklich gab. Es passte gut zu dieser Situation. Sie sollte in ihrem Glauben an das Gute bestärkt werden.

»Das gilt auch für unsere Situation. Du hast dir ein spannendes Buch ausgesucht. Lese weiter, wenn du möchtest.« Das tat sie mit großer Erwartung, mehr über die Engel zu erfahren:

»Doch es gibt auch eine Vorstellung von Dämonen. Sie stellen in Geschichten meistens das Böse dar, welches der Held oder die Heldin besiegen muss, um die Welt vor Bösen zu bewahren. Dämonen können in solchen Geschichten nicht selten menschliche Körper in Besitz nehmen. Das finden die Menschen gruselig.« Sie berührten sich zufällig an den Knien, tauschten bedachtsame Blicke aus. Beide wollte verstehen, was ihre Situation mehr betraf und was eher weniger. Da sprach er:

»Wenn sie wie in unserer Situation menschliche Körper in Besitz nehmen, dann ist es so zu verstehen: Es sind immer noch dieselben Menschen. Doch von nun an werden sie vom Geist der Dämonen manipuliert und geleitet. Sie bemerken es jedoch nicht.«

Sie wandte sich ihm noch mehr zu. Vor Spannung kribbelte ihr der Bauch.

»Ich habe erlebt, dass wir Menschen manchmal von anderen, bösen Menschen leicht manipulierbar sind.

Wie du es sagst, sind diese Kräfte nicht nur irgendwelche Menschen. Es könnte sich auch um Dämonen handeln, die den Menschen schaden wollen«. Sie sagte es sehr leise, denn in der Bibliothek der Engel sollte ihre Stimmung einen bedachtsamen Eindruck hinterlassen. Keiner sollte mithören können. Trotzdem hörte Adriel genau hin. Er schaute sie energetisch an und nahm ihre Sorge wahr. Sie war für ihn gut zu hören, selbst wenn sie leise redete. Da sprach Adriel:

»Manche Menschen haben es einfach nicht so leicht im Leben. Seit der Geburt gibt es Schwierigkeiten oder Hindernisse in ihrem Leben. Da haben schlechte Einflüsse ein leichtes Spiel für sie.«

Elaine dachte darüber nach, was Adriel meinte. In ihrer Familie war früher von solchen Schwierigkeiten nie die Rede. Sie kam aus einer behüteten Familie. Für manche Menschen sah es da leider ganz anders aus. Beide schwiegen und dachten darüber nach. Anschließend las Elaine weiter.

»Doch da steht auch noch mehr über euch Engel. Die Vorstellung von Engeln als Boten ist sehr alt. Denn schon aus Zeiten der Ägypter gibt es Abbildungen von Wesen, die als Mittler zwischen Menschen und Göttern auftreten.« Adriel fand es spannend, was ihm Elaine vorlas. Denn obwohl er schon alles über die Engel wusste, war es doch etwas Neues für Elaine. Ihr Interesse für die Engel war sehr groß, was er an ihr sehr mochte.

Mit einem bezauberten Lächeln schaute sie ihn verführerisch an. Er lächelte wie von ihr verzaubert zurück. Dies verstärkte für beide das besonnene Gefühl, dass

Probleme und Schwierigkeiten überwunden werden konnten. Denn sie waren nicht für immer. Sie mussten sich nur weiterhin für einander entscheiden. Als Liebespaar. Ein guter Weg würde sich daraus ergeben, wenn sie sich von den Problemen nicht unterkriegen ließen.

»Wusstest du auch, dass es verschiedene Arten der Engel gibt?«, wollte er wissen. Sie las ruhig weiter, bis sie die Antwort fand.

»Die verschiedenen Arten von Engeln erfüllen unterschiedliche Aufgaben, steht da. Außerdem gibt es eine Rangordnung unter den Engeln.« Sie wollte wissen, ob das auch für die jetzige Rangordnung der Engel zutraf. Er antwortete daraufhin behutsam:

»Früher wurde die Rangordnung als sehr wichtig empfunden. Doch mittlerweile gibt es flache Hierarchien unter uns Engeln. Die Rangordnung spielt nicht mehr solch eine große Rolle. Wir haben alle einen ähnlichen Rang in der himmlischen Sphäre. Doch bei uns gibt es Engelsfürsten, die uns himmlische Aufträge erteilen.«

Sie schloss daraus, dass es sich in dem Buch um alte Weisheiten handelte. Wie Legenden. Diese mussten nicht unbedingt für die heutige Zeit zutreffen. Es war wichtig, dies zu klären.

Natürlich empfand sie die Zeit mit Adriels Freunden eben deshalb als so angenehm. Es gab dort keine allzu unterschiedlichen Ränge, keine Chefs oder Besserwisser. Alle waren gleichberechtigt. Dies führte zu einem angenehmen, sehr freundlichen Umgangston zwischen den Engeln. Keiner wollte auf den anderen beherrschend wirken.

»Ich bin mir sicher, du hast mit den Engeln gute Freunde gefunden«, sagte Elaine leise.

»Ja, das habe ich. Das wirst du sicherlich auch. Lass dich ruhig auf diese Freundschaft ein«, warf er ebenfalls leise ein. Die Luft in der Bibliothek könnte frischer sein, dachte Adriel. Also stand er auf und machte das Fenster auf. Sofort strömte der Duft von Lavendel herein, zusammen mit einer frischen Brise Sauerstoff.

Beide dachten darüber nach, wie wichtig Adriel seine Freunde waren. Dass er sie nicht immer sehen konnte, machte ihm nichts aus. Es bestand bei ihm keine Konkurrenz zwischen der romantisch verbrachten Zeit mit Elaine und seinen Freunden, den Engeln. Er wusste, dass er sich immer auf sie verlassen konnte. Sie kannten sich schon sein mehreren hundert Jahren. Seine Freunde standen nicht zwischen ihm und seiner Liebe zu Elaine.

Auch Elaine wollte erst einmal ohne ihre besten Freundinnen bleiben. Sie entschied sich bewusst dafür, die Zeit mit Adriel zu verbringen. Nachdem, was mit ihr geschehen war, konnte Adriel sie dazu überreden. Leicht war es ihr jedoch nicht gefallen.

Doch musste sie feststellen, dass sie immer weniger an ihre Freundinnen dachte. Die Zeit von damals schien ihr eine längst vergangene Zeit zu sein. Das fiel auch Adriel auf, denn sie redete immer weniger über diese Zeit.

Durch die frische Luft fühlte sich Elaine ermutigt, weiter zu lesen. Sie las jetzt über die Dämonen. In dem Buch wurde erklärt, woher der Begriff Dämon stamm. Sie las Adriel dann vor:

»Das Wort *Dämon* leitet sich von dem griechischen Wort *daimon* ab. Dies bedeutet soviel wie das Schicksal beeinflussend. Die alten Griechen glaubten, dass alle möglichen Naturerscheinungen das Werk von Dämonen waren, besonders Vorgänge, die sie sich nicht erklären konnten.« Nach einer Pause, um das Gelesene zu verarbeiten, ergänzte Adriel:

»Zu diesen Naturerscheinungen gehörten in den alten Mythen und Legenden zum Beispiel das Altern und Verwesen von Lebewesen oder das Verdunsten von Flüssigkeiten. Doch da müsste auch was davon stehen, wie man dachte, dass Dämonen für Krankheiten und Tod verantwortlich waren.«

Obwohl das nicht ganz für die Vorfälle im Berliner Nachtleben zutraf, fand Adriel da Ähnlichkeiten. Denn Sucht, die die Barkeeper verbreiteten, war auch eine Krankheit. Die Drogendealer waren zwar nicht für Todesfälle verantwortlich. Doch auch eine weit fortgeschrittene Drogensucht könnte im schlimmsten Fall zum Tod führen.

Beide wussten nun, dass die Banden und Barkeeper unbewusst von den Dämonen manipuliert wurden. Die jungen Menschen, die in Clubs und Discos feierten, befanden sich in schlechter Gesellschaft, ohne etwas davon mitzubekommen. Einem jungen Menschen fällt es oftmals schwer, das mitzubekommen. So wie Elaine damals, als das mit ihr geschehen war.

»Im Orient gehörten Dämonen zum täglichen Leben und waren verantwortlich für Krankheit und Tod. Im Hinduismus kennt man Dämonen als Gegenspieler der Götter«, berichtete sie über das Gelesene. Was

Elaine jetzt zum Fürchten brachte, waren diese Dämonen, die da ihre Finger mit im Spiel hatten. Sie verbreiteten also nichts Gutes. Waren für Krankheiten und, wie alte Völker glaubten, für den Tod verantwortlich. Ein Grund mehr, dass die Engel nach einer Zeit der Planung und Besprechung in das Geschehen eingreifen sollten. Ansonsten würden alles außer Kontrolle geraten. Sie las weiter:

»Im Laufe der Zeit hat sich die Vorstellung verbreitet, dass ein Dämon ein Wesen ist, das Menschen Angst einflößt oder ihnen Schaden zufügen will. Nach dem heutigen Glauben gelten sie im Allgemeinen als gefallene Engel.« Das musste ihr Adriel natürlich verdeutlichen. Denn sie wusste nur grob, was ein gefallener Engel war.

»Manche von uns Engeln werden zu Dämonen. Aber es gibt auch Dämonen, die das von Geburt aus sind«, erklärte er ihr den Unterschied.

»Wie kann das sein? Wie werden Engel zu Dämonen?«, wollte sie sofort voller Spannung wissen.

»Keine Sorge, uns kann das nicht passieren. Das sind Engel, die böse werden. Sie kommen irgendwann von Glauben ab und fallen. Bei uns in der himmlischen Sphäre geschieht es nur ganz selten.«

»Das habe ich nicht gewusst«, antwortete sie. Für einen Moment wurde sie ganz traurig. Ihre Augen füllten sie mit Tränen. Sie wollte nicht, dass auch nur ein einziger Engel den Glauben verlor. Das wäre ja schrecklich, fand sie. Daher sprach sie:

»Das ist eine gefährliche Situation.« Er bemerkte sofort ihre Anspannung. Daher antwortete er gleich mit einem tröstenden Blick: »Mach dir keinen Kopf. Dies geschieht wirklich nur in Ausnahmefällen. Die meisten Dämonen sind es von Geburt an.« Er nahm wahr, dass sie trotzdem etwas beunruhigt wirkte. Das Thema bereitete ihr merkliches Unbehagen. Jedoch ließ sie sich nicht davon abbringen, weiter über die Engel und die Dämonen zu lesen, um die Wahrheit zu erfahren. Dazu musste sie sich jedoch überwinden.

Dies war für sie ein Thema, von dem sie grob etwas mitbekommen hatte in ihrem Leben als junge Frau. Doch so direkt wurde sie wirklich zum ersten Mal damit konfrontiert. Nie zuvor hätte sie gedacht, dass es eine Sphäre gab, in der die Engel wohnten. Dass sie einen Schutzengel hatte, konnte sie nur schwer erahnen. Manchmal ertappte sie sich dabei, Adriels Flügel zu bewundern. Nicht immer waren sie groß und stark. Manchmal verbarg er ihr die Flügel ein wenig, um sie nicht zu irritieren. Denn ansonsten wäre es zu viel für sie.

Adriel wollte sehr, dass sie noch mehr über die Dämonen erfuhr. Auch ihr Anführer, Luzifer, spielte für ihn eine wichtige Rolle. Also nahm er freundlicherweise ihr Buch, um darüber zu berichten. Er schaute sie entschlossen an, um ihr dann Folgendes vorzulesen:

»Die Dämonen widersetzten sich dem Guten. Sie sehen die Menschen als minderwertig. Manchmal sind sie auf die Menschen eifersüchtig. Sie finden, dass die Menschen keinen Schutzengel verdienen.«

»Das sind ja abscheuliche Wesen. Ich will wirklich keinem Dämon begegnen. Doch irgendwie müssen wir eine Lösung finden«, äußerte Elaine. Sie atmete tief durch, holte nochmals Luft, denn sie war geschockt. Was könnte denn die Lösung sein, überlegte sie leise nur für sich.

»Keine Sorge. Das musst du nicht. Nur vielleicht aus der Ferne, damit er dir nicht zu nahe in die Quere kommt.«

Adriel strahlte ein Vertrauen aus. Sie sollte sich beruhigen. Sie war nicht mehr in Gefahr. Die anderen Engel dachten schon während dieser Zeit konkret über eine Lösung nach. Doch bei dieser Lösung wollten sie nicht mehr kämpfen. Es musste einen anderen Lösungsweg geben. Es fanden währenddessen Besprechungen statt bei den anderen Engeln. Adriel und Elaine würden bald mehr darüber erfahren.

»Und was ist mit ihrem Anführer?«, stellte sie eine berechtigte Frage.

»Tatsächlich haben sie einen Anführer. Er heißt Luzifer. Man glaubte früher, er sei ein gefallener Engel. Diese Ansicht war weit verbreitet. Doch wir Engel wissen, dass er von Anfang an böse war. Wir glauben, dass er ein gefallener Mensch ist.«

Diese Aussage fanden beide spannend. Dass das Böse einen Anführer hatte, beunruhigte dennoch beide. Doch Adriel wusste es schon lange, seit seiner Geburt. Daher war er früher manchmal in Kämpfe gegen die Dämonen verwickelt. Er fand, diese Kämpfe führten zu nichts Gutem. Es gab auch andere Wege, die Dämonen zu besiegen. Sie mussten überlistet werden.

»Was steht da noch über Luzifer?«, wollte sie wissen.

»Es ist nicht genau beschrieben. Aber ich denke, dass Luzifer von Anfang an Wesenszüge von einem

Dämon hatte. Was da steht, ist, dass er alle Dämonen anführt. Er möchte die Menschen dazu bringen, zu lügen und zu sündigen.« Nach Adriels Aussage über Luzifer wurde Elaine so Einiges bewusst. Das Böse hatte also seine Finger mit im Spiel. Die Menschen wurden hintergangen. Sie wurden dazu gebracht, zu sündigen. Adriel legte das Buch kurz weg, um auf andere Gedanken zu kommen. Um das Thema aufzuheitern, erzählte er ihr über verschiedene spannende Begebenheiten, die sie beide betrafen.

»Es gibt viele Geschichten, in denen sich ein Engel in einen Menschen verliebt. Engel können auf Erden wandeln und Gutes tun.« Sie gab ihm daraufhin zu wissen:

»Das trifft ja voll und ganz auf uns zu. Wie schön, dass es so etwas gibt. Ansonsten hätten wir uns vielleicht niemals kennengelernt. Ich habe wirklich angefangen, an unser Schicksal zu glauben.« Auch er fühlte sich darin bestätigt. Mit einem zaghaften Lächeln nickte er ihr zu. Ihre Blicke trafen sich, was ein Knistern zwischen ihnen auslöste. Dann las er weiter:

»Es gibt Geschichten, in denen dämonische Mächte eine Rolle spielen, die bekämpft werden müssen. Da ist wirklich etwas Wahres dran, muss ich zugeben. Der Kampf zwischen Gut und Böse hat die Menschen schon immer fasziniert.«

»Stimmt«, gab auch sie zu. So war es tatsächlich. Doch sie erinnerte sich auch daran, dass es nicht immer um das Böse oder Gute ging, sondern dass es auch Grauzonen gab. Etwas zwischen Gut und Böse, was nicht immer leicht definierbar war.

So waren es die Menschen, die vielleicht keinen anderen Ausweg sahen, als der Kriminalität zu verfallen. Nicht alle von ihnen waren grundsächlich nur Böse. Natürlich waren die Bandenmitglieder, die Elaine das Zeug ins Getränk gaben, wirklich sehr böse und verachteten alles Gute. Doch es gab da auch Kleinkriminelle und Mitläufer.

Da gab Adriel ihr das Buch, um ihr den Abschluss der Geschichte zu zeigen. Sie fasste ihre Gedanken zusammen, während sie leise vorlas: »Manche Menschen finden es spannender, die Welt nicht nur Schwarz und Weiß zu sehen, sondern auch die Grauzonen zu erkunden.«

Da streichelte er ihre Hände, die auf dem Tisch lagen, und schaute sie an. Ein toller Tag in der Bibliothek der Engel neigte sich dem Ende. Sie haben heute eine tolle Zeit zusammen verbracht und viel Neues gelernt. Besonders Elaine wusste wenig darüber. Auch Adriel konnte sein uraltes Wissen auffrischen. Für ihn war es auch eine wertvolle Zeit.

»Ich denke, wir können bald aufstehen und gehen. Ich möchte dir noch einige Parks und Berge zeigen«, schlug er vor.

»Aber auf das Wandern habe ich heute wirklich keine Lust mehr«, warf sie ein. Er ließ ihre Hände jetzt los.

»Keine Sorge, die kleinen Berge in der freien Natur ebnen sich, wenn wir sie hochlaufen. Ich möchte dir die tolle Aussicht von oben zeigen.« Sie schaute zu den Bücherregalen. Jetzt legten sie ihre Bücher zurück in die Bibliothek. Elaine entschied sich, das Buch nicht auszuleihen. Sie hatte heute schon genug erfahren.

Sie standen auf und gingen raus, da wo die frische Luft zusammen mit der Sonne gelb schimmerte. Gelbe Sonnenstrahlen erhellten auch während ihres Spaziergangs die Landschaft der Berge.

KAPITEL 13

Bei den anderen Engeln gab es Besprechungen, was sie tun könnten, um in das Geschehen einzugreifen. Sie müssten diesmal taktisch vorgehen. Ein kriegerisches Eingreifen wäre fatal. Schon zu oft hatten die Engel mit Waffen gekämpft. Gegen die verschiedensten Gegner, von denen es meistens die Dämonen selbst waren. Doch manchmal auch gegen brutale Mörder, die einfach keine Chance mehr hatten, auf einen besseren Weg zu gelangen. Diese Mörder wurden voll und ganz vom Geist der Dämonen geleitet. Dazu hatten sie auch selbst von Geburt an dämonische Ansichten darüber, Unrecht zu tun.

Die Engel konnten während dieser Jahrhunderte andauernden Kämpfe an Kampfkunst mit dem Schwert dazugewinnen. Alle Engel beherrschten verschiedene Kampfkünste. Mit dem Schwert waren sie besonders geschickt. Doch leider es gab auch schlimme Verluste.

In einigen Ausnahmefällen wurden manche Engel beim Kampf so schwer verletzt, dass sie es nicht mehr schafften. Sie starben im Kampf. Adriels Freunde kannten solche Engel. Auch Adriel waren solche Ausnahmefälle von verlustreichen Kämpfen bewusst. Einige wichtige Dämonen konnten bereits umgebracht werden. Ihr schlechter Einfluss war für immer nicht mehr zu spüren. Dies stellte eine enorme Erleichterung dar, sowohl für die Engel als auch für die Menschen.

In jedem Kampf zwischen Engeln und Dämonen gab es Gefahren für die Engel. Sie konnten nicht jedes Mal ihr Leben riskieren. Natürlich würde es immer wieder Fälle geben, in denen die Engel zur Waffe greifen müssten. Am besten kämpften sie mit einem sehr scharfen Schwert. Das Schwert war aus einem sehr fein geschliffenen Eisen, welches es nur in der der Sphäre der Engel gab.

Gefährlich war dabei, dass die Dämonen mit Feuerbällen um sich warfen. Dabei verbrannten sie die Engel. Zum Glück beherrschten nur wenige Dämonen diese Kampftechnik. Wenn das der Fall war, gefroren die Engel das Feuer mit dem Schwert des Winters. Aber nur, wenn sie es rechtzeitig schafften. Und so zog sich der Kampf Jahrhunderte lang fort. Vielleicht würde es sogar weitere Kämpfe geben müssen.

Doch nicht dieses Mal. Jetzt war Elaine mit von der Partie. Sie durfte nicht erneut mit einer Gefahr um Leben und Tod konfrontiert werden. Die Engel mieden außerdem verlustreiche Kämpfe, wenn sie nicht unbedingt nützlich waren. Wie schon Adriel in der Engelsbibliothek angedeutet hatte, müssten sie diesmal einen anderen Weg finden. Es gab Wege, die Dämonen zu überlisten. Das konnten alle Engel ganz deutlich spüren. Diesmal hatten sie also bewusst beschlossen, den Kampf mit dem Schwert zu meiden. Nicht nur wegen Elaine. Sie konnten sich nicht vorstellen, dass das wirklich etwas brachte. Ihr Menschenverstand sträubte sich dieses Mal, Waffen anzuwenden. Das war nicht immer eine Lösung für Probleme. Allen Engeln war das nun bewusst. Sie überlegten sich also neue Wege. Wege aus der endlosen, blutigen Schlacht hin zu neuen, taktischen Möglichkeiten

Auch in der Vergangenheit waren sie taktisch gegen die Dämonen tätig, wenn es den Menschen schlecht ging. Also ist diese Art des Kampfes mit Verstand nicht ganz neu für sie. Ihr Verstand war natürlich auch eine Waffe, die nicht vernachlässigt werden durfte. Und so konnte manch ein Krimineller vom Einfluss des Dämons befreit werden. Der Dämon löste sich dann in Luft auf. Er verbrannte im Dämonenfeuer. Von ihm blieb nur noch Asche übrig. Denn er konnte nichts mehr bewirken in seinem Zorn gegen den Menschen, nichts Böses mehr anrichten. Und so starb er für immer.

Die Engel dachten also über solche Möglichkeiten nach. Adriel und Elaine verabredeten sich zusammen mit Fiona, Leila, Raguel, Gabriel und Uriel in der Cafeteria. Sie wollten eine lockere Stimmung erzeugen, um ihnen die Anspannung zu nehmen.

Im Versammlungsort fühlten sie sich zwar auch gut. Doch manchmal wollten sie es sich bei Besprechungen in der Cafeteria gemütlich machen. Das machten sie, wenn sie sich etwas angespannt fühlten. Sie wollten diesmal mit Kaffee und Kuchen einen Nachmittag zusammen verbringen. Es sollte trotzdem ein ernstes Gespräch werden. Mit Themen, die Vieles zu entscheiden hatten. Doch wollten die Engel sich dabei eine gemütliche Runde Kaffee und Kuchen gönnen. Elaine und Adriel waren diese Woche mehrmals draußen spazieren in der Natur. Auch bestiegen sie die kleinen Berge mit der sonnigen Aussicht. Sie stimmten sich auf diese Besprechung innerlich ein. Heute war es soweit.

Es war ein schöner, sonniger Nachmittag. Die Cafeteria war nicht zu voll. Es gab dort einige Engel mit schönen, großen Flügeln. Sie aßen Engelsgebäck und tranken Vanille-Kaffee oder ein kühles Getränk. Draußen waren die Temperaturen sommerlich. Bei den Engeln war es oft sommerlich warm. Manchmal gab es jedoch herbstliche Temperaturen. Oder es gab kühle sommerliche Temperaturen.

Die Jahreszeiten glichen nicht ganz denen bei den Menschen. Manchmal konnte die Jahreszeit Frühling oder Sommer sehr lange dauern. Die Jahreszeit Herbst jedoch nur sehr kurz. Der Herbst war sehr mild. Der Sommer nicht zu heiß, jedoch sehr warm. Das Interessante war, es gab überhaupt keinen Winter dort. Die Sonne schien viel, wärmte den Himmel mit herrlichen Sonnenstrahlen. Somit wurde es nie richtig kalt.

Die Engel führten einen Wetterkalender, damit sie in den gängigen Medien über das Wetter berichten konnten. Unter den Engeln gab es also auch Meteorologen. Adriel und seine Freunde schauten sich die Wetterberichte manchmal im Fernsehen an. Da das Wetter hier aber fast immer gut war, wurde der Wetterbericht nicht so oft angeschaut. Die Freunde waren jetzt verabredet. Einer nach dem anderen erreichte die Cafeteria. Dort duftete es schon nach frischem Kaffee und Kuchen. Fiona und Leila kamen zusammen als Erste an. Sie setzten sich an einen großen Tisch neben dem Kuchenbuffet. Raguel, Gabriel und Uriel kamen fast gleichzeitig mit Elaine und Adriel.

Sie freuten sich, einander wiederzusehen. Elaine als ihr Gast hießen sie herzlich willkommen. Sie war bei allen Engeln gerne gesehen. Alle begrüßten sich freundlich. Gabriel erläuterte das Thema der heutigen Besprechung:

»Liebe Freunde, heute müssen wir darüber reden, wie wir in das Geschehen im Berliner Nachtleben eingreifen können.« Alle erkannten seinen entschlossenen Blick. Er schaute alle direkt an. Doch um die Stimmung etwas aufzuheitern, schlug Raguel vor:

»Nimmt euch ruhig von dem Kuchen. Es gibt Vanillekuchen, Erdbeerkuchen und Sahnekuchen. Außerdem empfehle ich euch zu dem Kaffee noch ein kühles Getränk, damit euch nicht zu warm wird. Es gibt Limonade und Eistee.« Alle freuten sich, als Raguel das sagte. Sie gingen zum süßen Buffet und nahmen sich von dem Kuchen. Anschließend machten sie sich Kaffee und schenken sich Eistee ein. Sie stellten alles auf ein gelbes Tablett und gingen zu ihrem Platz an den Tisch.

Da wurde es leise, denn es stand wieder ein ernstes Thema an. Gabriel begann zu sprechen:

»Wir haben mittlerweile viele Kampfe gekämpft und viele davon erfolgreich gewonnen. Doch diesmal scheint uns allen eine andere Lösung als die Richtige.

Die Kriminalität muss bekämpft werden. Dann verschwinden auch die Dämonen.« Alle hoben neugierig den Kopf und lauschten jedem Wort, das er sprach. Dann fuhr er fort:

»Sicherlich wurde Elaine und den jungen Menschen in den Discos Schlimmes angetan. Das heißt nicht, dass wir die Kriminellen ungestraft davonkommen lassen werden.«

Die Engel tranken etwas von dem Vanille-Kaffee und aßen ihre ersten Bissen von dem Kuchen. Sie schwiegen und dachten über das Gesagte nach. Wie konnte man die Kriminalität beseitigen? War es überhaupt möglich? Fiona und die anderen Engel hatten dieses Thema bereits gestern angedeutet, als sie zusammen Eis gegessen hatten. Das war, als Adriel und Elaine zusammen spazieren waren. Also erklärte Fiona:

»Wir wissen ja, dass die Kriminellen von den Dämonen manipuliert werden. Doch haben sie ihre eigenen Probleme. Sie kommen aus einer schlechten Gegend, haben Geldsorgen, hatten eine schlechte Kindheit.«

»Das dürfen wir nicht vernachlässigen. Das ist auch der Grund, warum der böse Geist der Dämonen sie so leicht manipulieren konnte. Sie hatten schon seit ihrer Kindheit viele persönliche Probleme in ihrem Leben«, erklärte ihnen Fionas Freundin Leila.

In dem Moment begriffen alle, dass Gewalt in diesem Fall nichts brachte. Vielleicht konnten sie mit anderen Mitteln helfen. Elaine aß einen Himbeerkuchen. Die Himbeeren waren wie frisch gepflückt, sehr saftig und fruchtig. Zum Glück hatte der Kuchen nicht zu viel Kalorien. Auch Adriel aß einen Himbeerkuchen. Beide aßen jedoch erstmal nur sehr wenig davon. Sie ahnten, dass die Besprechung noch eine Weile andauern würde.

»Um es kurz zu sagen, es sind alles gefährliche Menschen. Das will ich nicht leugnen. Doch wir müssen ihnen helfen, aus der Kriminalität herauszukommen«, meinte Uriel, und sprach somit den Kern der Idee aus. Elaine und Adriel schauten sich kurz an, danach schauten sie zu Uriel und Gabriel. Elaine hatte kurz daraufhin alle Engel im Blick, denn sie war von ihnen fasziniert. Sie breiteten jetzt ihre großen, weißen Flügel aus. Elaine warf ihre Meinung dazu in die Runde mit ein:

»Ich verstehe. Wir können die Kriminellen nicht alle beseitigen. Auch könnt ihr ja nicht einfach so die Dämonen umbringen, die überall im Nachtleben nur darauf warten, die Männer vom Weg abzubringen.«

Die Engel kannten Fälle, in denen es besser passte, sich die Dämonen direkt und als Erstes vorzunehmen. In diesem Fall hatten sie eine bessere Lösung. Und so schlug Gabriel allen in der Runde vor:

»Wir müssen versuchen, die Kriminellen umzuerziehen. Sie dazu bringen, von der Kriminalität wegzukommen. Dazu braucht es spezielle Programme. Einige von ihnen haben leider auch selber Probleme mit Sucht.« Es wurde still. Alle machten eine Pause mit dem Essen. Auch tranken sie für eine kurze Zeit nicht mehr von ihrem Getränk. Die Sache wurde immer ernster.

Elaine hatte nicht gewusst, dass es Drogendealer gab, die selber auch Drogenprobleme hatten. Außerdem hatten sie vielleicht große Geldsorgen, und viel Ärger am Hals. Trotzdem wollte sie die Anführer der Banden nicht ungestraft lassen. Dafür war sie in einem viel zu gefährlichen Zustand versetzt worden. Sogar einen lebensgefährlichen Zustand. Doch nicht nur sie. Einige andere Besucher der Discos waren auch betroffen. Zu sanft wollten die Engel sowieso nicht mit ihnen umgehen. Daher meinte Raguel:

»Es gibt da verschiedene Kriminelle. Die wichtigsten Kriminellen haben sicherlich Gefängnisstrafen verdient. Wir werden mit der Polizei reden müssen.«

Alle Engel bejahten diesen Vorschlag. Elaine war erleichtert, als sie das hörte. Sie fand, einige ganz schlimme Kriminelle von ihnen hätten diese Gefängnisstrafe sicherlich verdient. So diskutierten sie weiter, dass natürlich auch an polizeiliche Festnahmen mit Gefängnisstrafen zu denken war. Dennoch waren sich alle einig: Danach war es wichtig, dass die ehemals Kriminellen nicht wieder kriminell werden, wenn sie aus dem Gefängnis kommen. Sie sollten eine Perspektive bekommen, die weg von der Kriminalität führte.

Gabriel erklärte weiter:

»Auf jeden Fall fehlt ihnen eine berufliche Perspektive im Leben. Deshalb halte ich es für wichtig, wenn sie durch spezielle Programme ins Berufsleben integriert werden.«

Außerdem hielten es alle in der Runde für wichtig, dass den Kriminellen im Gefängnis die Chance gegeben wird, über ihr Verbrechen nachzudenken. Sie sollten ihre Taten danach bereuen, um nicht wieder rückfällig zu werden. Sie waren sich auch darüber einig, dass die Kriminellen mit Suchtproblemen professionelle Entzugsprogramme brauchten. Die Banden und Drogendealer müssten einen anderen Weg finden. Und daher betonte Adriel es zusammenfassend: »Sie müssen in die Gesellschaft integriert werden. Damit sie nicht nur am Rande der Gesellschaft leben. In ihren Augen bietet die Gesellschaft ihnen keine andere Chance, als kriminell zu werden.«

Da mussten sie zustimmen. Alle schwiegen für eine Weile und tranken Vanille-Kaffee. Es war sicherlich ein spannendes Unterhaltungsthema. Zudem lag es unter anderem an ihnen, die Probleme zu lösen und für Ordnung zu sorgen. Ihre Verantwortung bei dieser Sache war nicht zu unterschätzen. Viele Engel wurden nun mit der Lösung dieser Fälle beauftragt. Natürlich würden sie sich Hilfe von anderen Menschen holen. Und von der Polizei. Leila sagte:

»So geht es leider vielen Menschen in diesem sozialen Milieu. Das heißt aber nicht, dass wir Mitleid mit ihnen haben dürfen. Es sind wirklich keine guten Menschen.«

Adriel fragte Elaine, wie ihr der Kuchen mit dem Vanille-Kaffee schmeckte. Sie meinte, dass das Gespräch viel zu wichtig sei. Dieses Thema brachte sie wirklich zum Nachdenken. Daher habe sie keinen großen Appetit. Trotzdem schmecke ihr der Kuchen mit dem Vanille-Kaffee ausgezeichnet.

Adriel bemerkte natürlich, dass sie es sich heute schwertat, den Kuchen zu genießen. Für alle war der heutige Tag kein leichter Tag. Der Kuchen mit dem Kaffee und dem kalten Getränk stellte für sie eine Wohltat dar, auch wenn sie keinen großen Appetit hatten. Schließlich waren sich alle einig, was Fiona nun aussprach:

»Alle Vorschläge sind besser, als einen gewalttätigen Kampf zu führen.« Leila ergänzte: »Wir müssen ihnen den kriminellen Einfluss der Dämonen wegnehmen. Nur so können die Dämonen sich auflösen, indem sie verbrennen.« Alle bejahten diesen zu Ende geführten Vorschlag. Doch es musste konkreter werden. Wie würden diese Programme aussehen? Was war zu beachten, wenn die Kriminellen auf Entzug waren? Oder im Gefängnis. Neue Hilfeleistungen mussten in Erwägung gezogen werden, wenn es um die erfolgreiche, langfristige Bekämpfung dieser Drogenbanden ging.

Der Weg würde langsam anfangen. Den Banden musste bewusstwerden, dass es so nicht weitergeht. Jemand musste mit ihnen sprechen. Sie zur Rede stellen. Vielleicht würde jemand an sie herankommen. Zunächst einmal mussten sie von den üblichen harten Kerlen in der Disco unterschieden werden. Doch daran hatten die Engel bereits gedacht.

Gabriel erklärte allen, was die Engel bereits unternommen hatten:

»Wir haben das Geschehen mehrmals beobachten können. So haben wir uns ein genaues Bild darüber gemacht, wer mit Drogen dealt. Außerdem konnten wir genau beobachten, wer den jungen Menschen Drogen ins Getränk tut. Das sind ganz besonders harte Kerle. Barkeeper, die die Jugend zum übermäßigem Alkoholkonsum verführen, sind auch schlimm. Auch sie müssen wir uns vorknüpfen«, berichtete Gabriel sehr ausführlich. Da wollte Elaine als Betroffene natürlich Konkreteres wissen: »Ihr wisst also, wie sie alle aussehen? Und wer sie sind?«

»Wir haben in einem Album ihre Fotografien zusammengeführt mit Namen, Alter und Adresse. Wir haben viel Forschungsarbeit hineingesteckt. Doch über ihre Herkunft, sowie ihren Hintergrund wissen wir nicht viel«, antwortete Raguel allen in der Runde. Uriel meinte außerdem:

»Von Vielen wissen wir, dass sie aus einem schlechten Milieu stammen. Wir werden mehr darüber herausfinden müssen. Sowie über die Tatmotive. Auf jeden Falls wissen wir, dass diese Verbrecher Geldsorgen haben. Sie wollen an schnelles Geld herankommen.«

Elaine und Adriel lauschten aufmerksam. Da kam Adriel noch ein weiterer Gedanke, warum diese Verbrecher so handelten:

»Geldsorgen sind sicherlich ein wichtiges Motiv. Denn auch die Barkeeper verdienen viel Trinkgeld, je mehr Drinks sie verkaufen. Doch vergesst bitte nicht, sie wurden vom bösen Geist der Dämonen durchdrungen.«

Elaine lauschte bei ihrem Freund Adriel genau hin. Dabei leuchtete sein Blick in ihre Richtung. Draußen ging die Sonne langsam unter. Es war mittlerweile ein später Nachmittag geworden in der Runde. Die Farbe des Engels-Himmels leuchtete von einem Gelb hin zu einem rötlichen Violett. Elaine konnte den verzauberten Duft von Lavendel und Veilchen spüren. Adriel duftete nach frischer Orange.

Die Cafeteria füllte sich langsam für das Abendessen. Doch die Engel in der Runde hatten noch was zu Hause übrig für das Abendessen. So lange wollten sie sowieso nicht bleiben.

Der Kaffee war ausgetrunken. Also nahmen sie sich noch einen weiteren Vanille-Kaffee, den es nur bei den Engeln gab. Manche nahmen sich weiteres Gebäck, doch Elaine und Adriel wollten es dabei belassen. Dafür nahmen sie sich jeweils noch eine Limonade. Die Limonade war aus eigener Herstellung mit Zitrone und Kokosgeschmack. Alkohol brauchte Elaine nicht mehr. Sie verspürte nicht, dass sie je welchen gebraucht hätte. Es waren bloß diese Barkeeper, die sie dazu verführten, an den Wochenenden die vielen Drinks zu bestellen. So richtig verstand sie es jedoch nicht. Adriel auch nicht.

Gabriel warf ein wichtiges Thema in die Runde ein:

»Da diese Kriminellen vom Geist der Dämonen manipuliert werden, denke ich, dass sie böse Gedanken haben. Sie wollen nicht nur schnelles Geld. Sie wollen Leben zerstören, manipulieren, Menschen in eine schlechte Verfassung bringen.« Da antwortete Elaine:

»Ja, ich glaube auch, dass sie den jungen Frauen und Männern Böses antun wollen. Sie sind von Grund aus boshaft. Doch sie wurden zu dem, was sie sind. Durch schlechten Einfluss der Dämonen. Jetzt wird mir so Einiges klar.«

Da sprach Leila in Gedanken an die zahlreichen Kämpfe der Engel, die auch zu Verlusten führten:

»Genau, das sehe ich genauso. Doch wir können nicht Gewalt bei ihnen anwenden, auch wenn sie von Grund aus Böses anrichten. Es gibt auch andere Wege. Wir müssen sie zum Guten überreden.«

Alle überlegten sich, dass es ein langer Weg sein würde, sie aus der Falle der Dämonen zu befreien. Doch sie erklärten sich im Verlauf des Gesprächs dafür bereit, diesen aufrichtigen Weg zusammen zu gehen. Es war eine Verantwortung zusammen mit einer schweren Last, die auf den Schultern der Engel lag. Auch Elaine erklärte sich bereit, den Engeln zu helfen. Inwieweit sie das konnte, würden die Engel mit ihr besprechen. Es war ihnen bewusst, dass sie keine besonderen Fähigkeiten hatte. Doch ihre Güte war schon ein Grund genug. Alle hofften, dass sie sich dazu entscheiden würde, weiterhin an der Seite der Engel zu bleiben. Alle könnten ihre Mithilfe sehr gut gebrauchen.

Doch Elaine kannte die Engel noch nicht lange genug. Mit Adriel war sie fast ein halbes Jahr eng zusammen. Auf der irdischen Sphäre war der Winter angetreten. Mittlerweile bracht jedoch wieder der Frühling an. Elaine und Adriel hatten sich im Spätsommer getroffen. Ihr Schicksal hatte sie zusammengeführt.

Während des Winters auf der irdischen Sphäre gab es bei den Engeln warme Temperaturen. Die Kriminalität fand leider noch statt. Mal mehr, mal weniger. Die Zeit nutzten die Engel, um die Verbrecher von anderen Besuchern der Disco zu unterscheiden und sie zu fotografieren. Sie fanden zudem ihren Namen und ihre Adresse heraus. So führten sie alle wichtigen Dokumente über sie. Das zog sich über den Winter hin, denn die Banden agierten im Verborgenen. Dazu kam noch, dass es in den Discos sehr dunkel war. Die Engel nutzten jeden Moment, in dem ihr Gesicht zu sehen war, um sie zu fotografieren.

Nun war alles vorbereitet. Inzwischen war nichts Extremes vorgefallen. Keiner kam ums Leben. Jedoch gab es einige Schwierigkeiten. Die Engel fanden heraus, wie ihre Kleidung typischerweise aussah. Sie mochten dicke Metallketten, manche hatten Piercings und viele Tattoos. Ihre Arme waren manchmal fast schwarz voller Tattoos. Sie trugen schwarze Kleidung, oftmals schwarze Lederjacken. Ihre Haare waren gegelt oder sie hatte eine Glatze. Sie rochen nach Tabak. Auch mal nach Alkohol. Sie schwitzten viel und redeten brutal. Sie hielten sich nicht jeden Tag im Berliner Nachtleben auf. In der letzten Zeit hielten sie sich dort mehrmals im Monat auf. Früher mehrmals in der Woche.

Nun mussten die Engel handeln...

KAPITEL 14

Es waren diese Engel, die vom Engelsfürsten den Auftrag erhielten, nun die Sphäre der Engel zu verlassen. Um ihren Auftrag zu erfüllen, mussten sich Fiona, Leila, Raguel, Gabriel und Uriel zusammen mit dem Paar Elaine und Adriel auf die irdische Sphäre begeben. Sie mussten wieder zu den Menschen. Denn dort wurden sie jetzt gebraucht. Andere Engel erhielten auch Aufträge, die mit diesem Fall zu tun hatten. So würden viele Engel zusammenarbeiten, um das Nachtleben von Berlin wieder sicher zu machen. Die jungen Menschen sollten nicht immer wieder in Schwierigkeiten geraten.

Elaine und Adriels Freunde trafen sich mit ihnen zur gemeinsamen Portalreise. Auf der irdischen Sphäre war es Mitte März. Also gerade Frühlingsanfang. Das Portal war auf der himmlischen Sphäre ebenfalls unsichtbar. Kein Feind sollte das Portal erkennen. Kein Dämon durfte dorthin gelangen. Schon gar nicht ein böser Mensch. Nur gute Menschen mit einem reinen Herzen durften mit dem Portal reisen. Das Portal erkannte bei Elaine, dass sie ein guter Mensch war. Deshalb konnte sie es damals in Adriels Garten so gut erkennen.

Elaine zeigte Adriel ihre gemischten Gefühlte, die himmlische Sphäre wieder verlassen zu müssen. Doch sie wusste, dass sie alle gemeinsam einen Auftrag zu erledigen hatten. Es war ein sonniger Tag, als Adriel und Elaine aufstanden und duschten. Sie aßen ein gesundes Frühstück in der Cafeteria. Dann packten sie ihre Sachen zusammen.

Voller Aufregung und Vorfreude auf die Sphäre der Menschen gaben sie sich mehrere zärtliche Küsse auf den Mund. Ihre gemeinsamen Berührungen waren diesmal etwas hektisch, denn sie hatten wenig Zeit. Elaines Gesicht war glühend heiß, als sie die Cafeteria wieder verließen. Sie war emotional geworden. Reden wollte sie über ihre Emotionen nicht. Sie fürchtete sich insgeheim, die himmlische Sphäre der Engel für immer verlassen zu müssen. Zu sehr hatte sie sich in diese wohlige Umgebung verliebt. Sie hätte niemals im Leben geglaubt, dass es so etwas gab. Ob sie jemals wieder zu den Engeln reisen durfte, fragte sie sich leise in Gedanken.

Zusammen mit ihrem leichten Gepäck trafen sie sich mit ihren Freunden, den anderen Engeln. Das Portal befand sich in einer schönen Parklandschaft. Diese wurde auch himmlischer Garten genannt. Dort gingen die Engel oft spazieren, wenn sie Zeit hatten. Auch Elaine und Adriel gingen dort oft spazieren. Adriel pausierte schon länger mit seinen Kampfübungen, um sich auf diesen neuen Auftrag vorzubereiten. Beide bereiteten sich schon seit Wochen mental darauf vor. Es würde nicht leicht für sie werden.

Nun trafen sie alle ein: Elaine zusammen mit Adriel, sowie Fiona, Leila, Raguel, Gabriel und Uriel. Im himmlischen Garten bei warmen Temperaturen begrüßten sie sich. Hier befand sich das unsichtbare Portal. Nur die Engel konnten es mit ihren Flügeln aktivieren. Dann würde das Portal sichtbar werden, für sie alle zugänglich.

»Wir werden jetzt zusammen Energie mit unseren Flügeln erzeugen, um das Portal zu aktivieren«, erklärte Gabriel der Gruppe. Er erklärte weiter: »Wir werden jetzt einen Kreis zusammen bilden. Du, Elaine, stell dich bitte in die Mitte des Kreises. So bist du geschützt.« Alle bildeten einen Kreis, Elaine stellte sich in die Mitte des Kreises. Nun begannen die Engel, ihre Flügel auszubreiten. Ihre Flügel wurden groß und herrlich. Elaine kannte das bereits bei Adriel. Sie bewegten ihre Flügel schwungvoll. Ein energetischer, leichter Wind wurde erzeugt. Wie ein Nebel umgab ein leuchtender Lufthauch die Umgebung. Der Nebel wurde dichter, bis das Portal sichtbar wurde.

Ganz langsam beobachtete die Gruppe, wie das Portal entstand. An dieser Stelle befand es sich eigentlich schon immer. Doch wenn es aktiviert wurde, entstand es jedes Mal wie von Neuem. So machte es einen fantastischen Eindruck, der selbst die Engel zum Staunen brachte. Ein goldener Schimmer wurde erzeugt. Dieses Portal war für Reisen in der Gruppe bis zu 10 Personen geeignet. Also war genügend Raum für die ganze Gruppe vorhanden. Adriel erklärte das seiner Freundin Elaine, um ihr die Angst vor der Portalreise zu nehmen. Er nahm wahr, dass sie etwas nervös war, die Portalreise anzutreten. Das war sie auch schon letztes Mal in seinem Garten auf der irdischen Sphäre. Doch diesmal war etwas anders: Sie hatten alle einen gemeinsamen, wichtigen Auftrag zu erfüllen. Es durfte nichts schief gehen.

Es öffneten sich die Tore des Portals. Der himmlische Garten, in dem sich das Portal befand, leuchtete gelb auf. Fiona bat nun alle freundlich:

»Kommt, das hier ist das Tor zum Portal. Es ist wie eine größere Tür. Es wird sich heute nur für uns öffnen. Lasst uns da hineingehen.«

»Adriel und Elaine, tretet bitte als Erste hinein. Es wird euch während der Portalreise nichts passieren«, erklärte Raguel. Also fasste Adriel Elaine sanft an der Hand und ging mit ihr als Erster hinein. Das Tor sah tatsächlich wie eine größere Tür aus. Sie war energetisch aus goldenem Nebel. Oben war sie oval, und ging bis ganz nach unten. Die Türen wechselten die Farbe zu silbernem Nebel. Die Substanz wurde immer fester, als auch die anderen Engel nach einander hineingingen. Die Tür zum Portal stand weit offen, bis sich alle in dem größeren Portal für Gruppenreisen befanden.

Langsam schloss die Tür. Das Portal verdunkelte sich mit einem dichten Nebel. Dieses Portal hatte als Zielort die irdische Sphäre der Menschen. Wo genau sie ankommen würden, hatten sie vorher besprochen. Sie würden im abendlichen Zentrum der Berliner

Innenstadt ankommen. Mit dem Ziel, in der nächstgelegenen Bar das Geschehen zu beobachten. Denn in der letzten Zeit geschehen verdächtige Aktivitäten nicht nur in Discos oder Nachtclubs, sondern auch in abendlichen Bars. Also war mittlerweile das gesamte Nachtleben betroffen.

Mit einem heftigen Ruck fuhren Elaine und die Engel nach unten. Die Wände des Portals erschienen immer deutlicher. Von ihnen wurde eine warme Luft erzeugt, bis der dichte Nebel verschwand. Die Portalwände umgaben die Engelsgruppe mit Elaine in ihrer Mitte. Es ließ ihnen sogar Platz, etwas auseinanderzurücken. Das Portal hatte zwar keine technische Klimaanlage. Doch die Luft war sehr gut und frisch. Viel Sauerstoff kam herein. So war das Portal aufgebaut, damit das Reisen dort als ein angenehmes Erlebnis empfunden wurde. Die Luft wurde jetzt etwas kühler. Die Wände waren leuchtend Blau. Dazwischen zeichneten sich weiße und rote Wolken durch. Es war wie eine Reise durch Wolken. Der Dunst der Wolken kam ihnen immer näher. Die Luft war nicht mehr so trocken.

Das Portal fuhr hinunter. Es verließ langsam die himmlische Sphäre. Auf einmal wackelte es. Elaine zuckte zusammen.

»Wir sind auf dem Weg zu den Menschen. Wir haben jetzt die Sphäre der Engel verlassen«, machte Adriel deutlich. Elaine stiegen Tränen in die Augen. Sie versuchte, es zu verbergen. Zum Glück bemerkte es keiner, denn sie hatte sich kurz daraufhin wieder im Griff. »Wir fahren weiter nach unten auf die irdische Sphäre. Der

Frühlingsanfang ist auf der Erde ein milder. Also braucht ihr euch nicht umzuziehen.« Gabriel bemerkte Elaines elegante Kleidung. Sie hatte einen kurzen Rock an, mit einem weißen Shirt. Der Rock war schwarz. Ihre Schuhe waren diesmal bequem. Sie hatte schwarze Sneakers an, damit die Portalreise ihren Füßen guttat. Das Shirt war enganliegend und fein. Es hatte kurze Ärmel und einen schönen Ausschnitt.

Sie sah richtig schick damit aus. Das Outfit stand ihr wirklich gut. Ihr Ausschnitt war ein Blickfang, nicht nur für ihren Freund Adriel. Sie hatte eine goldene Kette an, mit einem weißen Flügelanhänger. Die Kette mit dem Anhänger war ein Geschenk von ihrem Freund Adriel. Er schenkte ihr die Kette zum Abschied der himmlischen Sphäre kurz vor ihrer gemeinsamen Portalreise. Auch die anderen männlichen Engel fanden, dass Elaine eine schöne Figur hatte. Sie bemerkte ihre Blicke, sah das aber locker. Sie hatte mit den Engeln eine vertrauenswürdige Freundschaft aufbauen können. Ihre blonden Haare hatte sie offen. Dabei fielen sie leicht auseinander. Adriel bemerkte ihre leichten Locken, was ihm sehr gut gefiel.

Adriel hatte eine blaue Jeans an. Sie betonte seinen muskulösen Po. Die Jeans war aber nicht enganliegend, sondern modisch-locker. Sein Shirt war weiß mit dem Aufdruck »Guardian of Heaven«. Die anderen Engel hatten ähnliche Aufschriften auf ihren Shirts. Zum Beispiel hatte Gabriel die Aufschrift »Guardian of the Earth« auf seinem Shirt. Die anderen männlichen Engel hatten dieselben Aufschriften, doch statt »Guardian« stand auf Uriels Shirt »Heaven's Soldier«. Raguels Shirt war mit der Schrift »Guardian of Engels« bedruckt. Die weiblichen Engel Fiona und Leila hatten weiße, fließende Kleider an. Ihre Kleider waren knielang. Alle hatten für die Portalreise bequeme Schuhe an, die feinen Sneakers ähnelten.

Die weiblichen Engel hatten ebenso wie Elaine eine goldene Kette um ihren Ausschnitt mit einem weißen Flügelanhänger. Sie sahen aus wie das perfekte Team, um den Menschen zu helfen. Sie würden nicht immer derart auffällig angezogen sein. Es war nur für den Anfang gedacht, für einen guten Auftritt.

Ihre Idee war es, die Flügel unsichtbar vor den Menschen zu machen. Das planten sie zu ihrer Sicherheit. Manche besonderen Menschen würden ihre Flügel trotzdem erkennen. Doch diese ganz besonderen, feinfühligen Menschen kannten diese Dimension des Übersinnlichen. Sie stellten daher keine Gefahr dar. Elaine würde die Flügel sehen können, doch nicht immer gleich stark. Zu ihrem Schutz. Denn die Flügel der Engel konnten manchmal groß und mächtig erscheinen. Selbst bei langer Freundschaft zu den Engeln könnte Elaine sensibel darauf reagieren. Natürlich durfte sie die volle Pracht ihres Engels Adriels sehen, wenn die Gelegenheit es zuließ.

Die männlichen Engel hatten eine muskulöse Gestalt, die das Shirt betonte. Sie sahen wie ein eingespieltes Team aus. Die weiblichen Engel waren auch muskulös. Sie sahen in ihren fließenden, weißen Kleidern zwar feminin aus, jedoch auch durchtrainiert. Sie waren ein starkes Team. Elaine war schlank, weniger muskulös. Dafür hatte sie weibliche Rundungen. Ihre Figur war schön, auch ohne muskulöse Züge. Sie war eher der feminine Typ. Ihr Bauch war trotzdem fest, genauso wie ihre Oberschenkel. Alle betrachteten das heutige Erscheinungsbild des anderen. Sie warfen einen Rundumblick in die Runde. Als Resultat freuten sie sich, dass sie wie ein eingespieltes Team aussahen, mit Elaine in ihrer Mitte.

Während der Portalreise kam es vermehrt zu Schwingungen, die auf die Erde zugingen. Es wurde kühler. Die Luft wurde grauer, die Sonne nicht mehr so leuchtend. Staubwolken zogen vorbei. Ein Wind machte sich bemerkbar. Und schon sahen sie die Autobahn von oben. Dann die Straße mit den Menschen. Sie kamen langsam an. Bei den Menschen war ihnen ihre schwere Aufgabe bewusst. Sie wurde ihnen in Würde zugeteilt. Die Türen des Portals öffneten sich. Alle stiegen nacheinander aus, Gabriel führte sie an. Es war Spätnachmittag, noch hell. Zu warm für Mitte März, aber das war gut so. Mit ihren Flügeln erzeugten die Engel erneut eine besondere Energie, und schon verblasste das Portal. Es wurde unsichtbar. War aber da.

Der Weg führte durch die Berliner Innenstadt in eine Bar der Szene. Diese Bar hieß »Alchemie Bar«, eine gut besuchte Bar bereits zu frühen Stunden. Es war Freitag. Nicht alle wollten hier die Nacht durchmachen. Die Gruppe der Engel gemeinsam mit Elaine wollte beobachten, ob es dort mit rechten Dingen zuging oder nicht. Sie erreichten die Bar unauffällig. Keiner kam ihnen auf dem Weg verdächtig vor. Sie gingen in die Bar hinein. Der Geruch erinnerte sie an Parfüm. Der Duft von Räucherstäbchen war unverkennbar. Schließlich hieß die Bar »Alchemie Bar«. Elaine dachte darüber nach, ob sich denn jemand hier tatsächlich mit Alchemie auskannte. Doch das war nicht das Thema, warum sie hergekommen waren. Sie wollten darüber reden, wie sie vorgehen würden. Mit den Banden, den Dealern, den Kriminellen. Sie setzten sich an einen runden Tisch. Jeder von ihnen wusste, dass Alkohol nicht getrunken werden durfte. Engel tranken sowieso keinen Alkohol. Dasselbe erwarteten sie auch von Elaine.

Also bestellten sie sich alkoholfreie Cocktails, zusammen mit einer großen, kühlen Wasserflasche für alle. Der Tisch war rund, wie gemacht für ihr Gespräch. Er war hölzern Braun. Die Stühle waren beige. Sie standen um den Tisch herum, wie für die Gruppe vorbereitet. Schon bevor sie hereinkamen, bemerkten sie diese perfekte Sitzgelegenheit. Der Kellner servierte ihnen die Getränke. Andere Besucher waren unauffällig in ihr Gespräch vertieft. Keine Banden oder Dealer hielten sich dort auf. Die Engel konnten sicher sein, hier lief alles mit rechten Dingen.

Ein Grund mehr für ihr tiefgründiges Gespräch.

Leila und Fiona besprachen mit den anderen, die Polizei darüber zu informieren. Ihnen aber nicht zu viel darüber zu verraten, dass sie Engel waren. Die Polizei wusste Bescheid über die Engel und ihre himmlische Sphäre. Alle Polizisten erkannten die Engel immer mit ihren Flügeln. Auch wenn sie ihre prächtigen Flügel vor anderen Menschen verborgen hielten. Das Thema war, die Kriminalität dauerhaft zu beseitigen.

»In einer toleranten Gesellschaft sollte den Menschen hinter Gittern eine Chance zur Umkehr gegeben werden«, sagte Leila. »Eine tolerante Gesellschaft sollte ermöglichen, dass Straftäter über ihre Tat nachdenken und sie bereuen«, definierte Fiona weiter den Gedanken. Da betonte der Engel Uriel:

»Es könnte zu Festnahmen und Gefängnisstrafen kommen. Doch diese sollten nicht umsonst sein. Wir sollten die Gefangenen nicht alleine lassen.«

»Und deshalb müssen die Gefangenen in ihrer Entwicklung angeleitet werden, ein verantwortungsvolles und selbstbestimmtes Leben zu führen. Die Gesellschaft ist bereit, diesen Weg zu unterstützen«, erklärte der Engel Raguel den anderen Zuhörern in der Runde. Sie tranken von ihrem alkoholfreien Cocktail. Elaine und Adriel machten ein nachdenkliches Gesicht. Sie tauschten beschäftigte Blicke aus, doch vermieden es, einander anzulächeln.

Adriel stellte fest:

»Gefangene dürfen nicht wieder straffällig werden. Dafür müssen sie als Teil der Gesellschaft eingegliedert werden, um Rückfälle zu vermeiden.«

Gabriel antwortete mit einem Leuchten in den Augen:

»Wir sollten uns zu allererst um die Strafen der Täter kümmern. Sie von der Polizei festnehmen lassen. Doch das allein hilft ihnen nicht heraus aus ihren Schwierigkeiten.«

So langsam entwickelte sich eine Spannung im Gespräch. Sie wurde durch die langsame Musik in der Bar erträglicher. Es waren langsame Rocksongs, die für eine Entspannung bei den Engeln sorgten. Elaine war in Gedanken vertieft. Es war für sie ein ganz neues

Gesprächsthema, nachdem sie so viel über die Engel erfahren hatte. Nun kam Leila erneut zu Wort:

»Wir müssen resozialisierende Maßnahmen für die Straftäter unterstützen. Sie dienen den Opfern, den Tätern und auch der Gesellschaft.«

Elaine fand das eine gute Idee. Sie kam auf eine weitere spannende Idee, die sie jetzt aussprach:

»Wir sollten die Inhaftierten zur Selbsthilfe ermutigen. Sie müssen wieder für sich und ihre Taten Verantwortung übernehmen. Mit dem Ziel, einen sozialen Frieden für sie zu erschaffen.«

Alle bejahten ihre Einsatzbereitschaft in dieser Diskussion. Auch Elaines Augen strahlten jetzt. Doch besprachen sie in der Gruppe auch, nicht zu mild mit Straftätern umzugehen. Eine gewisse Härte durfte nicht vernachlässigt werden. Es waren schließlich Verbrecher, die bestraft werden mussten. Als Ausgangspunkt waren sich jedoch alle einig, dass Strafe und Gewalt im Vollzug nicht dominieren durften. Jetzt durfte jeder seine Meinung zu dieser wichtigen Aussage mit den anderen teilen. So begann Adriel und sagte:

»Wir müssen betonen, dass die Straftäter in den Gefängnissen genügend Nahrung und Trinken bekommen. An ihnen darf keine Gewalt verübt werden.«

Dem fügte Elaine zu:

»Das ist richtig. Doch Gewalt kann nicht nur physisch, also körperlich, geschehen, sondern auch psychisch. Das gilt für gewaltsame Schläge genauso wie für Mobbing. Denn Mobbing und Erniedrigungen in Gefängnissen dürfen nicht sein.« Elaine wollte noch genauer sein. »Das finde ich absolut richtig. Wir müssen ein Wort mit den Polizisten reden, damit sie darauf achten. Ansonsten wird der Weg zurück in die Kriminalität führen«, gab Fiona als Antwort.

Sie einigten sich darauf, nicht nur mit den Polizisten zu sprechen. Auch wollten sie mit den Gefängniswärtern sprechen, die ebenfalls die Flügel der Engel in voller Pracht erkannten. Diese Art von Menschen kannten die Engel und waren auf ihrer Seite. Jetzt galt es sicherzustellen, dass keiner die Regel brach. Keiner sollte Gewalt anwenden bei den Straftätern. Die Straftäter hatten schon genug eigene Probleme in ihrem Leben, da sollte es ihnen nicht noch schwerer gemacht werden.

Alle Engel hofften zusammen mit Elaine, dass die Gefangenen in den Gefängnissen nicht geschlagen werden. Auch die Engel wollten die Kriminellen nicht schlagen oder verprügeln. Wer stärker war, spielte keine Rolle. Doch insgeheim waren die Engel stärker als die Kriminellen, denn ihre Kraft war übersinnlich. Das dürfte jedoch auf gar keinen Fall bedeuten, dass die Engel gewaltsam gegen die Straftäter vorgehen durften. Das war nicht ihre Art bei solchen Fällen. Es gab andere Fälle, bei denen die Engel ihre Kampfkunst angewendet hatten, oder ihr Geschick mit dem Schwert.

Dies war ein ganz besonderer Fall. Hier sollte der Einfluss böser Energien der Dämonen beseitigt werden. Mit einem freien Geist würde die Kriminellen keiner mehr so leicht manipulieren. Sie besprachen dies in ihrer Runde ausführlich. Danach schlürften sie ihren fruchtigen Cocktail. Der Geschmack erinnerte Elaine an Melone, Ananas und Joghurt. Eiswürfel machten ihren Cocktail angenehm kühl. Adriel trank seinen

Fruchtcocktail fast gleichzeitig mit Elaine. Ihn erinnerte der Geschmack nach Mango und Joghurt. Elaine spürte keinen bitteren Beigeschmack und war erleichtert. Ihr Bewusstsein blieb klar. Ihre Angst, nochmals in die Fänge dieser Kriminellen zu kommen, ließ etwas nach. Sie hoffte auf Handlungen, die auf eine bessere Zukunft blicken ließen. Nicht immer wollte sie auf Barbesuche verzichten. Vieleicht würde sich ja eine Gelegenheit ergeben, mal wieder in einer Disco zu tanzen. Jedoch ohne Alkohol. Das wusste sie.

»Lasst uns mal still werden. Wie können die Zeit nutzen, um die Bar zu beobachten«, schlug Gabriel vor.

Sie schauten sich die Umgebung an. Die Bar war um diese Uhrzeit nicht zu voll. Später würde sie voll werden. Doch die Freunde wollten nicht so lange bleiben. Die Barbesucher unterhielten sich freundlich. Viele hatten einen zufriedenen Gesichtsausdruck, keiner betrank sich. Einige lachten fröhlich, oder lächelten sympathisch. In dieser Bar konnten die Freunde keine außergewöhnlichen Fälle beobachten. Also galt hier, dass diese Bar heute nicht betroffen war. Die Barkeeper waren hier nicht damit beschäftigt, ihre Kunden betrunken zu machen.

»Es sind eher die Discos und die Clubs. Da wo die Menschen die Nächte durchtanzen. Ich denke hier ist es ruhig«, stellte Adriel fest. Seine Freunde stimmten dem zu. Auch Elaine.

»Wir haben mitbekommen, dass die Polizei schon vor einiger Zeit Verdächtiges bemerkt hat. Sie fährt in den späten Abendstunden Streife in der ganzen Stadt Berlin. Besonders im Nachtleben konnten die anderen

Engel, die sich hier aufhalten, die Polizei beobachten.« Uriel sprach diese Information ruhig und sachlich aus. Doch wichtig fand er die anderen wissen zu lassen, dass es noch keine Festnahmen gegeben hat. Daher sagte Raguel:

»Wir müssten mit der Polizei reden und ihnen das Buch zeigen. Das Buch beinhaltet alle Fotos der Kriminellen mit Namen und Adresse. Das wird der Polizei helfen, die Richtigen zu finden.« Raguels Vorschlag kam gut an bei den Freunden. In der Gruppe wurde ihnen mit der Zeit Vieles klarer. Sie bekamen ein viel besseres Bild davon, was als Nächstes auf sie zukam. Zudem klärten sie, was sie nacheinander zu tun hatten.

Die Luft wurde dünner und wärmer, als es später wurde. Immer mehr Barbesucher strömten herein. Doch alles blieb ruhig und geordnet. Die Engel und Elaine tranken jetzt ein Glas kühles Wasser. Sie tranken gemeinsam die große Wasserflasche aus. Zum Glück roch es nicht nach Zigaretten. Elaine konnte keine auffälligen Männer hier beobachten. Aber es gab sie. Das hieß, jetzt war die Zeit zum Handeln.

Leila und Fiona dachten langsam daran, die Bar zu verlassen. Die anderen waren natürlich damit einverstanden. Draußen war es schon dunkel. Die Freunde verabschiedeten sich von einander und gingen zusammen hinaus. Jeder wohnte in einem Haus am Stadtrand. Sie verbargen ihre Flügel noch stärker und nahmen sich ein Taxi. Auch Elaine und Adriel nahmen ein Taxi, das sie zu Adriels Haus fuhr. Die Häuser wurden kurz davor aktiviert. Doch die Taxifahrer waren bloß gewöhnliche Menschen. Ihr Auge sah nur eine Landschaft. Die

Häuser der Engel waren für gewöhnliche Menschen unsichtbar, genauso wie für die Dämonen und Kriminellen. So waren sie sicher. Keiner konnte sie finden.

Voller schöner Erinnerungen an ihre erste gemeinsame Zeit traten Elaine und Adriel in sein großes Haus ein. Elaine kämpfte genauso mit Emotionen wie Adriel. Sie erinnerte sich daran:

»Hier sind wir also. Wir haben uns hier zum ersten Mal getroffen. Uns zum ersten Mal geküsst. Sind uns hier nähergekommen. Die Zeit hier mit dir war wundervoll.« Er legte seinen Arm um ihre Schulter, als sie in die Küche gingen.

»Ich kann mich noch genau daran erinnern. So, als ob es gestern gewesen wäre. Mach es dir ruhig bequem. Ich koche für uns einen Tee. Wir können einfach hierbleiben und uns weiter unterhalten.« Adriel gab ihr einen sanften Kuss auf den Mund. Als seine Lippen ihren Mund berührten, kamen die ganzen Erinnerungen von damals wieder hoch. Und zwar bei beiden. Wie Elaine damals mit der Infusion hier war. Die schöne Zeit im Garten. Die erste gemeinsame Nacht.

»Eine gute Idee, um den Tag ausklingen zu lassen. Die himmlische Sphäre ist sehr schön. Doch dieses Haus ist für mich ein ganz besonderer Ort.«

KAPITEL 15

Ankommen auf der Sphäre der Menschen war jetzt die erste Aufgabe der Engel. Sich an die Luft voller Umweltverschmutzung zu gewöhnen, sowie an die Hektik der Großstadt. Auch für Elaine war das wichtig. Für sie war das eine ganz neue Erfahrung. Die laute Umgebung, die vielen Lichter und Autos, sowie die Menschenmassen. Alles fühlte sich so anders an, als auf der Sphäre der Engel. Andere Engel waren schon viel früher da. Sie nutzten die Zeit für Recherche, die der Polizei nützlich sein wird. Auch beobachteten diese Engel, was genau im Nachtleben geschah. Mit ihrem scharfen Blick konnten sie selbst in den dunklen Clubs und Discos erkennen, dass es da nicht mit rechten Dingen zuging.

Für Elaine war die Portalreise sehr aufregend. Die Zeit bei den Engeln zu verbringen würde sie lange nicht vergessen. Insgeheim freute sie sich, wieder viel Zeit zusammen mit Adriel in seinem gemütlichen, großen Haus zu verbringen. Doch nicht nur das. Es standen auch neue Aufgaben an. Zunächst musste sie sich klar werden, wie es in ihrem Leben weiterging. Vor allem, mit ihrem alten Freundeskreis. Eine Zeit lang war ihr Freundeskreis nicht so gut für sie.

Doch würde sie sich dafür entscheiden, an der Seite der Engel weiterzumachen? Die Engel wollten zunächst die kriminellen Machenschaften beobachten. Auch wollten sie Gespräche mit der Polizei darüber führen. Das Ziel war es, dass die Polizei die Banden verhaften konnte. Doch es mussten auch genügend Beweismittel gesammelt werden. Denn die Banden sollten für ihre Taten ins Gefängnis kommen. Das wollten alle Engel, zusammen mit Elaine. Dafür musste es sichere Beweismittel geben. Die Kriminellen mussten dem Haftrichter vorgeführt werden.

Das besprachen die Engel bei einem kurzen Besuch in Adriels Haus am nächsten Tag. Während sie sich unterhielten, wirkte Elaine besorgt. Sie hatte noch keine Erfahrung bei Gesprächen mit der Polizei. Die Engel erklärten ihr, dass sie zunächst nur zuhören konnte. Aber sie sollte mit dabei sein. Das war allen Engeln wichtig. Sie unterhielten sich darüber in Adriels schönem Wohnzimmer.

Er machte einige Kronleuchter an den Wänden an. Eine unheimliche Stimmung entstand, als Elaine daran dachte, dass die Täter von dunklen Energien der Dämonen angetrieben wurden. Das Schlimmste dabei war, dass sie gar nichts davon mitbekamen. Denn die Macht der Dämonen durchdrang sie tief in ihrem

Unterbewusstsein. Ohne dass sie es bemerkten, taten sie schlimme Dinge zu ihren Mitmenschen. Und so war es die helle Macht der Engel voller Licht, die gegen die dunkle Energie der Dämonen voller Schatten vorging.

Die Gruppe einigte sich darauf, dass Elaine und Adriel zunächst in seinem Haus blieben. Die anderen würden schon mal in den Discos Ausschau halten, ob sie diese dunklen Typen beim Drogenhandel erwischen konnten.

Für Elaine standen zunächst ihre eigenen Probleme an. Das war die Sache mit ihrem früheren Alkoholkonsum. War etwas davon noch zu spüren? Ein Verlangen nach den nächtlichen Partynächten unter Alkohol wäre jetzt schlimm. Das fand jedenfalls Adriel. Er machte sich Sorgen um seine Freundin Elaine. War sie über ihre Vergangenheit wirklich hinweg?

Diese Woche waren sie mehrmals in seinem Garten. An einem sonnigen Tag im März gingen sie in seinen Garten für einen Picknick. Sie brachten eine Kanne mit heißem Pfefferminztee mit. Zuvor hatten sie in der Küche Schokoladenkuchen gebacken. Er war noch heiß und duftete schokoladig süß. Sie stellten alles auf eine große, dunkelblaue Decke. Die Decke war auf der grünen Wiese ausgebreitet. Dazu zwei Becher und zwei Teller aus Pappe. Sie setzten sich unter dem Nussbaum. Doch die Blüten des Walnussbaumes waren noch nicht ganz geöffnet. Sie fingen erst im April an, sich vollständig zu öffnen. Im Herbst wuchsen auf dem Baum Walnüsse.

Die Engel mochten Bäume, auf denen Nüsse oder Früchte wuchsen. Sie interessierten sich für die

Pflanzen- und Tierwelt. Elaine konnte zugleich ein Eichhörnchen in Adriels Garten beobachten. Es huschte eilig an ihnen vorbei. Sie zeigte Adriel das Eichhörnchen. Er erklärte ihr, dass in seinem Garten nicht nur Eichhörnchen herumliefen, sondern auch Hasen. Auch bunte, seltene Vogelarten traf man in Adriels Garten an. Doch damals, im Herbst, als Elaine zum ersten Mal Zeit in Adriels Garten verbrachte, waren ihre Sinne von dem Drogenrausch geschwächt. Ihre Augen sahen verschwommen. Daher bemerkte sie die Tier- und Pflanzenwelt in Adriels Garten nicht.

Adriel schaute sie ganz verliebt an. Doch ein wiederkehrender Gedanke zu ihrer Vergangenheit machte sich wieder bemerkbar:

»Wie fühlst du dich jetzt? Es ist so viel Zeit vergangen, seitdem wir uns kennengelernt haben.«

»Weißt du, eigentlich nicht schlecht. Doch ganz so frei ist mein Kopf nicht. Es stehen wichtige Dinge an, die Vieles verändern könnten.« Sie schaute ihn an, als er ihre blonden Haare streichelte. Ihre blauen Augen waren voller Energie. Seine braunen Augen waren voller Liebe zu ihr. Und das schon lange, bevor sie ihn kannte.

»Und deine Freunde von früher? Ich meine nicht nur Cara und Melinda. Ich meine auch die Typen, zum Beispiel dein Ex. Er war doch auch in deinem Freundeskreis.« Adriel klang nicht eifersüchtig. Viel mehr wollte er diese Art von Typen nicht zusammen mit Elaine sehen. Denn ihr Ex war jemand, der zu anderen Menschen nicht immer freundlich war, manchmal sogar gewalttätig. »Cara und Melinda würde ich gerne wiedertreffen. Aber die seltsamen Typen wie mein Ex, die möchte ich nicht wiedersehen. Sie sind nicht so direkt in meinem engeren Freundeskreis.« Adriel war erleichtert, das von ihr zu hören. Einige Männer, mit denen sie früher zu tun hatte, waren schlecht für sie.

»Cara und Melinda sind deine besten Freundinnen von früher. Es könnte sein, dass du sie wiedersiehst. Jedoch nimm dich in Acht vor ihnen. Sie haben dich zu Alkohol und Partynächten verleitet.« Elaine schaute beunruhigt. Sie bekam jetzt die ganze Wahrheit zu hören. Adriel traute sich nicht, sie vor ihren Freundinnen zu warnen.

Sie war ein Mensch, der ihre eigenen Entscheidungen treffen sollte. In ihre Freundschaften wollte sich Adriel nicht so sehr einmischen. Er wollte sie nur ermahnen. Denn sein Eindruck von Cara und Melinda war nicht gut. Sie waren zu naiv, zu sehr auf wilde Partys aus. Jedes Wochenende die Nächte durchzutanzen war viel zu gefährlich für so junge Frauen, fand Adriel. Vor allen mit zu viel Alkohol. Denn er wusste auch, wie unangenehm Fritz Elaine war, wie gefährlich nahe er ihr getreten war. Sie hatte es ihm erzählt.

»Ich habe darüber nachgedacht. Mein Leben hat sich durch dich verändert. Auch durch die Freundschaft zu den Engeln habe ich mich verändert. Das heißt aber nicht, dass ich Cara und Melina nicht wiedersehen möchte.« Sie erklärte ihm diese Worte eindringlich. Doch war ihr klar, dass sie zusammen mit Adriel bleiben würde. Das machte sie ihm deutlich.

Ihre Beine berührten sich zufällig, sie rückten näher zueinander. Berührten sich am ganzen Körper. Sie spürten die Wärme, und wärmten einander. Nun umarmten sie sich. Eine Zeit lang lagen sie sich entspannt in den Armen, denn sie waren in einander verliebt. Sie küssten sich auf den Mund. Sie waren in ihrer Liebe zu einander schon weit gekommen. Die Hindernisse, die ihnen am Anfang im Weg standen, waren jedoch noch nicht ganz überwunden. Es waren nicht nur die Probleme mit den Kriminellen. Auch Elaines persönliche Probleme spielten eine Rolle.

Der Schokoladenkuchen war richtig zu dieser Zeit. Zusammen mit dem Pfefferminztee passte er gut. Sie aßen den Kuchen und tranken den Tee im Garten beim Picknick. Wolken zogen vorbei, die Sonne schien durch die Wolken hell am Himmel. Oben war eine andere Welt. Die himmlische Sphäre. Elaine musste jetzt daran denken. Vielleicht würde sich eine Gelegenheit ergeben, die himmlische Sphäre erneut zu besuchen. Durch das Portal.

»Ich kann gut nachvollziehen, dass du Cara und Melinda wiedertreffen möchtest.«

»Jedoch ist das wilde Partyleben für immer vorbei. Wenn ich mal in eine Disco gehe, dann zum Tanzen. Und zwar mit dir. Ich denke, Cara und Melinda könnte ich dort auch treffen. Es wäre in Ordnung.«

Da war noch eine Frage, die sich Adriel stelle.

»Was ist mit dem Alkohol? Du warst zum Glück nie richtig alkoholabhängig. Doch in deinen Partynächten hast du es öfters mal mit dem Alkohol übertrieben. Hast du wieder etwas Verlangen nach Alkohol?« Er bat sie anschließend, ihm diese Frage ehrlich zu beantworten. Beide konnten immer wieder beobachten, dass sie ohne übermäßigen Alkoholkonsum und Drogen auskam.

Doch wie es innen in ihr aussah, konnte Adriel nicht ganz deuten. Ihre Hände waren manchmal unruhig. Doch das könnte auch der Stress sein. Schließlich wurden die Engel mit einer Aufgabe beauftragt, die alles entscheidet. Sie überlegte eine Zeit lang, was sie auf diese Frage antworten sollte. Horchte in sich hinein.

»Manchmal, da überkommt es mich. Da spüre ich den Drang, wieder Alkohol zu trinken. Ich habe diesen Drang jedoch wieder im Griff.«

Er hätte diese Antwort bereits erwartet. Denn in ihren jungen Jahren ist sie mit ihren feiernden Freundinnen wirklich zu weit gegangen. Sogar am nächsten Morgen nach der durchtanzen Disconacht fühlte sie sich nicht ganz wohl. Sie bemerkte nicht nur Kopfschmerzen, sondern auch Übelkeit. Manchmal sogar schon nach mehreren Stunden, als sie sich schlafen legte. Auch das hatte sie ihm erzählt.

Er hatte sie danach ganz vorsichtig gefragt. Ohne jegliche Vorurteile hatte er ihr erzählt, dass sie sich davor nicht zu schämen brauchte. Dass das oft vorkam bei feiernden Menschen in ihrem Alter. Trotzdem fühlte sie sich dabei unwohl, ihm davon zu erzählen.

Langsam würde sie verstehen, dass es zum Tanzen und Feiern in Nachtclubs keinen Alkohol brauchte. Das hofften die Engel. Und das hoffte besonders Adriel. Er schaute ihr eindringlich in die Augen. Sie konnte in seinem Blick erkennen, dass er ihr helfen wollte. Sie verstand das Problem. Doch ihr ging es zum Glück schon viel besser. Wie bei allen, die etwas zu viel mit Alkohol in Berührung gekommen waren, durfte es nicht zum Rückfall kommen. Bei ihr war es nicht so weit gekommen, dass die Sache zum medizinischen Problem wurde. Doch wie es um die anderen stand, wussten sie nicht. Die Barkeeper waren immer noch aktiv, den jungen Partygästen zu viel Alkohol einzuschenken. Die dunkle Kraft der Dämonen hatte nicht aufgehört, durch sie zu wirken.

In seinen liebevollen Gefühlen zu ihr stelle er ihr eine eindringliche Frage:

»Wie kann ich dir helfen, den Drang nach Alkohol weniger zu spüren?« Sie wusste nicht, ob sie sich schämen sollte. Oder sollte sie auf seine liebevolle, beschützende Art eingehen und ehrlich sein? Sie entschied sich dafür, auf ihn einzugehen. Die erste Zeit zusammen, als sie in sein Haus kam, gefiel ihr besonders gut. Er hatte sich sehr fürsorglich um sie gekümmert. Sie lernte diese Eigenschaft an ihm wirklich zu schätzen.

Schon oft beklagte sie sich über Männer, denen ihr Wohlbefinden egal war. So war es auch bei Fritz. In ihrem Freundeskreis waren die Männer harte Typen. Sie kümmerten sich wenig, wenn es ihrer Freundin mal nicht gut ging. Anders bei Adriel. Als Elaines Schutzengel seit ihrer Geburt war es ihm wichtig, dass sie sich wohl fühlte.

Deshalb fragte er manchmal eindringlich nach ihren Gefühlen, oder nach ihrem Befinden. Das tat er, weil er von ihrer Vergangenheit wusste. Er hatte eine Art, ihr immer zuzuhören, sie so zu akzeptieren, wie sie war. Wie sie sich gerade fühlte. Oftmals wollte er einfach für sie da sein, ohne sich in den Mittelpunkt zu stellen. Er wollte eine gleichmäßige Beziehung mit ihr führen, in der sie beide gleichberechtigt waren. Offene Gespräche gehörten für ihn mit dazu. Auch für sie waren offene, emotionale Gespräche mit ihrem Schutzengel Adriel zum wichtigen Bestandteil ihrer Beziehung geworden. Und so antwortete sie darauf, was ihr half, den Drang nach Alkohol weniger zu spüren:

»Ich mag es, mit dir zusammen köstliche Gerichte zu kochen. Überhaupt tut es mir gut, die Zeit mit dir in diesem Haus und in dem Garten zu verbringen.«

Er lächelte sie daraufhin an. Ihm gefiel diese Antwort. Sie kam sehr spontan, fast schon unerwartet.

»Ich mag es auch sehr, mit dir zusammen zu kochen. Alleine macht das Kochen nicht so viel Spaß wie mit dir. Du bist sehr gesellig.« Sie schaute ihn verlockend an, lächelte und sagte:

»Und dein Haus? Die Zeit mit mir in deinem Haus? Gefällt es dir?«

»Auch wenn ich es dir nicht genügend zeigen kann. Die Zeit in *unserem* Haus gefällt mir besonders gut. Sie gefällt mir noch mehr, wenn du bei mir bist. Ich möchte nie wieder alleine sein.« Sie erkannte einen traurigen Ton in seiner Antwort. Anscheinend kannten viele Engel das Alleinsein. Beziehungen zu Menschen waren eher selten bei ihnen anzutreffen. Das verstand Elaine jetzt wie von selbst.

»Du musst nie wieder alleine sein. Wir sind jetzt zusammen. Wir werden zusammen das Böse besiegen, das uns noch im Weg steht.« Sie machte ihm Mut. Das brauchte er nicht weniger als sie.

»Was tust du noch gerne, um dich von deinen Gefühlen abzulenken, zum Alkohol zu greifen?«, fragte er vorsichtig, ganz ohne Druck auf sie auszuüben. Sie lockerte sich noch ein wenig, um ihm eine ehrliche Antwort zu geben.

»Ich mag es gerne, mit dir zusammen Kuchen zu backen. Diesen Schokoladenkuchen heute zu backen war toll. Besonders schön war es, ihn im Nachhinein zu probieren.«

Beide aßen daraufhin den Schokoladenkuchen. Sie fanden, er schmeckte himmlisch. Einfach köstlich. Der Pfefferminztee rundete den Geschmack noch mehr ab. Der heutige Tag war perfekt für innige Gespräche. Die Sonne schien weiterhin durch die hellen Wolken. Draußen war es hell, angenehm. Sie hatten beide eine blaue Jeans an. Er hatte einen grauen Pulli an, sie hatte eine weiße, feine Bluse an. Die Bluse war eng geschnitten mit einem schönen Ausschnitt. Dazu hatte sie eine Halskette mit einem Engelsflügel-Anhänger an, der jetzt im Sonnenlicht schimmerte. Ihre Lederjacke hatte sie ausgezogen.

Sie ergänzte, was ihr noch guttat:

»Auch die Treffen mit den anderen Engeln tun mir gut. Ich verstehe mich gut mit ihnen.«

»Das habe ich auch bemerkt.« Sie tauschten verliebte Blicke aus. Noch eine Sache war ihm wichtig, zu erfahren.

»Was denkst du eigentlich über uns Engel?«

Dabei wurde ihr noch mehr bewusst, auf welcher Seite sie stand.

»Ich möchte den Kampf der Engel übernehmen. Ich glaube, dass die Engel Gutes tun. Ich vertraue den Engeln. Ich finde, die Engel sehen prachtvoll aus und haben schöne Flügel.«

Adriel verstand, dass sie sich für die Seite der Engel entschied. Er dachte auch, dass es wahrscheinlich mit ihm zusammenhing. Er breitete seine Flügel aus, um ihr zu zeigen, wie prachtvoll er mit seinen Flügeln aussah. Als sie das bemerkte, beobachtete sie ihn. Anschließend schmiegte sie sich eng an ihn, um in seinen Flügeln zu liegen. Er ließ es sich nicht entgehen, sie in diesem Moment mit seinen Flügeln zu umarmen. Adriel war ein starker Engel mit einer sensiblen Seite. Genau das mochte sie an ihm.

»Für dich ist also klar, dass du uns Engel magst?«

»Ja, natürlich. Ich möchte an deiner Seite und an der Seite der Engel weitermachen. Zusammen werden wir es schaffen, das Böse zu besiegen.«

Sie hatte sich in den Engel Adriel verliebt. Ihr wurde klar, dass sie von seinen inneren Werten überzeugt war. Nicht nur von seinem Äußeren. Sie gelangte von ihrem falschen Weg wieder zu einem richtigen Weg der Freude. Sie hatte sich nach einigen Wirrungen für den richtigen Weg entschieden. Dabei hat ihr Engel sie gerettet.

Nicht immer gelang es ihr, das Beste aus ihrem Leben zu machen. Nach außen hin schien früher alles in Ordnung zu sein. Selbst für sie war es schwer, das Problem zu bemerken. Doch ihr Partyleben machte sie anfällig für dunkle Typen. Bei Menschen, die fest im Leben standen, hatten diese dunklen Typen keine Chance. Bei ihr, sowie bei vielen anderen war es umso einfacher. Sie wurden mit Drogen lahmgelegt.

Dabei mussten diese jungen Menschen gar nicht drogenabhängig sein. Schon eine gewisse Partylaune, die typischerweise zu durchtanzten Nächten führte, war eine Gefahr. Denn dies machte die jungen Leute leichtsinnig. Sie glaubten den Barkeepern und bemerkten die Gefahr nicht, die in jeder Ecke lauerte. Die Dämonen beobachteten diese Leichtsinnigkeit der Partygäste. Umso leichter gelang es ihnen, sie dazu zu bringen, den dunklen Typen zu glauben. Oder, wie in Elaines Fall, sie nicht genügend zu bemerken.

Elaine lag in Adriels Armen. Seine starken Flügel umarmten sie in diesem sinnlichen Moment. Nach dem tiefgehenden Gespräch wurde es plötzlich ganz still zwischen ihnen. Sie verstanden sich auch diesmal ohne Worte. Bald brach der April an, es waren die letzten Märztage. Eine Frühlingsstimmung machte sich bemerkbar. Die Vögel zwitscherten leise. Das Paar konnten auch einige Igel beobachten. Adriel legte wie üblich Futter und eine Trinkschale für diese Tiere bereit. Sie kamen gerne und verweilten für eine längere Zeit.

In ihrer Liebe rückten sie noch näher zu einander. Elaines Jeans war enganliegend und betonte ihre feminin geformten Oberschenkel. Adriel blickte zu ihren Hüften, was ihr sehr gefiel. Also berührte er ihre Hüften mit seinen Händen. Sie drehte sich zu ihm, auch er saß ihr jetzt gegenüber. Es knisterte zwischen ihnen. Beide bemerkten ein Kribbeln am ganzen Körper, schon allein von den gegenseitigen Blicken.

Er berührte ihre Oberschenkel, bis er zu den Innenseiten ihrer Oberschenkel wanderte, und noch weiter nach oben. Ab einer gewissen Stelle bereiteten ihr seine Berührungen heiße Gefühle im Becken, sowie Herzklopfen. Sie lockerte sich, um diese Gefühlte zuzulassen. Neu waren diese Gefühle nicht für sie. Auch für ihn waren diese Gefühle nicht neu. Sie waren schon seit letztem Spätsommer zusammen. Daher hatten sie schon Einiges ausprobiert. Auch waren sie bereit, sich immer wieder von Neuem zu erkunden.

Adriel wanderte mit seinen Händen zu ihren Brüsten. Im nächsten Augenblick ging er ihr unter die Bluse. Doch den BH ließen sie an, denn sie waren draußen, im Garten. Später, im Haus, würden sie noch weiter gehen und den BH ausziehen. Doch im Moment umschmeichelte er ihre Figur in ihrem schönen BH aus weißer Spitze.

Sie fühlte seine warmen Hände auf ihren Brüsten. Ihr wurde bei der Berührung heiß. Sie ließ es zu. Sie streichelte ihn an seinem festen Rücken, berührte auch seinen starken Oberkörper. Es folgte ein langer Kuss auf den Mund. Er ging weiter zu ihrem Ohrläppchen und saugte an ihm. Dies löste ein Kribbeln in ihr aus. Sie umarmten sich dabei noch fester. Ein Kuss, bei dem sich ihre Zungen berührten, dauerte gefühlt wie eine warme Ewigkeit. So verbrachten sie die Zeit im Garten.

Als es begann, dunkler zu werden, standen sie auf, und nahmen die Kanne und das Geschirr mit ins Haus. Elaine nahm oben ein duftendes Schaumbad, cremte sich ein mit einer blumigen Bodylotion. Adriel nahm eine Dusche und cremte sich ebenfalls ein.

Dann gingen sie etwas früher als geplant ins Schlafzimmer, um da weiterzumachen, wo sie im Garten aufgehört hatten. Eine gemeinsame Nacht in seinem schönen Schlafzimmer folgte. Gerade in der himmlischen Sphäre fehlte Elaine sein schön eingerichtetes

Schlafzimmer mit der Zweisamkeit. Doch hatte sie bei Gelegenheit nichts dagegen, die Zeit zusammen mit den anderen Engeln zu verbringen. Sie dachte auch an die »Alchemie Bar«, die sie gerne wieder mit den Engeln besuchen würde. Denn da waren keine Kriminellen anzutreffen. Jedenfalls konnten sie keine beobachten. Die gemeinsame Nacht genossen sie in vollen Zügen. Sie schliefen gut ein und wurden nicht zu früh wach. Bald stand ein Treffen mit den Engeln an.

KAPITEL 16

Heute trafen sich Elaine und Adriel zusammen mit den anderen Engeln in der »Alchemie Bar«. Sie gingen in den frühen Abendstunden zusammen hinein. Ihr Lieblingsplatz war frei. Der runde Tisch mit den beigen Stühlen. Obwohl sie nicht reserviert hatten. Sie hielten das für ein gutes Zeichen. Die Frauen hatten einen kürzeren Rock an und eine feine Bluse. Ihre Schuhe waren schick, mit einem höheren Absatz. Die Männer trugen eine moderne Jeans und ein passendes, körperbetontes Shirt. Die Farben ihrer Kleidung war unauffällig, in hellen Tönen.

Auch Elaine passte gut zu den Engeln, in ihrer Kleidung, sowie in ihrem Äußeren. Die Frauen trugen ihre Haare offen, elegant. Elaine war dezent geschminkt. Die weiblichen Engel trugen roten Lippenstift und etwas Rouge. Elaine trug dunkelroten Lippenstift, Rouge und hellen Lidschatten. Sie begrüßten sich freundlich.

Eine herzhafte Umarmung war Teil ihrer Begrüßung. Die Freude groß, einander wiederzusehen. Alle lächelten jetzt.

Sie bestellten sich verschiedene alkoholfreie Drinks. Die Engel bestellten jeweils einen fruchtigen Smoothie, Adriel und Elaine eine Saft-Schorle. Bald kam die gutgelaunte Kellnerin und servierte ihnen die kühlen, erfrischenden Getränke. Die Freunde schauten einander an. Sie musterten einander eindringlich an diesem Treffen. Auch diesmal bewunderte Elaine die Engel mit ihren leuchtenden Augen.

Die Engel bewunderten, wie Elaine zu ihnen hielt. Sie fanden Elaine wirklich hübsch. Auch konnten sie fühlen, dass sie den Weg an der Seite der Engel fortschreiten würde. Ihre Entscheidung darüber wurde ihnen jetzt klarer. Eine gegenseitige Sympathie war nicht zu übersehen.

Manche Besucher der Bar erkannten die Engel mit ihren Flügeln. Das machte ihnen aber nichts aus. Ganz im Gegenteil. Sie reagierten wie Elaine und bewunderten die Engel. Doch nicht alle hatten auch diesmal die Gabe, die Flügel der Engel zu sehen. Das konnten nur ganz sensible, gutmütige Besucher dieser Bar. Und natürlich einige besonders feinfühlige Kellner.

Es roch diesmal nach fruchtigen Getränken, weniger nach Alkohol. Deshalb mochten die Engel und Elaine diese Bar. Obwohl es eine Bar war, tranken einige Besucher Smoothies, Saftschorlen, oder verschiedene Kaffeegetränke. Es war daher auch ein Café. Auch diesmal nahm die Gruppe keinen Zigarettengeruch wahr. Das fanden sie gut. Sie mochten es nicht, wenn ihre

Kleider und Haare nach Zigaretten rochen. Die Besucher unterhielten sich. Die Engel bemerkten jedoch einige neugierige Blicke von anderen Menschen. Hier roch es diesmal nach blumigen Duftkerzen. Diese waren auf den Tischen platziert, neben einer kleinen Rose im Glas mit Wasser. Es lief leise Hintergrundmusik, was gut zum Konzentrieren war.

Gabriel ergriff das Wort:

»Das Ziel dieses Treffens ist es, zu besprechen, was wir Engel aktuell beobachtet haben.«

Zu welchem Thema das hinführte, war allen klar. Es hatte etwas mit dem Problem zu tun, mit dem sie sich gerade beschäftigen. Mit den Kriminellen, mit den jungen Menschen, die in Discotheken feierten. Daran musste Elaine jetzt denken. Dieses Thema ließ die Engel einfach nicht los. Leila machte ein angespanntes Gesicht, und teilte der Gruppe mit:

»Viele junge Frauen geraten gerade in gefährliche Schwierigkeiten.« Da stockte Elaine der Atem. Sofort musste sie an Cara und Melinda denken, die sie alleine gelassen hatte. So fühlte sie es jedenfalls in dem Moment. Sie dachte daran, dass ihre Freundinnen sich vielleicht von ihr alleine gelassen fühlten. Der Kontakt zu ihnen war unterbrochen während der ganzen Zeit. Fiona bemerkte, wie Elaine der Atem stockte:

»Auch Cara und Melinda, deine besten Freundinnen von früher sind betroffen.«

»Ihnen sollte nichts geschehen. Ich hoffe wirklich, dass ihnen nichts Schlimmes zugestoßen ist«. Elaine sprach das in einem leisen, unsicheren Ton aus. Auch die anderen zeigten ihr Mitgefühl. »Zuerst solltet ihr wissen, dass Cara und Melinda nichts ins Getränk untergejubelt wurde. Sie konnten gut auf sich aufpassen, was das betraf. Trotzdem sind sie in Gefahr«, sagte Raguel.

Alle dachten jetzt darüber nach, was mit ihnen denn geschehen war. Einige wussten es, doch Adriel und Elaine wussten noch nicht darüber Bescheid. Natürlich würden sie es gerne erfahren, selbst wenn es keine gute Nachricht sein würde. Gabriel erklärte allen in der Runde:

»Sie wurden von Dealern angesprochen. Die Dealer hatten es leicht, sie zu Drogen zu verführen.« Es ging sogar noch weiter, als Gabriel ihnen die Details erklärte:

»Sie waren viel zu leichtsinnig, der Verführung der Drogen zu wiederstehen.«

Doch Elaine suchte nach mehr Erklärungen. Sie wollte unbedingt wissen, mit welchen Drogen ihre Freundinnen in Berührung gekommen waren. Ob es denn harte Drogen waren.

»Es waren zwar nur weiche Drogen, was wir bis jetzt beobachten konnten. Doch der Griff zu harten Drogen könnte leider nicht weit davon entfernt sein. Wir müssen etwas dagegen tun«, äußerte Uriel seine Vermutung. Allen war klar, dass sie etwas dagegen unternehmen mussten. Die Sorge der Engel zusammen mit Elaine betraf natürlich nicht nur ihre Freundinnen Cara und Melinda.

»Selbst Cara und Melinda sind mit Drogen in Berührung gekommen. Leider auch einige andere junge Menschen«, stelle Leila fest. Elaine wurde sehr traurig darüber. So traurig, dass sie sogar mit den Tränen kämpfte.

Sie hatte ihre Freundinnen von früher wirklich gern. Selbst wenn ihr Leben einen Neubeginn mit Adriel für sie bereithielt. Sowie die neue Freundschaft mit den Engeln.

Das hieß jedoch nicht, dass ihr Cara und Melinda vollkommen gleichgültig waren. Dafür hatte sie schon eine Menge Gutes zusammen mit ihnen erlebt. Sie waren schon lange miteinander befreundet. Leider waren es ungesagte Dinge, die zwischen ihnen standen. So fand es auch Adriel. Er hatte es ihr mehrmals deutlich gemacht. Beide wussten es. Elaine wollte Cara und Melinda nicht verurteilen für ihr Verhalten, das sie nicht kontrollierten. Stattdessen wollte sie ihnen helfen. Alle wollten es.

Adriel hatte auch eine klare Meinung dazu:

»Ich finde es wirklich schade, wie sich junge Leute selber im Weg stehen. Wie leicht sie zu manipulieren sind. So haben die Dämonen bei ihnen ein leichtes Spiel.«

Doch Gabriel wollte sie nicht verurteilen.

»Sie können doch nichts dafür. Sie sind noch so unerfahren, was das betrifft. Natürlich konnten sie sich nicht wehren. Vielleicht waren sie einfach neugierig darauf, Drogen auszuprobieren.«

Alle waren sich sicher, dass die jungen Leute aus dem Berliner Nachtleben sehr neugierig darauf waren, Drogen auszuprobieren. Vielleicht, weil sie den Kick suchten in ihrem langweiligen Alltag. So dachten sie es jedenfalls. Oder weil sie glaubten, sich besser zu fühlen mit den Drogen, beim Tanzen und Flirten. Ausgelassener zu tanzen, sich ohne Hemmnisse zur Musik zu bewegen. Bei den Männern attraktiver zu wirken. Alles eine zerbrechliche Illusion. Das war ganz ähnlich, wie mit dem Alkohol, glaubten die Freunde, die jetzt in der »Alchemie Bar« zusammen diskutierten.

»Ich bin einfach schockiert, wie es soweit kommen konnte. Erst der Alkohol. Und jetzt auch noch die Drogen.« Leilas Worte trafen alle Freunde sehr tief. Sie alle fühlten ähnlich.

Die Freunde reagierten sehr mitgenommen über die Vorfälle. Sie wussten nicht, auf wen sie wütend sein sollten. Auf die Dämonen, oder auf die jungen, tanzenden Menschen, die alles mit sich machen ließen? Auf die Dealer und Barkeeper? Doch jeder spürte eine Wut im Bauch, in einer gewissen Weise auch auf sich selber. Dass sie das nicht rechtzeitig verhindern konnten.

»Wir hoffen, dass die Drogen bei ihnen nicht so schnell zu einer Sucht führen werden. Dass keiner zu richtig harten Drogen greifen wird«, schob Adriel ein. Dabei schaute er zuerst zu Elaine. Anschließend schaute er eindringlich zu den Engeln. Elaines Blick war traurig.

»Das hoffen wir alle«, antwortete Gabriel. Alle nickten betroffen.

Doch der Engel Raguel hatte noch mehr Informationen über Cara und Melinda:

»Deine Freundinnen feiern immer noch zu viele Partys, ohne ihre Grenzen zu kennen. Jetzt feiern sie diese Partys jedoch unter Drogen.«

Elaine kämpfte mit Emotionen. Sie war jetzt noch mehr entsetzt und befürchtete das Schlimmste über ihre Freundinnen. Die Engel dachten jetzt an die Hilfe der

Polizei. So sprach der Engel Gabriel aus, was alle auf dem Herzen hatten:

»Wir müssen die Polizei dazu bringen, die Drogenbanden zu verhaften. Die Beweislage sollte ausreichen.«

»Ja. Die anderen Engel haben der Polizei noch mehr Informationen gegeben. Wir sollten auch mit der Polizei reden. Lasst uns gleich morgen zur Polizei fahren. Du, Elaine, solltest mitkommen«, sagte Fiona.

»Ich werde mitkommen. Ich werde mein Bestes tun, um zu helfen. Ich möchte unbedingt helfen und weiß, dass wir dazu in der Lage sind.« Elaine sagte das in einem entschlossenen Ton. Sie wirkte glaubwürdig. Auch die anderen Engel wirkten glaubwürdig. Daher nahm jeder den anderen sehr ernst. Ein gewisser Respekt jedem Freund gegenüber entwickelte sich. Das machte die Sache vielversprechend. Sie trauten einander diese komplizierte Sache zu. Davon waren sie überzeugt.

Auch wenn Elaine etwas Unbehagen vor dem Gespräch mit der Polizei hatte. Ihre Unsicherheiten machten ihr zu schaffen. Doch Adriel erinnerte sie jetzt daran, dass sie nur dabei zu sein brauchte. Sie brauchte sich nicht am Gespräch aktiv zu beteiligen. Denn die Engel hatten schon Erfahrungen bei solchen Gesprächen mit der Polizei. Elaine hingegen hatte überhaupt keine Erfahrung mit solchen Angelegenheiten. Sie konnte sich auf die Engel in jeder Hinsicht verlassen. Und sie wusste auch, dass sie stark sein konnte. Die Zeit drängte.

»Andere Engel haben mitbekommen, wie Cara und Melinda über ihre Arbeit sprachen. Sie konnten sich schlecht auf der Arbeit konzentrieren. Ihnen wurde auf der Arbeit gekündigt«, erklärte ihnen Uriel die Folgen für die beiden Freundinnen. Einige Engel wussten schon darüber Bescheid. Für Elaine und Adriel war diese Nachricht ein Schock. Was, wenn Elaine nicht rechtzeitig ausgestiegen wäre… Dann wäre sie jetzt auch unter Drogen von der Arbeit geflogen. Nicht, dass sie ihren Job liebte. Viel mehr mochte sie die tiefgründigen Gespräche mit den Engeln. Sie war sich darüber sicher, an der Seite der Engel gegen die Ungerechtigkeit zu kämpfen. Sie wusste aber auch, dass das nicht leicht sein wird.

Das Gute dabei war, dass der Auftrag von höhergestellten Engeln kam. Dieser Auftrag galt auch für Elaine, obwohl sie kein Engel war. Die höhergestellten Engelsfürsten lernten Elaine als einen vertrauenswürdigen Menschen kennen. Manchmal durften sich auch Menschen an der Seite der Engel für das Gute einsetzten. Leider kam das bei den Engeln viel zu selten vor. So waren die Engel meistens unter sich, wenn sie sich für das Gute einsetzten. Umso mehr freuten sie sich, dass diesmal Elaine mit dabei war. Sie hatte wirklich Glück gehabt, dass Adriel sie gerettet hatte. Daraus entwickelte sich eine Vertrauensbasis, die auch die anderen Engel betraf.

»Ich habe schon öfters darüber nachgedacht, dass ich den Weg nicht mehr an der Seite von Cara und Melinda gehen darf. Auch während der Zeit vor meiner Beziehung zu Adriel hatte ich diese Gedanken.« Sie wendete sich an die ganze Gruppe, doch vor allem an ihren Freund Adriel. »Das kann zwar sein. Doch kenne ich auch deine Gedanken darüber, sie wiederzusehen.

Das hast du erwähnt. Du hast ja vorhin auch gesagt, dass du ihnen helfen möchtest. Und dass sie immer noch deine Freundinnen sind.« Adriel nahm jetzt ihre Hand. Er drückte sie leicht. Die nächste Zeit hielten sie sich an der Hand, denn das Thema war bedrückend.

»Ganz genau. Ich werde ihnen helfen, soweit ich das kann. Ich werde alles dafür tun. Auch den anderen möchte ich helfen. Sie konnten nicht ahnen, wo sie jetzt hineingeraten sind. Sie hatten keinen Schutz, so wie ich durch Adriel.«

Elaine sprach auch über ihr schlechtes Gewissen, ihre Freundinnen nicht davor gewarnt zu haben. Denn schon vor der Zeit mit den Engeln hätte sie die Zeit dafür gehabt. Leider war sie zu dieser Zeit selbst eine Betroffene, die nur allzu gerne die Nacht mit Alkohol durchfeierte. Die Zeit drängte zwar, doch sie wurde erst durch die Engel vernünftig. Vor allem durch ihren Freund, den Engel Adriel. Damals war sie genauso wie Cara und Melinda auf dem falschen Weg.

»Du hast alles richtig gemacht. Schließlich musstes du zu aller erst an dich denken«, sprach Adriel ihr zu. Doch sie schien ein schlechtes Gewissen zu haben.

»Es ist zwar gut, dass ich da ausgestiegen bin. Doch finde ich es schade, dass ich für die beiden nicht mehr da sein konnte, als sie in Gefahr waren. Ich war bei euch auf der himmlischen Sphäre. Zu dieser Zeit ist meinen Freundinnen etwas sehr Schlimmes passiert.« Alle Engel versuchten, sie zu trösten. Sie verstanden ihre Worte nur allzu gut. Leila wollte Klarheit verschaffen:

»Deine Gesundheit und dein Wohlbefinden waren damals wichtig. Der Kontakt zu uns Engeln kam durch deinen Freund Adriel zustande. Wer weiß, was passiert wäre, wenn er dich nicht gerettet hätte. Da ist es logisch, dass er dich bei sich haben möchte.«

»Ja, er macht sich große Sorgen um dich, nachdem dir was ins Getränk getan wurde. Du bist hier bei uns Engeln richtig. Vielleicht gehen wir mal zusammen tanzen und treffen Cara und Melinda. Doch zuerst müssen wir sie und die anderen retten. Sowie zur Polizei gehen.« Raguel schaute zu Elaine. Er wusste schon früh von Elaines Vergiftung mit der Droge, die ihr ins Getränk getan wurde.

Andere junge Frauen hatten ähnliche Erfahrungen gemacht. Manche waren noch nicht im Berufsleben. Sie studierten. Doch sie vertrieben sich die Zeit in falscher Gesellschaft in den Nachtclubs. Die Engel sprachen auch dieses Thema an. Fiona erklärte:

»Die jungen Frauen waren mitten im Studium. Auch einige junge Männer studierten. Doch sie gingen viel zu schnell auf die Dealer ein.« Einige ruhige Minuten folgten. Um dem schwierigen Thema besser zu folgen, tranken die Engel ihren Smoothie. Adriel und Elaine tranken von ihren Saftschorlen. Nach den langen Gesprächen fühlten sie den fruchtigen, erfrischenden Geschmack ihrer Getränke. Die Luft war warm und ihr Hals trocken.

Die kühlen Getränke halfen der Gruppe, beim Thema zu bleiben. Denn manchmal erwischten sich Adriel und Elaine mitten in verliebten Blicken und versteckten Fantasien. Dennoch versuchten sie, beim Thema zu bleiben. Doch in ihrer Verliebtheit waren sie manchmal nicht ganz bei der Sache. Immer wieder mussten sie jedoch daran denken, dass ihnen der Auftrag von den Engelsfürsten übertragen wurde.

Die Polizei war viel zu beschäftigt mit sich selber. Sie war manchmal nicht wirklich im Stande, ohne die Hilfe der Engel hart durchzugreifen. Ihnen fehlte das Interesse, wirklich da zu helfen, wo sie gebraucht wurden. Lieber tranken sie Kaffee und kümmerten sich um die kleineren Fälle. Hier waren aber erfahrene Polizeikräfte gefragt, die hart genug durchgreifen konnten. Vor allem sollten sie auch schnell sein.

»Manche Besucher der Nachtclubs nehmen Drogen. Sie greifen immer wieder zu den Drogen. Sie bestehen ihre Klausuren nicht. Einige flogen sogar von der Uni.« Leila erklärte, dass nicht nur der Alkohol eine Rolle spielte. Jetzt ging es um mehr. Es spielten auch Drogen eine Rolle.

Nicht immer mussten die Dealer jemanden etwas ins Getränk tun, wie bei Elaine. Sie hatten mittlerweile andere Methoden entwickelt. In ihrer geldgierigen Masche vertickten sie geschickt Drogen. Sogar an jemanden, der sonst keine Erfahrungen mit Drogen hatte. Dabei wirkten sie wie ein Clan der Zugehörigkeit für die naiven Discobesucher. Zugehörigkeit zu finden war in diesen Zeiten ein Problem für junge Menschen. Diese fanden sie in ihrem naiven Glauben bei den Dealern. Und bei den Drogen. Diese Illusion musste durchbrochen werden.

Gabriel fügte ein weiteres Problem hinzu:

»Es kam sogar zu einigen gefährlichen Affären zu Gangmitgliedern. Diese Affären waren eigentlich von den Frauen gar nicht gewollt. Doch sie sind da in etwas hineingeraten, was sie nicht wollten«. Elaine war sich bewusst, dass ihr das hätte auch passieren können. Ihr Ex war ja fast schon kriminell geworden, als sie zusammen waren. Sie wollte gar nicht wissen, wie es mit ihr ohne die Rettung durch Adriel weitergegangen wäre.

Die Musik wechselte zu einem modernen Soundtrack mit Songs aus den Charts. Es war eine ruhige Musik mit dabei, und etwas Melodisches, zum Nachdenken. Das entspannte die Freunde, machte sie aber auch nachdenklich. Sie lauschten der Musik und bestellten sich noch eine Runde Getränke. Das Licht in der »Alchemie Bar« wurde dunkler. Eine düstere, geheimnisvolle Stimmung entstand. Es roch nach Weihrauch und Duftkerzen. Die verschiedenen Duftkerzen erzeugten einen Geruch nach Beeren und Lavendel.

Elaine beobachtete ihre Umgebung. Die anderen Besucher schauten nicht mehr zu den Engeln. Sie unterhielten sich und lächelten. Frauen und Männer behielten Respekt vor einander. Die Barkeeper handelten nach den Regeln. Keiner war betrunken. Das gefiel Elaine. Anderswo passierten schlimme Dinge, hier nicht. Um es kurz zu fassen, sagte Uriel:

»Es wird höchste Zeit, dass wir handeln. Die Polizei ist einsatzbereit.« Bei den Engeln leuchteten jetzt die Flügel. Sie breiteten ihre Flügel jetzt aus.

Es wurde schon spät, als die Freunde nach Hause gehen wollten. Alles, was sie wichtig fanden, haben sie sich erzählt. Viele Ideen wurden einander mitgeteilt. Emotionen und Betroffenheit konnten sie einander nicht verbergen. Mit einer Umarmung verabschiedeten sie sich mit dem Plan, endlich zur Polizei zu gehen.

KAPITEL 17

Die Engel waren zusammen mit Elaine bei der Polizei. Sie wollten der Polizei helfen, die Kriminellen endlich festzunehmen. Sie haben mit ihnen geredet und ihnen alles erzählt. Elaine beteiligte sich sehr gut am Gespräch. Sie erreichte bei diesem Treffen mit der Polizei alles, was sie sich vorgenommen hatte.

Dabei wollte sie nicht zu viel von sich und ihrem Leben verraten. Es ging schließlich weniger um ihre Geschichte. Sie war nicht mehr in Gefahr. Natürlich wollte sie reine Zustände in den Nachtclubs und Discos. Denn auch sie wollte sich mal in der Zukunft einen Besuch dort erlauben, wenn auch nicht die ganze Nacht lang. Doch diesmal mit Adriel an ihrer Seite. Damit Männer wie Fritz sie nicht mehr bedrängten, wäre es gut, mit ihrem Freund mal hinzugehen, fand sie. Aber dieses

Leben von damals wollte sie nicht wiederhaben. Sowieso sollten die Dämonen schwächer werden, und somit die Kriminalität beseitigt werden, wie auch immer. Wie es dort jetzt zuging, so wollte Elaine auf gar keinen Fall tanzen gehen.

Die Polizei erhielt nun alle wichtigen Informationen. Sie fuhren jetzt verstärkt Streife. Vor allem in den späten Abendstunden und nachts fuhren sie Streife. Sie nahmen sich verschiedene Gegenden vor, in denen sich Nachtclubs und Discos befanden. Die Dämonen bemerkten die Anwesenheit der Polizei. Sie wurden ganz nervös, fühlten sich bedroht. Ihre Macht wurde schwächer. Die Engel mit Elaine in ihrer Mitte gewannen an Stärke und Sicherheit.

Denn die Polizei war von nun an mitverantwortlich. Die Engel waren nicht mehr alleine im Kampf gegen die Dämonen. Die Dämonen waren zwar nicht Sache der Polizei. Sie zu besiegen war eine Angelegenheit der Engel. Doch ein wichtiger Schritt in diese Richtung würde ihnen durch die Mithilfe der Polizei gelingen.

Die Polizei wusste, dass sie alle Kriminellen festnehmen musste. Sie waren sehr konzentriert bei der Sache. Sie durften sich keinen einzigen Fehler erlauben. Fest entschlossen bei ihrer Arbeit, wollten sie die Kriminellen mitten im Drogenhandel erwischen. Das war schwierig, denn sie mussten sehr schnell reagieren, ohne den Dealern aufzufallen. Ein scharfer Blick, schnelles Handeln, und Mut, das zeichnete diese besonderen Polizisten aus.

Mehrere Engel bekamen fast zur selben Zeit verschiedene Drogendeals mit. Nicht am selben Ort, sondern an verschiedenen Orten des Berliner Nachtlebens. Sie riefen die Polizei, die sowieso in der Nähe war. Und natürlich im Einsatz. Gerade begann ein größerer Drogendeal zwischen mehreren Dealern und ihren Kunden. Die Kundschaft waren junge, feiernde Menschen im Berliner Nachtleben.

Mehrere Nebelmaschinen mit bunten Lichtern erzeugten Nebel, und gute Laune. Die tanzende Menge reagierte mit Jubel. Sie freuten sich so sehr, dass sie in ihren Tänzen schwungvoller und energischer wurden. Körperkontakt entstand zwischen den feiernden jungen Leuten. Sofort bildeten sich Pärchen. Alle lachten, feierten ausgelassen. Manche Pärchen tanzten enganliegende Tänze, andere tanzen nicht so nah zusammen. Doch alle kamen sich immer näher. Die Musik war sehr laut. Die Lautsprecher dröhnten. Gespräche waren kaum in einer normalen Tonlage möglich. Trotzdem redeten sie, lachten, tanzten.

Männer berührten Frauen am ganzen Körper, manche begannen sich zu küssen. Doch es waren auch einige frisch verheiratete Paare mit dabei, auch Verlobte. Andere waren mit ihrem Tanzpartner in einer festen Beziehung. Und dann gab es natürlich welche, die gerade erst zusammengefunden hatten. Nicht jeder von ihnen brauchte Drogen. Der heiße Körperkontakt beim Tanzen und der Beat der Musik genügte vielen. Sie hatten einen schönen Abend bis spät in die Nacht.

Nochmals stieg Nebel auf. Die bunt leuchtenden Nebelmaschinen erzeugten immer mehr Nebel. Lauter Jubel, sowie ein farbenfrohes Nachtleben erfreuten alle Discobesucher. Es roch nach dichtem Nebel, doch auch nach Parfüm. Die Luft war bunt, dicht. Die Musik war eine Mischung von modernen Hits aus den Charts und Hits aus den früheren Jahren. Die Menge fand die Mischung unglaublich gut, sodass ihr Jubeln gar nicht erst aufhörte.

Alle lockerten sich. Keiner bemerkte die dunklen Typen in den Gängen. Sie schlichen sich langsam heran, gekleidet in schwarzer Kleidung mit vielen dicken Halsketten. Sie hatten viele unschöne Tätowierungen, wie zum Beispiel schwarze Totenköpfe. Doch manch eine Frau stand darauf. Warum auch nicht, dachten die Frauen, wenn sie solche Männer bemerkten. Noch hielten sich die dunklen Typen im Hintergrund auf. Sie wollten nicht auffallen. Langsam näherten sie sich der tanzenden Menge. Manche Frauen und Männer wurden von ihnen vorsichtig angesprochen.

Ein Dealer sagte:

»Hey, wisst, ihr? Wir haben da so gutes Zeug. Ihr werdet richtig high davon, könnt die ganze Nacht durchtanzen. Am nächsten Tag fühlt ihr euch richtig gut. Wollt ihr mal probieren?«

»Was meinst du? Was ist das denn für Zeug, etwa Drogen. Ich möchte so etwas lieber nicht riskieren«, antwortete ihm eine junge Frau, die mit einer Gruppe von Freunden ausgelassen tanzte.

»Es ist unwichtig, ob Drogen oder nicht. Wichtig ist, dass es dir danach richtig gut geht. Was ist jetzt, möchtest es probieren? Vielleicht auch mit deinen Freunden?«

Er zeigte ihr eine kleine, durchsichtige Tüte mit einer neuartigen Droge. Sie schaute sich an, was er ihr zeigte.

Ohne richtig zu wissen, dass es eine gefährliche Droge war, sagte sie:

»Ja, neugierig bin ich irgendwie schon. Ich möchte probieren, was in der Tüte ist. Kostet es denn Geld?« Der Dealer sah darin seine große Chance, eine neue Kundin und ihre Freunde zu gewinnen.

»Ja, es kostet 50€. Es ist auch noch genügend da für deine ganzen Freunde, falls sie möchten.«

Beide schauten zu den Freunden der jungen Frau. Sie hörten dem Gespräch zu. Wirkten neugierig, das Zeug zu probieren. Zweifelten jedoch, ob sie die Drogen anfassen sollten oder lieber nicht. Eine junge Frau in der Gruppe machte deutlich:

»Ich weiß nicht. Ich habe dich noch nie hier gesehen und weiß nicht, ob ich dir vertrauen soll. Ich würde sagen, lass uns in Ruhe.«

Sofort wirkte der Geist der Dämonen auf den Dealer ein. Eigentlich hätte er jetzt die Chance gehabt, wegzugehen und die junge Gruppe von Freunden in Ruhe zu lassen. Doch der dunkle Geist eines Dämons manipulierte ihn zur Hartnäckigkeit gegen die Freunde. So, als wäre er fremdgesteuert durch eine düstere Macht, die er selber nicht bemerkte.

»Ihr seht aus, als würdet ihr eine Aufmunterung gebrauchen. Eure Laune wird sich echt steigern, ihr werdet mehr Freude fühlen. Es geht nicht darum, ob Droge oder nicht. Es geht darum, heute Nacht in der Disco so richtig Spaß zu haben«, versuchte der Dealer auf die Gruppe tanzender junger Leute einzugehen.

»Naja, wir wollen nicht so viel von dem Zeug. Nur ein wenig probieren. Wir mögen eigentlich keine

Drogen.« Da nutze der Dealer seine Chance, und manipulierte weiter:

»Keiner von euch muss viel von dem Zeug kaufen. Nur, so viel ihr wollt. Hauptsache, ihr steht hier nicht so rum und kauft endlich das Zeug.«

Die Gruppe von jungen Leuten wurde richtig neugierig, was der Dealer ihnen denn versprach. Sie bemerkten nicht, dass der Dealer wie getrieben wirkte. Er wurde immer nervöser, als sich die Freunde nicht gleich überreden ließen. Doch dann sagte eine junge Frau ganz unerwartet:

»Na gut, überredet. Wohl fühlen wir uns aber nicht dabei.« Die anderen schienen auch einverstanden zu sein. Die Zweifel ignorierten sie einfach. Tief im Inneren wussten sie aber, dass das nicht richtig war.

»Dann her mit den 50€ und viel Spaß mit dem Zeug.«

Während des Deals wurde die Polizei in dieser Disco gesichtet. Die Dealer waren viel zu überzeugt von sich. Sie achteten heute weniger darauf, unerkannt zu bleiben. Auch achteten sie weniger darauf, ob sie von der Polizei beobachtet wurden. Sie dachten, sie könnten so weitermachen wie bisher. Doch sie irrten sich. Denn die Polizei beobachtete den Deal und nahm ihn mit einer Kamera auf. Sie hielten sich zunächst im Hintergrund auf. Filmten alles mit der Kamera mit.

Doch nun geschah sehr schnell, unerwartet, womit keiner gerechnet hätte. Die Dealer sahen sich um. Plötzlich war die Polizei hinter ihnen. Die Polizisten waren bewaffnet und kamen aus allen Richtungen auf die Dealer zu. In einem lauten Ton, der über die ganze

Disco hallte, sagte ein starker Polizeibeamte: »Keine Bewegung. Sie sind verhaftet wegen Drogenhandel.« Der Polizist schnappte sich den Mann. Weitere Polizisten schnappten sich die anderen Dealer. In Sekundenschnelle legten die Polizeibeamten ihnen die Arme an den Rücken. Sie schoben sie an die Wand, um ihnen die Handschellen anzulegen. In wenigen Sekunden legten sie ihnen erfolgreich die Handschellen an.

In Gesprächen mit der Polizei betonten die Engel, den Dealern nicht körperlich wehzutun, keine körperliche Gewalt an ihnen anzuwenden, falls sie nicht bewaffnet waren. Sofort durchsuchte die Polizei die Männer nach Waffen. Allerdings fühlte sich das natürlich schon etwas grob an. Zum Glück fanden sie keine Schusswaffen, oder große Messer. Was sie fanden, waren kleine Taschenmesser. Sofort beschlagnahmten die Polizeibeamten die Drogen und die Taschenmesser.

Die Dealer hatten noch genügend Drogen mit in ihren Jackentaschen für viele weitere Deals. Die Menge war eindeutig zu viel. Natürlich konnten die Dealer nicht verheimlichen, dass die Droge für Kunden gedacht war, und nicht für den Eigengebrauch. Die Taschenmesser waren doch auch eine Gefahr, fand die Polizei. Es hätte zum bewaffneten Konflikt kommen können. Doch ohne Schusswaffe konnten auch die Polizisten keine Schusswaffe gegen die Dealer einsetzen. Das war gut so, denn keiner wollte Schießereien in der Disco. Das würde vielleicht die Menschen erschrecken. Oder sogar dazu führen, dass die Disco schließt.

»Lasst uns in Ruhe, wir sind hier nur zu Besuch. Das sind keine Drogen. Das hier ist nur so ein Pulver«, schrie der Dealer die Polizei verzweifelt an. Alles kam überraschend, keiner war vorbereitet. Die Gruppe von Freunden schaute wie gelähmt zu, als die Verhaftung voran ging. Sie wagten es kaum, etwas zu sagen oder beiseite zu gehen. Die Polizei, sowie die Engel bereiteten sich allerdings schon lange auf die Verhaftung vor. Die Besucher der Disco wurden aufmerksam, dass da die Polizei im Einsatz war.

Gleich wurde die Musik leiser. Die feiernde Menge schaute zu, was die Polizei tat. Fast keiner tanzte weiter. Immer mehr Besucher der Disco gingen traurig nach Hause. Eine Schlange bildete sich, die panisch zum Ausgang führte. Die Lichter wurden heller, damit die Polizei besser sehen konnte, was sie tat.

»Wir wissen über eure kriminellen Machenschaften Bescheid. Ihr seid Dealer und gehört einer Drogenbande an. Wir haben Fotos von euch, und noch andere Beweismittel. Hiermit seid ihr verhaftet.« Die Polizeibeamten nahmen ihnen alle Tüten mit Drogen aus den Taschen. Später sollten sie als Beweismittel dienen. Zusammen mit dem aufgenommenen Film.

»Woher wollt ihr das wissen? Lasst uns in Frieden. Wir haben doch keinen angegriffen. Wir haben keinem etwas getan«, schrie ein anderer Dealer die Polizisten an.

»Das denk ihr nur. Wir wissen aus verschiedenen Quellen, dass ihr in die Gesundheit von jungen Menschen eingreift. Ihr macht sie zu Drogensüchtigen, nur um sie im Nahhinein abzuzocken. Ihr seid nach Macht und Geld aus.«

Die Polizei hatte diese Infos von den Engeln. Außerdem waren ihnen solche Fälle bekannt. Dies waren jedoch eher seltene Fälle, mit denen die Polizei ab und an zu tun hatte. Daher mussten die Engel der Polizei helfen. Denn die Polizei war viel zu sehr mit dem Jagen von Kleinkriminellen beschäftigt. Diese Polizisten waren immerhin top ausgebildet für größere Fälle wie diesen.

»Ihr übertreibt echt. Und das wollt ihr uns wirklich alles nachweisen?«, sagte ein anderer Dealer empört zur Polizei.

»Ja, wir haben vor, euch dem Haftrichter vorzuführen. Also kommt mit, damit wir nicht noch härter gegen euch vorgehen müssen. Denn das wollen wir nicht.«

Es waren fünf Polizisten und eine Gruppe von zehn Drogendealern. Alle reden laut miteinander. Die Dealer beschimpften die Polizei, während die Polizei versuchte, sachlich zu bleiben. Sie versuchte ihnen alles zu erklären und Panik zu vermeiden.

Die Dämonen sahen durch die Augen der Dealer, was geschah. Sie konnten durch die Augen der Menschen sehen, selbst wenn sie nicht anwesend waren. Besonders durch die Augen derer Menschen, die sie manipulierten. So bekamen sie von der Verhaftung mit. Ihre dämonische Macht konnte sich nicht mehr durchsetzen.

Die Polizei war stärker, dank der Hilfe der Engel. Die Dämonen wussten, dass Engel die Sache schon lange beobachteten. Auch wussten sie, dass die Engel schon seit Jahrhunderten ihre Gegner waren. Sie fühlten sich in ihrer Macht noch mehr geschwächt. Am meisten befürchteten sie, dass ihre Macht ganz schwindet. Dass die Engel stärker sein würden in diesem

Moment. Und das waren sie in der Tat. Die Täter fühlten sich elend. Niemals zuvor hätten sie daran gedacht, dass jemand sie erwischen würde. Ihnen wurde es übel zumute, als sie die Handschellen an ihren Handgelenken fühlten. Die Polizei tat ihren Job einwandfrei. Doch jetzt mussten die Täter abgeführt werden. Sie mussten sich in Polizeifahrzeuge begeben, damit sie zum Polizeirevier gebracht werden konnten.

Das war die nächste Herausforderung für die Polizei. Engel schauten zu, ohne dass sie jemand bemerkte. Sie versuchten die Dämonen kraftlos zu machen, damit die Straftäter sich zum Polizeirevier abführen ließen. Von ihren Flügeln ging eine starke Energie aus. Bei Elaine und Adriel leuchteten jetzt die Augen. Sie waren in ihrem Haus, während das geschah. Adriel bekam einen Anruf von einem Engel, der jetzt in dieser Disco anwesend war. Beide waren sehr aufgeregt und hofften, dass die Polizei Erfolg haben wird.

Da rief ein Polizist zu den Dealern:

»Kommt jetzt sofort mit. Ihr werdet jetzt von uns zur Polizeiwache abgeführt. Ihr dürft euch nicht widersetzten. Habt ihr verstanden?« Die Dealer widersetzten sich noch ein weiteres Mal. Sie weigerten sich, auf die Polizei zu hören. Das, obwohl sie bereits in Handschellen festgenommen wurden.

»Ihr habt uns nichts zu sagen. Wir wollen nicht zur Polizeiwache. Wir wollen hierbleiben. Lasst uns wieder frei.«

Die Dealer wussten um ihre Unterlegenheit. Trotzdem gaben sie ein letztes Mal alles, damit sie wieder freikamen.

»Ihr kommt mit, keine Widerrede. Auf, macht jetzt.«
Die Polizei nahmen sie an den Handschellen, während
sie sich jetzt mühelos abführend ließen. Es sah so aus,
dass sie Angst vor der Polizei bekamen. Natürlich war
da auch ein gewisser Respekt vor der Polizei vorhanden.
Jeder normale Bürger hatte einen Respekt vor der Polizei. Die Dealer hatten ihn früher auch. Jetzt kam er so
langsam wieder zum Vorschein, denn die Dämonen
wirkten weniger auf sie ein. Die Dealer konnten nun etwas klarer denken.

Jetzt saßen sie mit mieser Laune und düsterer Miene
in den Polizeifahrzeugen. Laute Sirenen der Polizei ertönten. Schnell fuhren die Polizeibeamten los, um sie
zum Polizeirevier zu bringen. Keiner redete in den
Fahrzeugen. Für die Täter war das der erste Augenblick
in ihrem Leben, um über ihre Taten nachzudenken. Sie
schwiegen, dachten viel darüber nach. Ob es denn
falsch war, was sie getan haben? Was jetzt denn für sie
in Aussicht stand? Ihnen wurde es schlecht zumute.

Doch den Polizisten war ihre Herausforderung bewusst. Die Kriminellen sollten durch den Haftrichter zu
Gefängnisstrafen verurteilt werden. Hauptsache, es
kam bei der Fahrt zu keinen Zwischenfällen, hofften
sie. Auch die Polizeibeamten schwiegen. Denn die Angelegenheit war ernst.

Die Engel schwiegen ebenfalls. Adriel und Elaine
wussten durch einen weiteren Anruf, dass die Dealer
sich abführen ließen zum Revier. Sie waren erleichtert.
Doch sie Sache war noch nicht vorbei. Keiner wusste,
wie es weiterging. Es fanden gleichzeitig mehrere Verhaftungen statt. In mehreren Discos und Nachtclubs

wurden Dealer festgenommen. Schließlich gelang es den Polizeibeamten durch die Mithilfe der Engel, mehrere Deals zu beobachten und diese mit der Kamera als Beweismittel aufzunehmen. Nach einigen unangenehmen Momenten während der Festnahme wurden die Täter abgeführt. Mehrere laute Polizeisirenen ertönten in der ganzen Stadt während diesen späten Nachtstunden. Alle Dealer wurden jetzt verhaftet. Die Polizei hatte alle Hände voll zu tun.

KAPITEL 18

Die eilige Fahrt war schnell vorbei. Die Polizisten fuhren geschickt, ohne den Straßenverkehr aufzuhalten. Fahrende Autos gaben den Polizeiwagen Vorfahrt, als sie die lauten Sirenen hörten. Schnell wurden die Drogendealer in Untersuchungshaft gebracht. Sie waren jetzt im Polizeirevier angekommen. Endlich hörten sie auf, sich zu weigern. Eigentlich wurde ihnen jetzt schon klar, dass sie die Wahrheit sagen sollten.

Die Handschellen wurden ihnen abgenommen. Einzelzellen wurden vor ihren Augen immer deutlicher. Sie sollten dort übernachten. Die Polizei hat jeden alleine dort eingesperrt. Die Kriminellen beklagten sich über die Zustände. Erneut wurde ihnen vor Schrecken übel zumute. Jeder Polizist hatte in diesem Moment das Gespräch mit den Engeln im Hinterkopf: Die Engel betonten, dass die Gefangenen nicht gefoltert werden durften, um sie zu Aussagen zu zwingen. Außerdem mussten sie später in Gefangenschaft genügend hygienische Produkte haben. Wichtig war auch eine gute Versorgung mit Lebensmitteln.

Das Ziel war es, dass die Kriminellen im Gefängnis erkennen sollten, wie falsch ihr Handel war. Die Zeit im Gefängnis sollte sie zum Nachdenken bringen, mit dem Ziel, ihre Tat zu bereuen. Auf gar keinen Fall durften sie wieder kriminell werden nach ihrer Entlassung. Dafür mussten die Bedingungen während der Haft keine abscheulichen sein. Die Würde sollte den Häftlingen nicht genommen werden, damit sie von dem Geist der Dämonen wieder freikamen.

Die Drogendealer hatten in ihrer Einzelzelle übernachtet. Währenddessen wollte die Polizei Beweise sammeln. Mehrere Hausdurchsuchungen standen in diesen Stunden an. Die Polizei fand bei ihnen zu Hause Taschen mit Drogen, etwas Geld, jedoch keine Schusswaffen. In den nächsten Tagen bekamen sie einen Anwalt, mit dem sie reden konnten. Entschlossen, das größere Übel zu vermeiden, sagten sie die Wahrheit. Der Rechtsanwalt fragte mehrere Hauptverdächtige:

»Hat euch jemand dazu angestiftet?«

Ein kurzer Augenblick verging, in dem die Dealer darüber nachdachten, ob sie die Wahrheit sagen würden oder nicht. Sie befürchteten, der Anwalt würde ihnen nicht glauben.

»Wir wurden von jemanden gezwungen. Wir können sein Gesicht nicht genau beschreiben.«

Der Rechtsanwalt fand das seltsam. Ihm waren jedoch solche Fälle bekannt. Er dachte an Dämonen, oder Luzifer, der sie gezwungen hatte. Das sagte er ihnen aber nicht.

»Wir können uns an seinen Namen nicht erinnern. Auch nicht, wie er aussieht. Es ist wie verflucht. Wie weg aus dem Kopf.«

Der Rechtsanwalt wollte genauer wissen, wer dieser Mann war.

»Er ist ein Gangsterboss. Sein Gesicht war verschwommen.« Der Rechtsanwalt hörte genau zu. Schließlich sollte er das dem Haftrichter erzählen, damit die Dealer eine gerechtere Strafe bekamen. Er dachte darüber nach, wie er das dem Haftrichtrichter beibringen sollte, ohne die Dämonen oder Luzifer zu erwähnen. Nicht jeder Haftrichter wollte darüber hören, obwohl auch sie diese Welt des Übersinnlichen kannten. Manche Dinge mussten lieber für sich behalten werden, dachte der Rechtsanwalt.

Vielleicht sollten sie lieber umschrieben werden, anstatt sie genauso zu erzählen, wie sie wirklich waren. Also lieber keine Rede von Dämonen und Luzifer im Gerichtssaal. Man konnte nie wissen, wer mithörte. Die Engel fanden das richtig. Denn sie erklärten der Polizei, lieber keine übersinnlichen Ausdrücke im Gerichtssaal zu verwenden, um unerkannt zu bleiben vor Gegnern.

»Dass du dich nicht so genau an ihn erinnern kannst ist nicht schlimm. Bitte erzähl mir genauer, warum du dich auf ihn eingelassen hast.« Der Rechtsanwalt blieb freundlich und wollte nichts erzwingen. Obwohl er mit kriminellen redete, wollte er sie nicht beleidigen. Jeder Kriminelle hatte es verdient, in Würde mit seinem Rechtsanwalt zu sprechen. Besonders, wenn er kein

Mörder war, auch keine Schusswaffen besaß. Mehrere Dealer waren zusammen mit dem Rechtsanwalt im Gespräch. Einer der Hauptverdächtigen ergriff das Wort:

»Er hat uns zunächst Geld versprochen. Dann mehr Geld. Wir waren knapp bei Kasse.« Er wollte sich nicht rechtfertigen, sondern den wahren Grund nennen. Ein wenig schämte er sich bei seiner Antwort. Sein Gewissen meldete sich bei ihm. Er dachte darüber nach, dass man für Geld nicht alles tun darf. Das fand auch der Rechtsanwalt.

»Ich verstehe. Geld ist nicht das Wichtigste im Leben. Es gibt Sachen, die sollte man selbst für Geld nicht tun. Ich möchte einfach nur erklären, dass man sich für Geld nicht verbiegen darf.«

Die Drogendealer hörten dem Rechtsanwalt zu. Was er sagte, brachte sie zum Nachdenken.

»Ich hatte einen schweren Job. Manchmal musste ich viel arbeiten für sehr wenig Geld. Es reichte kaum für die Miete. Ich habe eine Frau und wir wünschen uns ein Kind. Da wollte ich an schnelles Geld herankommen, um meiner Frau zu helfen.«

Der Rechtsanwalt verstand, was den Mann dazu brachte. Er fand jedoch, dass dieser Grund die kriminellen Machenschaften nicht rechtfertigte. Er wollte die Männer nicht verurteilen, dass sie aus Perspektivlosigkeit in die Kriminalität hineingerutscht sind. Geldnot war für viele in diesem Milieu ein großes Problem.

»Hat euer Boss euch denn genügend gezahlt?«, wollte der Rechtsanwalt weiterwissen.

»Das hört sich zwar danach an. In Wahrheit hat er uns immer viel mehr versprochen, als er zahlen konnte.

Die Bezahlung war mies, und nie pünktlich. Wir arbeiteten mit der Zeit fast umsonst für ihn.«

Da verstand der Rechtsanwalt nicht, wieso die Männer weitergemacht haben. Es wäre doch viel klüger, auszusteigen.

»Warum habt ihr denn immer weitergemacht, obwohl die Bezahlung so mies war?«

»Als ich aussteigen wollte, hat er mir gedroht.« Die anderen Männer fügten hinzu, dass er sie auch bedroht hatte. Der Rechtsanwalt gab sich damit aber nicht zufrieden, wollte mehr erfahren.

»Auf welche Art hat er euch denn bedroht?«

Die Männer zögerten mit der Wahrheit. Es war etwas, das sie lieber niemandem anvertrauen wollten. Der Rechtsanwalt erkannte ihr Zögern. Daher gab er ihnen ein Glas Wasser zu trinken. Sie waren durstig. Ihnen ging es nicht so gut. Trotzdem redete einer der Hauptverdächtigen weiter:

»Er hat mir damit gedroht, meine Frau umzubringen. Also bekam ich vor ihm Angst und dealte weiter. Nahm seine Aufträge an.« Die anderen Männer erzählten Ähnliches. Der Rechtsanwalt notierte sich das, um es später dem Haftrichter vorzutragen. Er war geschockt, was er da hörte.

»Bis ich zu tief drin war, um auszusteigen«, fügte der Drogendealer hinzu.

»Das hört sich danach an, dass ihr keinen anderen Ausweg gesehen habt.« Die Männer bejahten diese Aussage des Rechtanwalts. »Doch kennt ihr das Problem gar nicht. Viele junge Menschen, vor allem junge Frauen, wurden abhängig von euren Drogen. Sie bekamen Probleme in ihrem Leben, die ihnen bis heute zu schaffen machen. Zum Beispiel im Beruf, oder im Studium.«

Die Männer fühlten sich schuldig, als sie das hörten. Ihr Gewissen meldete sich erneut bei ihnen. Sie fingen langsam an, ihre Tat zu bereuen. Soweit hatten sie gar nicht gedacht. Im ersten Moment haben sie nur an sich gedacht, und dass ihnen Geld fehlte.

Anderen damit zu schaden, war ihnen egal. Natürlich wussten sie bald, dass die jungen Leute von dem Zeug auch gesundheitliche Probleme bekommen konnten. Jeder wusste, dass Drogen schlecht für die Gesundheit waren. Das sie illegal handelten, war ihn nicht gleich bewusst. Erst mit der Zeit bekamen sie mit, wie junge Frauen mit der Droge in der Disco komplett abdrehten. Trotzdem dealten sie weiter. Zwar wollten sie irgendwann aussteigen. Der Gangsterboss, der in Wirklichkeit Luzifer war, bedrohte sie jedoch immer mehr, falls sie aussteigen würden.

»Habt ihr ihm denn tatsächlich solche Sachen wie Mord zugetraut?«, wollte der Rechtsanwalt vorsichtig wissen. Da überlegten die Dealer, bevor einer von ihnen antwortete.

»Er ist schon ein harter Typ. Er kommt uns so mächtig vor, so überlegen. Gleichzeitig bewahrt er immer die Fassung und steht über allen Dingen. Ich hätte ihm sogar einen Mord zugetraut, um sich als den Stärkeren zu beweisen.«

Die anderen Männer konnten sich schon denken, dass der Rechtsanwalt mehr über ihren Boss erfahren wollte. Doch sie dachten daran, dass es schwierig sein würde, ihn zu fassen. Auch die Engel wussten das. Er hatte seine Geheimwaffen. Sowieso waren Gefängnisstrafen nichts für ihn. Die Engel wollten seinen Einfluss auf die Menschheit abmildern, indem sie seine Dämonen beseitigten. Das wusste auch der Rechtsanwalt, sowie die Polizei.

»Es tut uns wirklich leid. Aber wir können uns so schlecht daran erinnern, wie er heißt, wie er aussieht, und wo er sich versteckt. Sie müssen jedoch wissen, wir glauben, er versteckt sich an einem dunklen Ort, wo ihn keiner findet.« Da dachte der Rechtsanwalt, diesen Mann, Luzifer, nicht fassen zu können. Auch dachte er daran, dass es die Aufgabe der Engel war, ihn zu schwächen. Ihm die Macht zu nehmen, seine Dämonen verbrennen zu lassen.

Es brachte nichts, ihn einzusperren. Denn er würde wieder kriminell werden, ganz sicher. Die Dealer hatten jedoch eine Chance verdient, von der Kriminalität loszukommen. Vielleicht konnte so manch einer von ihnen nach der Entlassung einen Neuanfang wagen.

»Es geht jetzt erstmal um euch, nicht um ihn. Andere Leute werden sich um ihn schon kümmern. Nicht wir. Hauptsache ihr werdet nicht wieder mit ihm in Kontakt treten, sobald ihr entlassen seid. Denn eines müsst ihr wissen: Ihr kommt für eure Taten für einige Jahre ins Gefängnis. Seht es als Chance, euch zu bessern.«

Natürlich wollten die Männer nicht ins Gefängnis. Sie wollten nach einigen Tagen freigelassen werden. Tief in ihrem Inneren ahnten sie jedoch bereits, dass sie ins Gefängnis kommen würden. Sie waren sehr traurig darüber. Bald würden sie dem Haftrichter vorgeführt werden. Tatsächlich, der Rechtsanwalt erzählte dem Haftrichter alles, ohne zu lügen. Der Haftrichter verurteile die Männer schließlich zu ein bis drei Jahren Haft. Je nachdem, ob sie aktiv gedealt hatten oder nur Mitläufer waren, mussten sie ihre Zeit in Haft absitzen.

Doch diese Zeit würde nicht nur absitzen bedeuten, sondern eröffnete ihnen auch neue Möglichkeiten. Es gab Möglichkeiten der Gruppentherapie, Schuldnerberatung, und Sport. Noch weitere Möglichkeiten, die Zeit nicht einfach nur abzusitzen, würden die Männer später kennenlernen.

Die Engel und Elaine waren während des Geständnisses mit dabei. Es lief so ab, dass die Kriminellen dem Haftrichter die Wahrheit erzählten. Der Rechtsanwalt ergänzte bei dieser Gelegenheit alle Einzelheiten, die sie zuvor zusammen mit den Kriminellen besprochen hatten. So bekam der Haftrichter ein klares Bild davon. Auch wenn er nicht verstand, wer der Gangsterboss war, der die Männer gezwungen hatte. Er dachte an höhere Mächte, die da wirkten, da er auch die Engel im Gerichtssaal mit ihren Flügeln entdeckte.

Elaine und die Engel besprachen unter sich, was sie über den Gangsterboss dachten. Leila stellte fest:

»Wir haben es bei dem Gangsterboss also mit Luzifer zu tun. Er handelt verdeckt durch seine Magie.«

Elaine hatte sich das schon gedacht. Doch wusste sie noch nicht, was Fiona ihnen erzählte:

»Die Dämonen sind weitere Bosse, die ihm unterstellt sind.«

»Ach so funktioniert das. Sie sind also miteinander verwickelt bei diesen Vorfällen. Mich würde mal interessieren, wie viele es sind, die da ihre Hände mit im Feuer haben«, fragte Elaine während sie Adriel anschaute. Er versuchte sie mit seinem Blick zu beruhigen und sagte:

»Es sind sehr viele. Wir kämpfen schon seit vielen Jahrhunderten gegen die Dämonen und Luzifer. In diesen Fall sind bestimmt mehr als 30 Dämonen verwickelt, vielleicht sogar mehr.«

»Das sind schon viele Dämonen. Wir sollten sie machtlos machen. Dann verbrennen sie«, ergänzte Elaine.

»Das stimmt. Und Luzifer zieht sich dann zurück. Ohne diese Dämonen ist er schwach und verliert an dieser Sache sein Interesse.« Elaine strahlte. Sie wollte den Engeln bei ihrem Auftrag helfen, und sah jetzt nach der Verhaftung wirklich eine Möglichkeit dazu. Sie wusste auch, dass in den Gefängnissen Möglichkeiten bestanden, damit sich die Häftlinge beschäftigten. Das hieß, sie wurden dort nicht alleine gelassen. Alle hofften, die Bedingungen während der Haft würden den Häftlingen ihre Würde nicht nehmen.

Gabriel erklärte noch einmal für alle:

»Luzifer hat ihnen die Erinnerung an sich weggenommen. Er hat sie ihnen aus seinem Geist genommen. Leider hat er die Macht dazu. Daher können sich die Verdächtigen nicht mehr an seine Gestalt, sein Äußeres, seinen Wohnsitz, und seinen Namen erinnern. Auch fehlt ihnen die Erinnerung an die Dämonen.« Alle schauten Gabriel traurig an, als er das sagte. Doch die Augen der Engel leuchteten, da sie jetzt ihre Chance sahen. Sie wussten, dass es eh nichts brachte, Luzifer zu verhaften. Er war nicht wie die gewöhnlichen Kriminellen. Uriel und Raguel erwähnten nochmal, wie er sie in die Kriminalität lockte, und zur Bandenzugehörigkeit zwang. Luzifer war ein Meister der Verführung.

Die Engel erzählten einander später in Adriels Haus, wie Luzifer aussah und die Menschen von ihrem Weg abbrachte. Elaine hörte gespannt zu. Sie bekam einen Schauder vor ihm.

Luzifer schimmerte in der Dunkelheit. Seine Haut hatte eine tiefschwarze Farbe, die an glühende Kohlen erinnerte. Sie schien das Licht zu absorbieren. Seine Augen waren wie glühende Kohlen, die in einem unheimlichen Gelb leuchteten und eine hypnotisierende Wirkung auf seine Gegner hatten.

Luzifer war ein Meister der Illusion und konnte die Ängste und Zweifel seiner Gegner manipulieren. Er konnte sich in die Schatten zurückziehen. Er machte sich in dieser Weise unsichtbar, was ihn zu einem gefährlichen Gegner machte. Er verwirrte die Menschen, was ihn zu einem geschickten Strategen machte. Zudem konnte er dunkle Magie einsetzten, um seine Feinde zu schwächen oder sie in die Irre zu führen.

Er wurde von der Dunkelheit verführt. Manche glaubten, er fiel aus der Gnade und wurde so zum Anführer der Dämonen. Nun bedrohte er die Welt der Menschen und der Engel.

Sein Ziel war es, die Herzen der Menschen mit Angst und Verzweiflung zu erfüllen, um die Macht der Engel zu schwächen. Trotz seiner dunklen Natur trug er eine tiefe Traurigkeit in sich, die aus seinem Verlust und seiner Sehnsucht nach der einstigen Lichtwelt resultierte. Luzifer strebte nach Macht und Kontrolle, aber tief in seinem Inneren sehnte er sich nach Erlösung und der Rückkehr zu seinem früheren Selbst. Er war innerlich zerrissen.

Trotz seiner düsteren Erscheinung konnte Luzifer seine Erscheinung je nach Situation verändern. Die Kriminellen nahmen ihn mit einem blendenden Lächeln und funkelnden Augen wahr, die sowohl Verführung als auch Gefahr ausstrahlten. Er hatte lange, dunkle Flügel, die ihm eine übernatürliche Aura verliehen. Dabei erschien er manchmal in einem schlichten, stilistischen Outfit, das seine Macht und seinen Einfluss unterstrich.

Luzifer war intelligent und manipulierend. Er hatte die Fähigkeit, Menschen zu verstehen und ihre tiefsten Wünsche und Ängste zu erkennen. Diese Einsicht nutzte er, um sie zu beeinflussen und zu manipulieren. Er war ein Meister der Worte, der es verstand, seine Zuhörer zu fesseln. So brachte er sie dazu, das zu tun, was er wollte. Gleichzeitig trug er eine Melancholie und Traurigkeit, die aus seiner Abkehr von der himmlischen Ordnung resultierte.

Luzifers Hauptziel war es, die Menschen von den Werten der Engel abzubringen. Sie in die Dunkelheit zu führen. Er vertrat die Idee, dass Freiheit und Selbstbestimmung nur durch das Brechen von Regeln und Konventionen erreicht werden konnten. Luzifer verleitete die Menschen dazu, ihre moralischen Grenzen zu überschreiten. So versprach er ihnen, Macht, Reichtum und Erfüllung zu finden. Er setzte verschiedene Techniken ein, um Menschen zur Kriminalität zu verleiten. Er verführte sie. Er führte den Menschen ihre geheimsten

Wünsche und Bedürfnisse vor Augen. So versprach er ihnen, dass sie diese durch illegale Handlungen erfüllen können. Er nutzte ihre Angst aus und bedrohte sie. Er redete ihnen ein, dass sie nur durch kriminelle Handlungen überleben oder sich schützen können.

Natürlich versprach er den Menschen kurzfristige Belohnungen für ihre Taten, damit sie weitermachten. Seine Sache war es jedoch nicht, ihnen diese Belohnungen auch wirklich geben.

KAPITEL 19

Die Kriminellen, bei denen Drogenkonsum und Alkoholkonsum eher weniger eine Rolle spielten, kamen in den Strafvollzug. So heißt die Gefängnisstrafe offiziell. In Deutschland heißt das Gefängnis offiziell Justizvollzugsanstalt. Dort wurden den Häftlingen gleich zu Beginn neue Beschäftigungsmöglichkeiten und Hilfen angeboten. In jeder Hinsicht hatten die Bediensteten im Strafvollzug versucht, ihnen zu helfen, ihre Taten zu bereuen und über sie nachzudenken. Auch gaben sie ihnen dafür genügend Zeit und zeigten Verständnis.

Schon nach mehreren Wochen in Haft erklärten sich die Häftlinge dazu bereit, sich helfen zu lassen. Sie wollten an den Angeboten wirklich teilnehmen. Es kam von ihnen selbst heraus, sie wurden nicht dazu gezwungen.

Die Wärter legten großen Wert darauf, Straffälligen zu helfen, wieder zurück in die Gesellschaft zu finden.

Damit die Wiedereingliederung gelang, planten die Justizvollzugsanstalten die Resozialisierung bereits ab dem ersten Tag der Inhaftierung. Doch nicht jeder bekam die gleiche Hilfe. Alle Maßnahmen wurden für die Gefangenen individuell bestimmt und angepasst. Bei den Maßnahmen handelte es sich um psychologische, medizinische, soziale und arbeitsfördernde Maßnahmen.

Die Gefangenen erfuhren gleich zu Beginn ihrer Haft von den Möglichkeiten der Gruppenbehandlungen. Es wurden Gruppen angeboten, an denen sie sich entscheiden konnten, teilzunehmen. Es gab Angebote in Kommunikation, Stressbewältigung, Problemlösung, Wertevermittlung, Empathie und Selbstreflexion. Kurse und Gruppenangebote mit Workshops halfen den Häftlingen schon gleich zu Beginn, sich mit ihren Taten kritisch auseinanderzusetzen.

In Gruppentherapien redeten sie miteinander und zusammen mit dem Therapeuten, was bei ihnen zu der Straftat geführt hat. Oder ob es in ihrem Leben etwas gab, was schiefgelaufen war. Vielleicht in ihrer Kindheit oder in der Jugend. Oder ob es Momente gab, in denen sie Hilfe gebraucht haben und sie nicht bekamen. Darüber sprachen sie zusammen mit den anderen Häftlingen in der Gruppentherapie.

Sie halfen einander zu verstehen, dass sie nicht die einzigen waren, die straffällig wurden, sondern dass es auch andere gab, die ähnlich straffällig wurden. Das half ihnen, sich in ihrer Situation nicht so alleine zu fühlen. Außerdem konnte der Therapeut mit ihnen einfühlsam reden und sie fühlten sich zum ersten Mal in ihrem Leben ernst genommen. Manchmal eröffnete sich auch ein Gespräch unter den Häftlingen nach der Therapie, um einander zu unterstützen. Die Häftlinge wurden mehrere Male angeleitet, einander keine Gewalt zuzufügen. Die Wärter achteten darauf, dass es keine Schlägereien oder laute Auseinandersetzungen gab.

Mehrere Male kamen die Engel vorbei, um sich über die Häftlinge und ihr Befinden zu erkundigen. Manchmal waren auch Adriel und Elaine mit dabei. Sie redeten mit den Therapeuten der Gruppentherapien über den Erfolg der Gespräche. Auch gaben sie Ideen weiter, wie die Therapeuten die Häftlinge noch besser unterstützen konnten.

Vorsichtig versuchten auch einige Engel, die Häftlinge zu besuchen. Sie erklärten ihnen, sie seien Helfer, die sich um die Häftlinge kümmerten und mit ihnen sprachen. Sie brachten ihnen etwas zu Essen mit, wie Süßigkeiten und Obst. Die Häftlinge freuten sich darüber und schätzten das. Denn in der Haft war das Essen nicht besonders schmackhaft. Das wussten auch die Engel. Doch die Häftlinge beschwerten sich nicht über das Essen.

Sie wussten, sie haben ihre Strafe verdient und dazu gehörte auch mal ein strenger Essensplan mit gemeinsamen Mahlzeiten, welche die Wärter strengstens überwachten. Die Umgebung erzeugte natürlich an manchen Tagen eine strenge Atmosphäre im Vollzug, was es den Häftlingen nicht leicht machte. Ihre Zimmer waren viel zu eng und viel zu schlicht eingerichtet. Das war typisch für jede Haft und das bekamen sie zu spüren. Manchmal war sogar die Teilnahme an der Gruppentherapie anstrengend und bereitete nicht immer nur positive Emotionen. Manchmal empfanden es die Häftlinge im Vollzug alles so grau und ermüdend. Sie verstanden nicht immer den Sinn. Doch sie versuchten, sich nicht entmutigen zu lassen. Denn die Gruppentherapien und Workshops halfen ihnen sehr, mit der Situation zurecht zu kommen.

Natürlich kamen sie nicht immer mit der Gruppe klar. Manche bekamen von der Haftsituation zusätzlich psychische Probleme. Die Bediensteten im Vollzug baten ihnen auch Einzelgespräche vom psychologischen Dienst an. Wenn sie sich schlecht fühlten, konnten sie sich an den psychologischen Dienst wenden und in Einzelgesprächen klären, welche Möglichkeiten es noch für sie gab. Es gab für die Gefangenen auch Angebote der Gefängnisseelsorge, doch diese waren nicht verpflichtend. Jeder konnte an ihnen teilnehmen, der wollte.

Die Gefangenen wurden nicht nur von den Bediensteten, sondern auch von den Engeln und Elaine dazu ermutigt, an ihre Zukunft nach der Entlassung zu denken. Sie durften sich und ihre Zukunft wegen dem, was geschehen war, nicht einfach so aufgeben. Doch die Engel spürten, manchmal dachten die Gefangenen auch einfach ans Aufgeben. Das wollten sie auf jeden Fall vermeiden. Daher ermutigten die Engel zusammen mit Elaine sie in gemeinsamen Besuchen, an Maßnahmen der Berufsqualifizierungen teilzunehmen.

Es gab Möglichkeiten der vorbereitenden Maßnahmen für spätere Berufsqualifizierungen, wie zum Beispiel Deutschkurse. Die Gefangenen konnten auch einen Schulabschluss erlangen. Es gab auch hochwertige Vollausbildungen wie Geselle oder Facharbeiter. Also nahmen die Gefangenen an Deutschkursen teil oder fingen eine Ausbildung an. Es stand ihre Zukunft auf dem Spiel, das hatten sie mit der Zeit begriffen. Und diese durfte nicht mehr mit kriminellen Machenschaften vergeudet werden. Sie wollten alles ausprobieren und hofften, dass sie es schafften.

Da es nicht immer möglich war, eine neue Ausbildung zu machen, konnten die Gefangenen Bausteine einer Ausbildung belegen. Diese Module würden dann fünf Jahre gültig sein. Daher konnten die Gefangenen dort die Ausbildung beginnen und sie nach der Entlassung fortsetzen. Die Häftlinge entschieden sich für die Ausbildung zum Gärtner. Die Arbeit mit Pflanzen und Blumen, in Verbindung mit der Erde, bereitete ihnen das Gefühl, etwas aus ihrem Leben zu machen. Sie entschieden sich dafür, ihre Ausbildung nach der Entlassung zu beenden. Die Engel und Elaine fanden, das war eine richtige Entscheidung. Sie gab den Häftlingen eine Zukunftsperspektive, um nach der Entlassung nicht wieder straffällig zu werden.

Die Häftlinge erhofften sich Ablenkung durch Sport- und Freizeitgruppen. Es gab dort eine Bibliothek, in der sie sich Bücher ausleihen konnten. Zeitschriften standen ihnen ebenfalls zum Lesen zur Verfügung. Es gab für die Häftlinge auch einen Fernsehraum, in dem es fast immer friedlich zuging. Sie schauten zusammen Fußball oder Filme. Die schon etwas älter waren, arbeiteten in der Küche, Wäscherei oder Bäckerei. Sie hatten bereits einen Schulabschluss und eine Ausbildung. Oder wollten ihre Ausbildung später nachholen. Sie mochten besonders die Arbeit in der Bäckerei, welche sich in der Justizvollzugsanstalt befand. Für den Lohn tilgten sie ihre Schulden oder kauften sich etwas im Gefängniskiosk.

Doch es gab auch ein Thema, welches den Häftlingen unangenehm war. Sie hatten Schulden. Die Mitarbeitenden im Vollzug machten sich darüber natürlich schon im Voraus Gedanken. Die Täter berichteten, dass sie für ihre Drogengeschäfte zwar viel Geld versprochen bekamen. Die Realität sah jedoch ganz anders aus. An ihnen wurde Macht ausgeübt, damit sie gehorchten. Doch Geld wurde ihnen sehr wenig gezahlt. So wurden die Schulden auch nicht weniger.

Hier, in der Justizvollzugsanstalt, wurden sie dazu motiviert, sich der Verantwortung für ihre Schulden zu stellen. Sie wurden dazu ermutigt, ihre Schulden, wenn möglich zu begleichen. Ihre finanzielle Situation sollte verbessert werden. Das war wichtig für die spätere Resozialisierung. Auch die Ausbildung und die Arbeit förderten die spätere Resozialisierung. Es gab Einzel- und Gruppengespräche, damit die Gefangenen lernten, sich um ihre Finanzen zu kümmern. Sie nahmen die Angebote der Schuldnerberatung wahr.

Doch manche Gefangenen hatten eine Ehefrau oder eine Freundin. Sie waren noch jung und hatten keine Kinder. Manche wünschten sich aber Kinder und vermissten ihre Frau. In einsamen Nächten dachten sie an ihre Ehefrau oder Freundin. Sie fühlten sich nicht so gut, denn nachts fühlten sie die Last in ihrer Seele. Manche wollten zu ihrer Frau aus Sorge, die Ehe könnte an den Bedingungen zerbrechen. Es war eine Belastung, selbst wenn sie an der Ausbildung teilnahmen, oder arbeiteten. Selbst wenn sie Sport machten oder ein Buch aus der Bibliothek lasen. Sie wussten, ihnen wurde viel Geduld abverlangt. Zum Glück wurden sie von ihren Partnern besucht, so häufig es ging. Es waren immer sehr emotionale Gespräche, die sie fast schon kaum ertrugen. Sie schätzten die Möglichkeiten, dass die Frau oder Freundin sie im Gefängnis besuchen durfte. Das motivierte sie auch, weiterhin die Ausbildung zum Gärtner zu machen, oder zum Beispiel in der Bäckerei zu arbeiten.

In Gruppengesprächen erwähnten sie dieses Thema. Sie sprachen darüber, miteinander und mit dem Therapeuten, damit sie diese Last auf ihren Schultern besser ertrugen.

Als Elaine und die Engel erfuhren, dass die Straftäter selber Probleme mit Drogen und Alkohol hatten, waren sie sehr besorgt. Einige Straftäter, die von der Polizei beim Dealen erwischt und verhaftet wurden, hatten in der Blutprobe Spuren von Drogen und Alkohol. Sie gestanden später dem Haftrichter ihre Suchtprobleme. Das bedeutete für den Haftrichter, dass sie vermindert schuldfähig waren. Denn sie standen selber unter Einfluss von Drogen oder Alkohol, als sie dealten. Das traf leider in einigen Fällen auf Drogendealer zu. Sie nahmen es als selbstverständlich wahr, anderen Drogen anzubieten. Denn sie konsumierten ja selber die gleichen Drogen.

Elaine dachte, es war wie ein Teufelskreis, aus dem es schwer für sie war, herauszukommen. Zusammen mit Adriel und den anderen Engeln redete sie darüber, um das Problem besser zu verstehen. Die Freunde sprachen später auch mit der Polizei darüber. Die Polizei zeigte Verständnis und erklärte ihnen, wie es für diese Gruppe von Straftätern weiterging. Denn die typischen Haftbedingungen waren nicht genügend für sie. Sie brauchten Hilfe von einer forensischen Entzugsklinik, um dort Entzug machen zu können. Eine forensische Entzugsklinik half straffällig gewordenen Suchtkranken.

Für Elaine war das natürlich kompliziert, denn sie war zum Glück keine straffällige Suchtkranke. Sie versuchte sich mithilfe von ihrem Freund Adriel in diese komplizierte Situation hineinzuversetzen. Sie redeten in ihrem gemeinsamen Haus viel über das Thema, auch über die anderen Gefangenen in der Justizvollzugsanstalt. Die gemeinsame Zeit war schwierig, denn Elaine war selbst eine Betroffene der Straftäter.

Sie wussten um den gemeinsamen Auftrag der Engelfürsten. Natürlich wollten sie helfen, diese Kriminalität für eine längere Zeit, so lange es möglich war, zu beseitigen. Nur so konnten die Dämonen, die auf die Straffälligen einwirkten, verbrennen. Damit keiner mehr junge Männer zur Kriminalität verführen konnte. Und damit junge Menschen wie Elaine keine Angst mehr davor zu haben brauchten, Opfer von Drogendealern zu werden. Ohne die Dämonen würde sich der Gangsterboss Luzifer von alleine zurückziehen.

Diese Gruppe von Straftätern waren volljährige junge Männer mit Abhängigkeitserkrankungen. Da sie eine Straftat im Zusammenhang mit ihrer Suchterkrankung begangen haben, wurden sie vor Gericht nach dem Strafgesetzbuch zur Entwöhnungstherapie in den

Maßregelvollzug eingewiesen. Sie waren abhängig von illegalen Drogen und/oder Alkohol. Das Ziel der Behandlung war eine Entwöhnungstherapie mit einer dauerhaften Abstinenz.

Doch nicht immer schafften diese suchtkranken Menschen es gut durch die Entwöhnungstherapie. Es war allgemein bekannt, dass die Entwöhnungstherapie den Körper an seine Grenzen brachte. Es war schwierig, von der Droge oder dem Alkohol wegzukommen. Es ging ja nicht nur um einmal Probieren. Sondern der junge Erwachsene hat eine richtige Suchtproblematik entwickelt. Diese stellte in diesem Fall ein richtiges medizinisches Problem dar. Nur Ärzte und Fachpersonal konnten den jungen Straftätern helfen, aus ihrer Sucht herauszukommen.

Manchmal kam es auch während der Therapie wieder zum Drogen- oder Alkoholkonsum, was eigentlich verboten war. Die dauerhafte Abstinenz nach dem Maßregelvollzug zu garantieren, war eine besondere Herausforderung. Also verstand Elaine langsam, wie schwierig dieser Zustand für die Straftäter in der forensischen Suchtklinik war.

Elaine musste zum Glück keinen Entzug machen. Ihr Alkoholkonsum war zum Glück keine richtige Alkoholsucht, die medizinisch behandelt werden musste. Dank Adriels liebevolle Hilfe und der Freundschaft zu den Engeln hatte sie dieses Problem selber gelöst. Sie brauchte jetzt gar keinen Alkohol mehr, um sich glücklich und entspannt zu fühlen. Doch mache Menschen haben keine liebevolle Unterstützung durch ihren Partner oder ihre Freunde erhalten. Leider sind sie der Sucht tiefer verfallen, auch den illegalen Drogen. Sie fielen in ihrer Sucht auf den Gangsterboss Luzifer leicht herein und begangen viele Straftaten unter Drogen- oder Alkoholeinfluss. Die Einsicht in ihre Fehler war bei ihnen noch schwieriger. Ihre Sichtweise der Dinge war nicht klar, sowie ihr Bewusstsein. Da war es gerade richtig, dass Adriel Elaine schnell von der Droge, die ihr ins Getränk untergejubelt wurde, befreit hat. Daher hatte sie großes Glück gehabt, dass sie im Nachhinein keine Sucht verspürte.

Doch Adriel erklärte Elaine auch, dass die suchtkranken Straftäter nicht nur andere gefährdeten, sondern auch sich selber. Das Team von Spezialisten in der forensischen Suchtklinik wollte die Straftäter erfolgreich behandeln. Nur so konnte die Selbst- und Fremdgefährdung reduziert und ihre Wiedereingliederung in die Gesellschaft ermöglicht werden. Doch man durfte nicht vergessen, dass sie eine Straftat begangen haben. Daher war ihre Sicherung von großer Bedeutung. Es gab dort einen Sicherheitsbeauftragten, der sich darum kümmerte. Die Mitarbeitenden sorgten für innere und äußere Sicherheitsmaßnahmen, um ein Höchstmaß an Sicherheit zu gewährleisten.

Erst wenn das klappte, konnten diese Männer erfolgreich aufgenommen und behandelt werden. Ihre Vorgeschichte wurde untersucht. Der Pflegedienst begleitete sie während der gesamten Therapie, sowie der Nachsorgezeit. Keiner wollte sie behandeln wie im Gefängnis. Sie sollten an einer schwierigen Therapie teilnehmen, daher brauchten sie ganz besondere Rahmenbedingungen. Ihnen wurde geraten, aktiv an ihrer

Genesung mitzuarbeiten. Doch nicht jeder von ihnen hatte den gleichen Therapiefortschritt. Manche waren langsamer in ihrem Entzug, andere schneller. Demnach würden ihnen später auch die Vollzugslockerungen, zum Beispiel Ausgänge oder Beurlaubungen gewährt werden.

Die Engel und Elaine erfuhren, welche Therapie sie bekamen. Zum Beispiel Anti-Aggressivitäts-Training, sozialpädagogische Beratung und Unterstützung, Sport, Therapie mit Tieren, zum Beispiel mit Hunden, Training sozialer und lebenspraktischer Kompetenzen. Ihre Angehörigen, die Ehefrau oder Freundin, konnte an einer Informationsgruppe teilnehmen. Wenn die Straffälligen sich nach einer Zeit des Entzugs besser fühlten, konnten ihre Partner sie besuchen.

Die Mitarbeitenden brachten ihnen bei, wie man seinen Alltag einrichtete und dabei Stress nicht an sich heranließ. Um den Behandlungserfolg langfristig zu sichern, erwartete sie nach dem Maßregelvollzug eine ambulante Weiterbehandlung. Sie sollten nicht wieder süchtig werden nach ihrer Entlassung.

Die Kriminellen bekamen viel Zeit, um über ihre Taten nachzudenken. Sie fingen langsam an, ihre Taten zu bereuen. Das Personal unterstützte sie durch viele spannende Möglichkeiten, Therapien, Bildungsmöglichkeiten und Arbeit. Sie bekamen die Hilfe, die sie lange gesucht hatten. Zum Glück waren sie nicht derart auf sich alleine gestellt, wie es früher in Gefängnissen der Fall war. Sie stimmten den Kursen in der Ausbildung zum Gärtner zu, ohne sich zu weigern. Sie waren sogar dankbar dafür, dass sie diese Kurse besuchen durften. Sie züchteten schöne Pflanzen und Blumen in dieser Aus- bildung und waren stolz auf sich. Später erklärten sie sich dafür bereit, nicht nur die Ausbildung zum Gärtner beenden zu wollen, sondern sich in dieser Fachrichtung auch zu bewerben. Doch das konnten sie erst nach ihrer Haft tun.

Diejenigen, die als Bäcker arbeiteten, als Koch, oder in der Wäscherei, dachten über diesen Beruf für ihre Zukunft nach. Sie arbeiteten gerne in ihrem Beruf. Sie verstanden mit der Zeit, auch wenn es für sie schwierig war, dass Drogendealen keine dauerhafte Lösung war. Sie sollten nicht mehr mit Drogen dealen müssen, um an Geld heranzukommen. Dafür gaben die Gefängnis- wärter ihnen jetzt ihre Chance auf Bildung und Arbeit. Früher war es für sie schwer, herauszufinden, was rich- tig und was falsch war. Jetzt hatten sie viel Unterstüt- zung von anderen Menschen.

Elaine und Adriel dachten auch daran, die Gefange- nen später erneut zu besuchen und mit ihnen zu reden. Doch die suchtkranken Kriminellen wurden von den etwas erfahreneren Engeln besucht, die sich mit Sucht und Entzug medizinisch auskannten. Sie brachten in dieser schwierigen Phase des Entzugs sehr viel Mitge- fühl mit, auch viel Erfahrung.

Elaine und Adriel bekamen jedoch auch mit, wie es den suchtkranken Kriminellen ging. Die anderen Engel erzählten ihnen davon.

KAPITEL 20

Die Kriminellen mit Suchterkrankungen nahmen tatsächlich am Entzugsprogramm teil. Sie wollten später nach dem Entzug in die Gesellschaft integriert werden. Die Häftlinge in der Justizvollzugsanstalt nahmen an den Gesprächstherapien teil, machten Sport und lasen Zeitschriften. Sie lernten und arbeiteten dort weiterhin erfolgreich. Die Engel bekamen mit, wie sich die Häftlinge besonders viel Mühe gaben, die Ordnung zu beachten, die für sie galt. Sie hielten sich an alle Regeln.

Im Entzug mieden sie es, wieder zu Drogen oder Alkohol zu greifen. Sie nahmen die Entzugstherapie sehr ernst, verstanden sie als ihre letzte Chance, später wieder ein normales Leben zu führen. Sie wollten von dem Zeug wirklich loskommen. Auch von dem Dealen. Erneut wurde den Engeln und Elaine klar, dass die Männer dazu manipuliert wurden. Denn sie zeigten gute

Charakterzüge während des Entzugs und der Haft. Allmählich verstanden sie ihr Fehler, da überhaupt eingestiegen zu sein. Dass Dealen mit Drogen kein Ausweg für sie war, wurde ihnen langsam immer deutlicher.

Sie bereuten es, die jungen Menschen zu Drogen überredet zu haben und machten sich Sorgen um sie. Sie hofften, dass keiner von ihnen wirklich abhängig wurde. Doch erinnerten sie sich auch, wie sie zunächst vorhatten, dass die jungen Leute immer mehr Drogen bei ihnen kauften. Sie wurden zu dieser verkehrten Denkweise vom Gangsterboss Luzifer gezwungen. Mit der Zeit in der Haft und im Entzug wurde ihnen die Möglichkeit gegeben, ihr Gewissen zu bereinigen. Ihr Geist wurde immer mehr von den Dämonen befreit. Sie dachten jetzt selbständiger über ihre Situation nach, ohne von den Dämonen und Luzifer beeinflusst zu werden. Doch brauchten sie noch ein wenig Zeit in Haft und im Entzug, bis ihr Geist endgültig frei denken konnte.

Sie waren gut dabei, machten mit, so gut sie es schafften. Doch manchmal gab es auch schlechte Tage, an denen sie es nicht schafften, an allen Angeboten teilzunehmen. Das Hilfspersonal und die Wärter zeigten dafür genügend Verständnis und zwangen sie an solchen Tagen nicht. Wenn sie solche Tage hatten, durften sie sich zurückziehen, um die Zeit dafür zu nutzen, über ihre Taten nachzudenken.

Die Engel und Elaine besprachen diese positive Entwicklung unter sich. Sie sahen, wie sie dadurch ihrem Ziel näherkamen. Sie bereuten es nicht, die Angelegenheit zu Beginn der Polizei anvertraut zu haben, denn sie hatten gute Erfahrungen damit gemacht, mit der Polizei zusammenzuarbeiten.

Elaine und Adriel entschieden sich vermehrt, die Häftlinge in der Justizvollzugsanstalt zu besuchen. Einige Male hatten sie die Häftlinge schon besucht. Doch sie wollten sich noch mehr um sie kümmern.

Sie waren gerade in ihrem Haus, saßen gemütlich bei einer Tasse Kaffee im Wohnzimmer. Es war inzwischen Sommer geworden. In ihrem Haus war es schön warm. Der Kamin war daher aus. Auch brauchten sie kein Licht. Am Nachmittag während dieser Zeit war es noch hell, und das bis spät in den Abend. Adriel schlug vor:

»Was haltest du davon, wenn wir die Gefangenen noch mehr besuchen. Sie gehen momentan durch die schwierigste Zeit ihres Lebens durch. Ohne unsere Hilfe schaffen sie es vielleicht nicht.« Er nahm sie an der Hand. Sie fühlte die Wärme, die von seiner Hand ausging. Als Reaktion hielt sie inne, um die Wärme seiner Hand zu spüren. Denn obwohl es Sommer war, fror sie manchmal. Sie fror aus Sorge, dass die Häftlinge es vielleicht nicht schafften.

Sie machten gut mit, hielten sich an alle Regeln. Doch wie es in ihnen drinnen aussah, wusste sie nicht. Sie bekam von den anderen Engeln mit, wie sehr die Häftlinge ihre Ehefrau oder Freundin vermissten. Das konnte sie gut nachvollziehen. Sie würde an ihrer Stelle das Gleiche fühlen, dachte sie. Wie gut, dachte sie, dass Adriel jetzt bei ihr war.

»Das denke ich auch. Wir sollten sie auf jeden Fall wieder besuchen. Und natürlich finde ich auch, dass wir sie viel öfter besuchen sollten. Wir haben ja noch nicht alle von ihnen kennengelernt.« Elaine war überzeugt von ihrer Antwort. Der Auftrag des Himmels war ihr bewusst. Sie war froh, zur Polizei gegangen zu sein mit Adriel und den anderen Engeln. Denn ansonsten hätten die Gefangenen diese Chance niemals bekommen. Stattdessen hätten sie einfach weitergedealt, und sich das Leben zur Hölle gemacht. Doch nicht nur sich, auch den jungen Leuten in den Discos und Nachtclubs.

»Ich finde es auch wichtig, dass du als Betroffene mit dabei bist. Wenn es dir nichts ausmacht, kannst du ihnen von dir erzählen. Ich meinte, was sie dir damals angetan haben«, sagte Adriel bedeutsam und schaute Elaine dabei tief in die Augen.

»Stimmt. Das ist eine gute Idee. Doch sollten wir auch unbedingt nach ihnen fragen. Vielleicht ist in ihrem Leben ja etwas schief gegangen, was dazu geführt hat, dass sie sich von Luzifer so leicht zur Kriminalität verführt haben lassen«, antwortete Elaine mit einem fürsorglichen und doch angespannten Blick.

»Ja, ich finde, wir sollten noch mehr aus ihrem Leben herausfinden. Wenn die Gefangenen uns das anvertrauen, wäre es gut. Wir müssen ehrlich mit ihnen sein, damit sie uns vertrauen. Sie vertrauen nicht gleich jemandem.« Als Adriel das sagte, umarmte er Elaine sanft. Dann gab er ihr einen Kuss auf den Mund. Er fand das toll, dass sie sich für die Sache der Engel weiterhin so gut einsetzte.

»Außerdem finde ich es gut, als Betroffene dabei zu sein. Wenn ich ihnen erzähle, was sie mir damals angetan haben, können sie es noch mehr bereuen, mit

Drogen gedealt zu haben. Das fördert ihre Einsicht«, sprach Elaine von der Bedeutung, bei den Treffen dabei zu sein. Sie fühlte sich sehr motiviert, zu helfen. Sie beide kannten Fälle, in denen ehemalige Betroffene sich mit den Gefangenen trafen und von sich erzählten. Das half den Gefangenen, zu verstehen, warum sie falsch gehandelt haben. Auch, warum sie jetzt im Gefängnis waren. Manchmal war es nicht immer leicht für sie, dies zu begreifen.

Doch andersrum war es auch wichtig. Auch die Gefangenen sollten eine Chance bekommen, von sich zu erzählen. Elaine und Adriel wollten den gegenseitigen Austausch fördern, um ihnen zu helfen, nicht wieder zu Luzifer und den Dämonen zurückzukehren nach ihrer Entlassung. Es war wichtig, das zu vermeiden. Die Gefangenen sollten selbständiges Denken üben. Ein Denken, das wieder frei vom Geist der Dämonen und Luzifer werden musste.

»Dann lass uns mal ein Treffen mit einem Gefangenen ausmachen, der sich bereit erklärt, mit uns zu sprechen. Wir sagen ihm, wir sind Helfer, die Gespräche mit Gefangenen führen«, schlug Adriel vor. Elaine antwortete:

»Das sollten wir wirklich machen. Ich schlage vor, wir gehen gleich morgen hin.«

Am nächsten Tag sprachen sie mit den Häftlingen. Ein junger Mann, der beim Drogendealen erwischt wurde, erklärte sich bereit, mit ihnen zu sprechen. Er zeigte Interesse, ein Gespräch mit Elaine und Adriel zu führen. Doch wusste er nicht gleich, dass Elaine eine Betroffene war. Das Treffen fand nun statt. Der junge

Mann kam pünktlich und war schon ganz aufgeregt. Natürlich fand er es gut, dass es solche Menschen gab, die sich für die Häftlinge und ihr Leben interessierten. Elaine und Adriel warteten bereits auf ihn.

»Hallo. Mein Name ist Elaine und das ist mein Freund Adriel. Und wie heißt du?«, begrüßte Elaine ihn freundlich.

»Hallo Elaine und Adriel. Mein Name ist Andy. Ich bin hier, weil ich etwas Kriminelles angestellt habe. Ich hoffe, es macht euch nichts aus«, sagte der Häftling Andy.

»Hallo Andy. Das ist kein Problem für uns. Wir wissen Bescheid. Wir sind Helfer, um mit Menschen wie dir zu reden, um dir zu helfen«, sagte Adriel voller Akzeptanz und ohne Vorurteile. Sie trafen sich in einem Raum, der für Treffen zwischen den Gefangenen und Besuchern eingerichtet war. Dieser Raum wirkte ziemlich kühl, ohne besondere Möbel. Nur ein Tisch, ein Fenster mit einem Gitter, und eine hohe Decke mit einer dunklen Lampe. Die Wände und der Boden waren in der Farbe dunkel Beige bis Grün; ganz typische Farben für ein Gefängnis. Doch Elaine und Adriel kannten das schon. Sie haben bereits andere Gefangene besucht.

»Hier, das ist für dich. Wir haben dir Schokolade und Äpfel mitgebracht«. Elaine gab Andy die Schokolade und die Äpfel. Dieser freute sich und sagte:

»Danke. Ihr müsst wissen, sie geben uns hier kein gutes Essen. Es ist zwar genug, aber schmeckt nicht besonders gut. Aber ich bin froh, dass sie uns überhaupt mit genügend Essen versorgen. In anderen Ländern ist die Lage ja noch schwieriger.«

»Ja, das wissen wir. Es gibt andere Länder, in denen die Gefangenen nicht genügend Essen bekommen. Oder sogar mit einer Hungerkost auskommen müssen«, erklärte Adriel aufrichtig.

»Deshalb will ich mich gar nicht beschweren. Ich bekomme hier alles, was ich brauche. Denn viel brauche ich nicht. Ich durfte hier sogar eine Ausbildung zum Gärtner anfangen.« Andy hatte dunkle Augen und einen hellen Teint. Er hatte kürzere, braune Haare, die mit Gel nach hinten frisiert waren. Die dicken Halsketten hatte er ausgezogen, auch seine Lederjacke hatte er diesmal nicht an. Er trug eine dunkelblaue Jeans und ein dunkelgrünes Shirt. Spezielle Kleidung brauchten die Gefangenen hier nicht. Jeder durfte das tragen, was er wollte.

»Hier, Andy. Trink das. Das ist Eistee«. Elaine schenkte Andy, Adriel und sich ein Glas frischen Zitroneneistee ein.

»Vielen Dank, Elaine. Das ist echt eine Wohltat. Ich finde es gut, dass es Helfer gibt wie euch. So haben wir Gefangenen wieder einen Hoffnungsschimmer. Gut, dass sich jemand überhaupt für uns interessiert.« Andy sprach einen Punkt an, der tatsächlich für unsere Gesellschaft zutraf. Leider gab es zu wenige Ehrenamtliche oder Helfer, die sich für solche Menschen wie Andy interessierten. Es wäre gut, fanden nicht nur Andy, sondern auch Elaine und Adriel, wenn es mehr solche Menschen geben würde.

Adriel schlug vorsichtig vor:

»Du kannst uns vertrauen. Erzähl mal was aus deinem Leben. Wie war deine Kindheit, deine Jugend? Du musst uns natürlich nicht alles erzählen. Nur das, was du uns wirklich erzählen möchtest. Wir möchten dich zu nichts zwingen.«

»Ja, warum auch nicht... Ich wohnte in einer heruntergekommenen Wohngegend in meiner Kindheit. Mein Vater musste viel arbeiten für wenig Geld. Manchmal musste er im Schichtdienst arbeiten. Meine Mutter war Erzieherin. Ich habe meine Eltern nach der Schule wenig gesehen. Sie haben die ganze Zeit gearbeitet.« Elaine und Adriel hatten schon damit gerechnet, dass etwas in seiner Kindheit nicht in Ordnung war. Adriel antwortete daraufhin:

»Das ist schade. Es tut uns sehr leid für dich. Aber was war das denn für eine Wohngegend? Erzähl doch mal mehr, wenn es dir nichts ausmacht.«

Andy musste kurz nachdenken. Natürlich freute er sich, jemandem von seiner schwierigen Kindheit zu erzählen. Daher erzählte er einfach weiter:

»Es waren Hochhäuser aus Beton. Eine total graue Gegend fast ohne Grün. Es fuhren viele Autos vorbei. Ich konnte als Kind keinen Platz zum Spielen finden. Doch das Schlimmste war: In der Gegend standen viele Fabriken, die Abgase in die Luft schleuderten. Die Luft war immer nur grau und ungesund.« Elaine und Adriel fanden das schon einen Grund, später im Leben traumatisiert zu sein. Elaine schaute Andy voller Mitgefühl an und sagte leise mit zitternder Stimme:

»Das ist ein wahres Kindheitstrauma. Wie schrecklich. Es tut mir wirklich leid für dich. Genügend Grund, um sich als Kind benachteiligt zu fühlen. Man kann es sich als Kind ja nicht aussuchen, wo man wohnt. Es ist wirklich schade, dass Kinder in jungen Jahren vernachlässigt werden. Leider kommt das häufig vor.«

Andy fand es gut, wie sie ihm zuhörten und ihn nicht verurteilten. Doch er wollte wissen, wie Elaine aufgewachsen war:

»Elaine, wie war denn die Wohngegend in deiner Kindheit? Hattest du es denn besser als ich?«

Sie antwortete ehrlich:

»Ja, schon. Meine Mutter hat bis heute einen Teilzeitjob im Restaurant. Mein Vater ist Immobilienmakler und verdient gut. In meiner Kindheit habe ich in einer schönen Gegend gewohnt, mit viel Grün und einem Spielplatz. Außerdem unterstützen meine Eltern meine Hobbys, zum Beispiel Reiten.«

Adriel ergänzte:

»Auch ich hatte eine schöne Kindheit. Ich habe in einem Haus gewohnt, das von sehr frischer Luft umgeben war, ohne Autos und Fabriken.«

Das gab Elaine und Adriel natürlich einen Denkanstoß, deshalb teilte Adriel Andy mit:

»Weißt du, Andy, manchmal ist man nicht genügend dankbar für das, was man hat. Oder für das, was man früher hatte. Die Welt ist so schnelllebig geworden. Jeder möchte immer mehr besitzen. Keiner achtet mehr darauf, wie es dem anderen geht. Unsere Welt sollte sich ändern.« Andy war kein Mann der vielen Worte. Überhaupt redete er nicht oft zu jemandem. Doch jetzt sagte er ganz ehrlich:

»Ich möchte meine Eltern nicht dafür verurteilen. Sie konnten nichts dafür. Wir haben keine Hilfe bekommen. Vielleicht gab es sie, doch wir wussten nichts davon. Doch finde ich es schön, dass ihr beide aus einem guten Elternhaus kommt. Das ist auch bestimmt der Grund, warum ihr uns Gefangenen helfen möchtet.« Andy trank von dem Eistee und freute sich, dass die beiden an ihn gedacht haben. Im Gefängnis gab es leider keinen Eistee für die Gefangenen. Daher freute sich Andy über jede Kleinigkeit, obwohl sie anderen Menschen gar nicht so viel bedeute wie ihm.

»Elaine und ich, wir setzten uns dafür ein, dass die Gefangenen nicht wieder straffällig werden. Aus diesem Grund besuchen wir sie. Wir finden es nicht gut, wenn Menschen kriminell werden. Daher möchten wir ihnen aus dieser Falle wieder heraushelfen.« Adriel schaute zu Elaine, dann zu Andy. Andy antwortete daraufhin:

»Es ist wirklich nicht gut, was ich erlebt und getan habe. Das wurde mir mit der Zeit immer deutlicher. Rückgängig kann ich es leider nicht mehr machen, auch wenn ich es bereue.« Andy aß jetzt auch von der Schokolade. Schließlich erzählte er nach kurzem Schweigen weiter aus seinem Leben:

»Später in meinem Leben spürte ich so eine Perspektivlosigkeit. Es war schwer für mich, nach meinem Schulabschluss eine Arbeit zu finden. Ich hatte mehrere verschiedene Jobs, die schlecht bezahlt wurden. Ich musste sehr viel arbeiten, manchmal sogar bis spät abends.« Da musste ihn Adriel vor Luzifer warnen, ohne jedoch dieses Wort zu erwähnen.

»Der Gangsterboss, er ist ein widerliches Gespenst. Er verführt sozial benachteiligte Menschen durch falsche Versprechen, kriminell zu werden. Er hat euch für eure kriminelle Machenschaften viel Geld versprochen.

Doch bezahlt hat er euch kaum. Also ist er ein verdammter Lügner und Betrüger.« Dem fügte Elaine in ihrem Worten hinzu, was sie darüber dachte:

»Er hat euch nur ausgenutzt. Er liebt es, Schlechtes zu tun, weil er ein abscheuliches Wesen ist. Glaub ihm nicht mehr. Halte dich von ihm und seinen kriminellen Machenschaften bitte in der Zukunft fern.«

Natürlich war auch Andy anfangs wie geblendet von Luzifer, dem Gangsterboss. Das Geld, das Luzifer ihm versprach, war einer der Gründe, warum er anfing, mit Drogen zu dealen. An sich war es verkehrt. Doch das spielte für Andy anfangs keine Rolle. Für ihn zählte nur das Geld. Er wollte sich mit dem Dealen ein Vermögen anhäufen.

»Ich muss zugeben, ich war sehr naiv, diesem Mann zu glauben. Ich habe meine Zeit vergeudet und Schlechtes getan. Ich verstehe, dass ich aus diesem Grund verhaftet wurde. Diese Zeit möchte ich nutzen, um wieder auf den richtigen Weg zu gelangen.« Elaine und Adriel freute es, das zu hören. Sie sahen Andy jetzt schon auf dem richtigen Weg. Schon seine Mühe, mit ihnen dieses ehrliche Gespräch zu führen, zeigte seine guten Absichten. Elaine motivierte ihn.

»Du schaffst es. Da bin ich mir ganz sicher. Deine Ausbildung zum Gärtner wird dir später neue Chancen im Berufsleben eröffnen. Vielleicht wirst du dich in diesem Beruf wohl fühlen.« Andy wurde verlegen.

»Ja, schon jetzt fühle ich es als einen Beruf, der mir Freude bereitet. Ich war immer traurig, dass es in meiner Kindheit wenig Grün in meiner Wohngegend gab. Ich möchte mich um Pflanzen und Blumen kümmern, damit es andere Kinder besser haben als ich damals. Ich möchte mich nach meiner Entlassung für mehr Grünflächen und Parks in der Stadt einsetzten.«

Da schaute Adriel zu Elaine und flüsterte ihr etwas zu. Sofort verstand sie. Jetzt war sie an der Reihe, über sich zu erzählen.

»Andy, wir finden es toll, wie du die Lage verstehst. Es ist wirklich kein Spiel. Doch nur du allein entscheidest über deine Zukunft. Hier werden dir Hilfen angeboten. Gut, dass du sie annimmst«, sie machte eine kurze Pause, trank ihren Eistee, dann sprach sie weiter, »Doch nicht umsonst spreche ich mit dir. Ich bin ein Opfer eurer Dealer Gang.« Andy verstand langsam, warum es wichtig für sie war, mit ihm zu reden. Er wollte wissen:

»Wie meinst du das? Haben wir dich zu dem Zeug überredet und du hast es probiert?« Sie verdeutlichte ihm die Situation. Dabei schaute sie zunächst verunsichert zu ihrem Freund Adriel. Sollte sie wirklich so weit gehen und einem Fremden alles erzählen? Sie entschied sich, Andy die Wahrheit zu sagen, da auch er sie nicht anlog.

»Nein, das zum Glück nicht. Ich war mit meinen Freundinnen in der Disco, wir haben getanzt. Dann habe ich ein alkoholfreies Getränk getrunken. Plötzlich wurde mir schlecht und mein Herz begann zu rasen. Jemand von deinen Männern hat mich auf die Straße geworden. Ich war ohnmächtig, von dem Zeug, das ihr mir ins Glas untergejubelt habt.«

»Ihr habt meiner Freundin Drogen ins Glas getan, ganz unauffällig. Ihr wolltet, dass sie abhängig wird und später mehr Drogen von euch kauft. Das war ganz schön gemein von euch. Ihr hättet das nicht tun dürfen. Sie war lange bewusstlos von eurem Zeug. Ich habe ihr eine Infusion gegeben, damit es ihr besser geht.« Adriel spürte erneut die Wut von damals. Seine Wangen schimmerten rosa, seine Augen leuchteten. Er konnte seine Wut nicht unterdrücken. Andy wusste nicht, wie er das wieder gut machen konnte. Das war eine Sache, mit der er nichts zu tun hatte. Das waren die anderen, er war bei dieser Sache nur ein Mitläufer. Er versuchte es ihnen zu erklären.

»Die anderen Männer mussten das am Anfang tun. Ich nicht. Doch dann bemerkten sie, dass es nicht gut war und hörten auf, jungen Menschen Drogen ins Glas zu tun. Der Gangsterboss fand es heraus, und beließ es dabei. Mit dem Dealen hörten wir jedoch nicht so schnell auf. Erst, als wir verhaftet wurden.«

»Also bereust du, dass du dich auf diesen schlimmen Kerl, den ihr euren Gangsterboss nennt, eingelassen hast? Drogendealen ist eine Straftat. Andere Menschen können gesundheitliche Schäden durch euch bekommen. Das sollte dir klar sein«. Adriel wurde bewusst etwas lauter. Er spürte, wie er bei diesem Gespräch emotional wurde. Das war nicht typisch für ihn. Doch diesmal ging es um seine Freundin. Und um seinen himmlischen Auftrag, den er zusammen mit Elaine und den anderen Engeln zu erfüllen hatte. Andy wurde ganz verlegen. Ihm war es peinlich, als Elaine und Adriel so tief ins Gespräch einstiegen.

»Das wurde mir leider viel zu spät bewusst. Hier, im Gefängnis, gibt es Menschen, die sich um uns kümmern und uns die Gelegenheit geben, zu bereuen, was wir getan haben. Manchmal unterhalte ich mich auch mit den anderen Gefangenen. Wir bereuen alle unsere Taten. Es tut uns allen schrecklich leid. Wir möchten es wieder gut machen, wenn es nur irgendwie ginge.«

Elaine wusste genau, was sie jetzt antworten sollte:

»Dann versprich mit bitte eins: Kehr nach deiner Entlassung nie wieder zu diesen Kerlen zurück, die euch für das Dealen viel Geld versprochen haben. Ich meine nicht nur den Gangsterboss, sondern auch seine Kollegen.«

Natürlich verstand Andy sofort, wie wichtig es war, sich von diesen falschen Männern fernzuhalten. Er hatte gar nicht vor, wieder zu ihnen zurückzukehren.

»Nein, natürlich nicht. Nach meiner Entlassung werde ich meine Ausbildung zum Gärtner abschließen. Danach werde ich mir in diesem Beruf eine richtige Arbeit suchen. Ich möchte mein Leben von vorne beginnen.«

»Wir wünschen dir alles Gute für deinen Neuanfang nach der Entlassung. Bitte rede mit den anderen Häftlingen darüber, was wir dir gesagt haben. Auch sie sollen nach eurer Entlassung nicht zu diesen Männern zurückkehren«, sprach Adriel seine ehrlichen Worte zu Andy.

Andy versprach, mit den anderen darüber zu reden. Sie tranken ihren Eistee aus. Andy bedankte sich für den Besuch und sie verabschiedeten sich mit einem Händedruck.

KAPITEL 21

Da gab es ein weiteres Problem im Berliner Nachtleben. Es war das Problem mit den Barkeepern, die selbst Betrunkenen weiterhin Alkohol ausschütteten. Die Engel konnten in mehreren Fällen beobachten, wie die Barkeeper nicht nur Elaines Clique zu Alkohol verführten. Viele junge Leute, insbesondere leichtgläubige Frauen, wurden regelrecht zu Alkohol überredet. Sie wollten natürlich nicht nein sagen, wenn sie die ganze Nacht voller Spaß durchtanzten. Eine Nacht, zu der Alkohol mit dazugehörte. Doch das war gefährlich. Die Frauen gingen zu fremden Männern mit nach Hause, von denen sie eigentlich nichts wollten. Später bereuten sie die Nacht mit diesen Männern. Unter Alkoholeinfluss waren sie nicht mehr zurechnungsfähig. Das waren, wie die Engel und Elaine wussten, wieder die erbärmlichen Dämonen zusammen mit Luzifer. Sie wirkten immer mehr auf die

Barkeeper ein, um die Menschen in den Discos zu verwirren. Zusammen mit Elaine und Adriel besprachen die Engel, dass es ein Gesetz gab. Dieses Gesetz hieß Paragraph 20 GastG. Demnach durfte das Barpersonal grundsätzlich an erkennbare betrunkene Gäste, egal ob Jugendliche oder Erwachsene, keinen Alkohol mehr ausschenken. Von diesem Gesetz wusste natürlich auch die Polizei. Somit hatten die Freunde etwas in der Hand, womit sie zur Polizei gehen konnten.

Sie gingen tatsächlich zur Polizei. Auch Elaine erzählte der Polizei, wie sie damals in der Disco zu immer mehr Alkohol verführt wurde. Sie baten die Polizei, die Sache in der Stadt zunächst verdeckt und unauffällig zu beobachten. Vielleicht würden sie ja einige Barkeeper erwischen, wie sie Betrunkenen weiterhin Alkohol anboten.

Das war vom Gesetz her verboten. Die Polizei bestätigte ihnen dasselbe bei ihrem gemeinsamen Gespräch. Die Engel und Elaine waren zufrieden, die Sache endlich der Polizei anvertraut zu haben. Es war die Zeit gekommen, diesem finsteren Handeln ein Ende zu bereiten. Doch diesmal ging es nicht um Gefängnisstrafen. Andere Maßnahmen waren jetzt von Bedeutung, wie die Freunde von der Polizei erfuhren. Sie waren damit einverstanden. Die Polizei plante daraufhin ihre Einsätze im Nachtleben von Berlin.

Eines Abends fand die Polizei das, wonach sie suchte. Wie immer hielt sich die Polizei zunächst im Hintergrund auf. Sie bemerkte, wie junge Frauen deutlich betrunken waren. Sie verhielten sich seltsam, nachdem sie mehrere Drinks getrunken hatten. Einer der

Barkeeper fragte sie danach, ob sie noch einen weiteren Drink haben wollten. Doch sie zögerten und sagten nein. Die Polizei beobachtete mehrere solcher Fälle an diesem Abend. Andere stark angetrunkene junge Frauen sagten den Barkeepern zu, als sie ihnen noch einen Drink anboten. Jetzt zeigten sich die Polizeibeamten langsam den Leuten. Diese fürchteten sich, als sie die Polizei sahen. Da sie nach mehr Trinkgeld aus waren, war ihnen der betrunkene Zustand ihrer Gäste egal.

Ein Polizist redete mit ihnen, als er das sah. Er sagte: »Was ihr da tun, ist vom Gesetz her verboten. Ihr dürft an Betrunkene keinen Alkohol mehr ausschütten. Ihr habt gegen das Gesetz verstoßen. Wir haben das gerade genau beobachtet.«

Der Barkeeper, einer der Verantwortlichen, reagierte schockiert. Er war nicht genügend ausgebildet, um solch ein Gesetz zu kennen. Zunächst warf er die Verantwortung von sich:

»Die Gäste kommen, wie sie wollen. Das ist nicht unsere Schuld. Sie entscheiden selber, was sie bestellen. Wir tun nur unsere Arbeit.« Der Polizist blieb hartnäckig. Er stellte fest:

»So einfach ist es nicht. Meine Kollegen und ich haben gesehen, dass ihr den jungen Frauen, die da an der Bar sitzen, Alkohol ausgeschenkt habt. Ihr seht doch auch, wie sie sich verhalten. Könnt ihr denn nicht erkennen, dass sie deutlich betrunken sind?« Die anderen Polizisten kamen immer näher. Das Barpersonal erkannte jetzt eine Gruppe von fünf Polizisten, die im Dienst waren. Das war also kein Spiel mehr. Schnell sahen sie sich um. Sie erkannten alkoholisierte junge

Frauen und Männer, die an ihrem Drink schlürften und sich unterhielten. Es war wieder eine Disco, die betroffen war. Diese Bar war eine Stelle, an der sich die tanzenden Discobesucher erfrischen wollten. Nicht immer wollten sie Alkohol. Doch die Kellner überredeten sie zum leichtsinnigen Alkoholkonsum. Die Gäste kümmerte das allerdings kaum. Ihnen fehlte die Vernunft für ihr Handeln.

Der Barkeeper äußerte ganz vorsichtig und verlegen: »Ja, schon. Das hätte eigentlich nicht passieren dürfen. Wenn es solch ein Gesetz gibt, dann wissen wir nun Bescheid. Was bedeutet das jetzt für unsere Bar?«

Ein anderer Polizist schätzte die Einsicht des verantwortlichen Barkeepers. Er erklärte ihm und den anderen, was das für sie bedeutete:

»Ihr müsst Bußgelder bezahlen. Außerdem steht eure Bar ab heute unter Beobachtung der Polizei. Wir werden euch Schulungen anbieten, wie ihr euch zu verhalten habt bei der Arbeit. Ihr seid verpflichtet, an diesen Schulungen teilzunehmen.« Einer der Kellner reagierte sehr mitgenommen:

»Bußgelder können wir nicht bezahlen. Wir haben nicht so viel Geld. Bitte erspart uns das.«

»Ihr seid dazu verpflichtet, weil ihr gegen das Gesetz verstoßen habt. Doch das Bußgeld müsst ihr nicht gleich heute bezahlen. Ihr habt Zeit, das Problem morgen in eurer Mitarbeiterbesprechung zu erwähnen. Dann solltet ihr aber schnellstmöglich bezahlen.«

Die Polizei überreichte dem Verantwortlichen Barkeeper den Bußgeldbescheid. Dieser war wütend. Er wollte nicht wahrhaben, was gerade geschehen war. Alle

Barmitarbeitende bekamen von dem Bußgeldbescheid mit und reagierten wütend.

In den nächsten Tagen folgten mehrere Mitarbeiterbesprechungen. Der Verantwortliche für die Bar erklärte seinen Mitarbeitenden, was geschehen war. Er erwähnte auch das Gesetz, von dem die Polizei sprach. Anschließend ermahnte der Verantwortliche für die Bar seine Mitarbeitenden, keinen Alkohol mehr an Betrunkene auszuschütten. Er erklärte, dass die Bar nun unter Beobachtung der Polizei stehe. Anschließend forderte er seine Mitarbeitenden zu ihrer Vernunft auf. In mehreren Mitarbeiterversammlungen ging es darum, die jungen Gäste nicht mehr zu Alkohol zu verleiten, nur, weil sich die Barkeeper daraufhin mehr Trinkgeld erhofften.

»Doch sie bezahlen uns so schlecht. Da ist es doch klar, dass wir auf mehr Trinkgeld angewiesen sind. Wie sollen wir denn sonst mit unseren Familien über die Runden kommen, wenn sie uns so schlecht bezahlen?«, beschwerte sich ein Barkeeper.

»Das ist kein Grund, dem Trinkgeld hinterherzujagen. Na gut, ich erhöhe euch euren Lohn. Dafür müsst ihr mir versprechen, damit aufzuhören, den betrunkenen jungen Besuchern noch mehr Alkohol auszuschütten.« Der Vorgesetzte überlegte gut, was er tat. Er fand es richtig, damit dem übermäßigen Alkoholkonsum ein Ende gesetzt werden konnte.

Das ganze Barpersonal fand es nicht gut, wie sich die jungen Leute immer mehr mit Alkohol zudröhnten. Sie wollten nicht mehr dafür verantwortlich sein. Sie begannen, langsam zu begreifen, dass das gesundheitliche

Folgen haben könnte für diese Menschen. Auch Folgen von leichtsinnigem Verhalten unter Alkoholeinfluss. Sie besprachen ihre Lohnerhöhung. Außerdem gaben sie ihr Versprechen, sich an das Gesetz zu halten. In den nächsten Tagen und Wochen hielten sie sich tatsächlich an das Gesetz. Die Kunden tranken vermehrt alkoholfreie Cocktails, fühlten sich dabei wunderbar. Die Barkeeper drängten sie nicht. Sie freuten sich über bessere Zustände.

Jetzt, nach der Lohnerhöhung, waren sie nicht mehr nach Trinkgeld aus. Die Arbeit mit nüchternen Kunden bereitete ihnen mehr Freude als mit Betrunkenen. Sie erkannten ihr verkehrtes Handeln und bereuten es. Doch sie handelten unbewusst. Das Gesetz kannten sie vorher nicht. Jetzt kannten sie es zum Glück. Der Geist der Dämonen und Luzifer wirkte weniger auf sie ein. Sie begannen langsam, frei und selbstständig zu denken. Mit der Zeit verstanden sie, wie gefährlich Alkohol für die jungen Gäste sein konnte, wenn sie ihre Grenzen überschritten.

Nun ging es um die Schulungen. Sie besprachen in einer weiteren Mitarbeiterversammlung, wie es für sie weiterging. Denn sie verpflichteten sich laut der Polizei, an Mitarbeiterschulungen teilzunehmen. Zur Schulung versammelten sich alle Barkeeper und das Ausschenkpersonal dieser Bar, sowie ihr Vorgesetzter. Die Schulung wurde von einem erfahrenen Dozenten durchgeführt. Er hielt auch Vorträge an Berufsschulen und unterrichtete diese Fächer für Berufsschüler der Gastronomie. Er war Mitte 30. Man konnte ihm ansehen, dass er sich für das Thema wirklich interessierte. Er hatte einen scharfen Blick und ein markantes Gesicht. Er erhielt von der Polizei Informationen über die Probleme dieser Bar. Also wusste er, was zu tun war. Bald ging es auch schon los.

Pünktlich füllte sich der Seminarraum der angemieteten Räume. Diese Räume wurden von der Polizei extra für diese Bar ausgesucht. Alle Mitarbeitenden dieser Bar waren jetzt anwesend.

»Ich begrüße Sie zur heutigen Mitarbeiterschulung. Mein Name ist Herr Weber. Ich bin Ihr Dozent. Ich freue mich, dass Sie alle pünktlich erschienen seid. Zuallererst möchte ich von Ihnen wissen: Sind Sie alle über 18 Jahre alt?«, fragte Herr Weber.

Die Mitarbeitenden der Bar waren tatsächlich alle über 18 Jahre alt. Sie waren zwar noch sehr jung, doch waren sie alle schon über 18.

»Ich habe streng darauf geachtet, dass meine Mitarbeiter alle über 18 sind«, antwortete der Vorgesetzte dieser Bar. Daraufhin erklärte der Dozent Herr Weber:

»Darauf sollen Sie unbedingt achten. Denn für das Ausschenken und Verkaufen von Spirituosen, sowie Mischgetränken, die Spirituosen enthalten, muss das Personal mindestens 18 Jahre alt sein. Spirituosen sind zum Beispiel Schnaps, Gin und Liköre.«

Alle Anwesenden im Seminarraum dachten darüber nach, wie streng ihre Arbeit von der Öffentlichkeit wahrgenommen wurde. Sie fanden das richtig, denn nicht alle erfrischten sich mit leichtem Alkohol in ihrer Bar, oder mit einer Cola. Tatsächlich kauften manche sogar Spirituosen an der Bar, bei denen Alkohol einen sehr hohen Prozentsatz ausmachte. Sie schwiegen, hörten Herr Weber jedoch aufmerksam zu. Manch einer bekam ein schlechtes Gewissen und dachte darüber nach, ob das der richtige Job für ihn sei. Ob sie denn den Barbesuchern längerfristigen Schaden zufügten, fragten sie sich.

Auf jeden Fall waren sie alle damit einverstanden, die Zustände in ihrer Bar besser zu kontrollieren. Unter dem Ausschenkpersonal waren auch einige Frauen, auch manche Barkeeper waren Frauen. Doch es waren mehr junge Männer, die in dieser Bar arbeiteten, als Frauen. Manchmal war das so, da das Arbeiten in den späten Abendstunden und in der Nacht viel abverlangte. Gerade, wenn die Frauen kleine Kinder hatten, waren es doch die jungen Männer, die sich für die Spätschicht in der Nacht bereit erklärten in dieser Bar.

Dann wurde es ernst:

»In Ihrer Disco ist der Eintritt ab 16 Jahren erlaubt. Doch manche Besucher sind jünger, ohne dass sie kontrolliert wurden. Bitte kontrollieren Sie in solchen Fällen das Alter«, erklärte ihnen Herr Weber. Anschließend verdeutlichte er ihnen das Gesetz.

»Die Abgabe und der Verzehr für Bier, Biermischgetränke, Wein und Sekt, sowie weinhaltige Mischgetränke ist unter 16 Jahren verboten«, betonte der Dozent Herr Weber. Die Mitarbeitenden der Bar wussten nicht alle von diesem Gesetz. Es handelte sich um eine Bar, in der nicht alle gut genug informiert waren. Das erweckte bei Herr Weber den Eindruck des mangelnden Interesses, sowie der Verschleierung von Informationen. Ob das aus Absicht geschehen war, oder aus mangelnder Verantwortung vor dem Gesetz, das wusste die Polizei nicht. Auch Herr Weber wusste nicht, warum die Bar so handelte. Doch seine Aufgabe war es, das Seminar zu halten, sowie die Zustände in der Disco zu verbessern. Eine Frau, die als Ausschenkpersonal arbeitete, wollte wissen:

»Sie meinen also, wir sollen uns die Jugendlichen anschauen und ihr Alter abschätzen? Sagen wir mal, jemand sieht sehr jung aus, unter 16. Und er bestellt tatsächlich solch ein Getränk. Dann sollten wir also nach dem Personalausweis fragen?«

Herr Weber drückte sich bewusst sehr deutlich aus, um ihnen die Gefahr zu zeigen:

»Ganz genau. Normalerweise erkennt man das nicht so leicht, vor allem wenn es in der Disco dunkel und laut ist. Doch bitte ich Sie eindringlich, noch mehr auf das Alter Ihrer Gäste zu achten. Es könnte ja sein, dass jemand Alkohol haben möchte, der unter 16 ist. Dann fragen Sie nach dem Personalausweis.«

»Das ist schon sehr streng. Für uns ist das schwierig, weil manche Jugendliche älter aussehen, als sie sind. Manche Frauen schminken sich stark, um älter auszusehen. Der Türsteher könnte das übersehen haben«, stellte ein Barkeeper fest.

»Natürlich. Doch mit der Zeit wird es Ihnen gelingen, diese Einzelheiten besser zu bemerken. Das hoffe ich sehr für Sie und für Ihre Disco«, antwortete Herr Weber freundlich, während sein Blick Zuversicht ausstrahlte. Er bemerkte das Interesse seiner Seminargruppe an diesen sehr wichtigen Themen. Daher war er sich sicher, sie würden wieder Verantwortung übernehmen. Auch in ihrem Verhalten gegenüber den

Jugendlichen. Herr Weber kannte sich sehr gut mit dem Gesetz aus. Er hatte noch mehr zu sagen. Während es bei diesen Getränken um Jugendliche unter 16 Jahren ging, gab es Getränke, die erst ab 18 Jahren erlaubt waren. Das Problem: In der Disco hielten sich auch Jugendliche unter 18 Jahren auf, denn der Eintritt war ab 16 Jahren erlaubt.

»Ich habe bereits darüber gesprochen, dass Sie alle über 18 Jahre alt sein müsst. Doch es gibt auch Getränke, die erst ab 18 Jahren erlaubt sind. Diese sind: Spirituosen, zum Beispiel Schnaps, Korn, Wodka, Whiskey, Tequila, Liköre, Gin, Cognac. Dies gilt auch für spirituosenhaltige Mischgetränke.« Herr Weber erklärte ihnen genau, wie sie geschickt nach dem Alter fragen mussten.

»Wenn jemand sein Alter nicht verraten will, fragen Sie bitte nach dem Ausweis.«

»Wir können natürlich nicht ständig nach Ausweisen fragen. Wir versuchen uns jedoch ein genaueres Bild unserer Kundschaft zu machen und im Zweifelsfall nach dem Ausweis zu fragen«, sagte der Verantwortliche für die Bar. Sie alle waren damit einverstanden.

»Natürlich würde das für Unordnung und zusätzlichen Stress sorgen, wenn Sie ständig nach dem Ausweis fragen. Daher achten Sie bitte auf das Alter. Es genügt auch, nach dem Alter zu fragen und kurz, höflich nach dem Ausweis. Das müssen Sie ja nicht bei jedem machen.« Herr Weber wollte es nicht zu streng haben, denn das würde eine zusätzliche Arbeitsbelastung bedeuten. Doch die Regeln galten ab sofort für diese Bar. Leider wurden sie vorher nicht genügend beachtet.

»Wir werden darauf achten. Das versprechen wir.« Der Verantwortliche für die Bar, für die Barkeeper und das Ausschenkpersonal war ebenfalls zuversichtlich. Er verstand nun viel mehr von seiner großen Verantwortung, Alkohol an Jugendliche und junge Erwachsene auszuschenken. Er bemerkte, wie sein Geist klarer und reiner wurde, als der Einfluss der Dämonen ihn langsam verließ. Dank Herr Webers Seminar wurde der Geist von allen Teilenehmenden klarer und freier. So langsam verließen die Dämonen diese Barkeeper und das Ausschenkpersonal. Die Idee, vernünftig mit ihrer verantwortungsvollen Aufgabe umzugehen, war sehr stark bei ihnen vorhanden.

»Das Wichtigste: Sie dürfen während Ihrer Arbeit in der Bar keinen Alkohol trinken. Sie müssen unbedingt nüchtern sein. Auch das verlangt das Gesetz von Ihnen. Ansonsten können Sie sich nicht an die Regeln halten.« Herr Weber kannte noch weitere wichtige Gesetzte für die Bargastronomie:

»Wenn Sie alles beachten, wird es Ihnen besser gelingen, betrunkene Gäste zu erkennen. Wenn Sie selber nichts trinken, erkennen Sie leichter, wer betrunken ist. Das Allerwichtigste, warum Sie hier sind: Sie dürfen erkennbar betrunkenen Gästen keinen Alkohol mehr anbieten.« Als Herr Weber das äußerte, nickten alle gemeinsam. Allen tat es leid, zu wenig darauf geachtet zu haben. Sie hofften es wieder gutmachen zu können.

»Es kann genauso gut sein, dass ein erkennbar betrunkener Gast ein Jugendlicher ist.« Herr Webers Worte hallten noch einige Stunden nach. Alle waren beeindruckt von seinen Kenntnissen und seiner Strenge.

Doch hielten ihn alle für einen sehr erfahrenen und freundlichen Dozenten. Sie waren alle sehr froh, an der Schulung teilnehmen zu dürfen. Im Anschluss unterhielten sie sich über die typischen Verhaltensweisen von Betrunkenen. Das Zeil war es, sie besser von den anderen Gästen zu unterscheiden. Jeder konnte dabei interaktiv seine Erfahrungen äußern, sodass in der Gruppe eine Diskussion entstand. Das machte das Seminar sehr lebendig und unterhaltsam.

In den nächsten Seminaren bearbeiteten sie Arbeitsblätter, um sich diese Themen besser zu behalten. Anschließend erfuhren sie von Herrn Weber, dass alkoholfreie Getränke (Spezi, Limo, Cola, Mineralwasser) grundsätzlich billiger wie die gleiche Menge Bier angeboten werden durfte. Außerdem musste mindestens ein alkoholfreies Getränk bei der gleichen Menge billiger als die gleiche Menge eines Alkoholhaltigen sein.

Während der Schulungen, die in Form von Seminaren gehalten wurden, machten sich die Teilnehmenden genaue Notizen. Anschließend trafen sie sich in gemeinsamen Gruppenräumen, um die Notizen zu vergleichen und darüber zu reden. Sie verstanden den Sinn ihrer Arbeit, was ihnen Selbstvertrauen schenke. Sie wollten Eigenverantwortung übernehmen, damit die früheren Missstände nicht wieder vorkamen.

Sie einigten sich darauf, die Preise der alkoholfreien Getränke zu reduzierten. Sie nahmen in ihre Getränkekarte mehr alkoholfreie Getränke auf, um den jungen Gästen ein verlockendes Angebot zu machen, keinen Alkohol zu trinken. In ihrer Arbeit waren die Barmitarbeitenden von den neuen Werten und Gesetzten fest überzeugt. So sehr, dass sie diese Werte in ihr gesamtes Denken und ihre Arbeit übernahmen. Sie freuten sich über die Möglichkeiten der Mitarbeiterschulungen. Auch freuten sie sich über die Bekanntschaft mit Herrn Weber. Herr Weber erklärte sich bereit, mit ihnen in Kontakt zu bleiben, falls sie irgendwelche Fragen haben würden.

Sie entschuldigten sich bei der Polizei und bezahlten die Bußgelder. Der Geist der Dämonen verließ sie. Diese Dämonen wurden vom Höllenfeuer erfasst und weggefegt. Sie wurden hineingeschleudert durch die mutige Energie der Engel. Auch die Polizei, Herr Weber, sowie die Vernunft der Barkeeper waren stark genug, den Dämonen diesmal zu widerstehen. In der Zukunft wissen sie Bescheid, können keine dunklen Mächte an sich heranlassen. Denn sie alle waren vereint stärker als die Dämonen. Sie zeigten einen starken Zusammenhalt, sowie freundliches Verhalten dem anderen gegenüber. Die Dämonen schmorrten einige Zeit im Höllenfeuer, bis sie verbrannten. Sie lösten sich auf. Nur noch Asche blieb übrig. Somit verlor Luzifer viele seiner Helfer. Dadurch verlor er an Kraft und Macht.

Doch es waren noch nicht alle Dämonen vernichtet. Die Engel sorgten sich nun um die Häftlinge und die suchtkranken Täter in der forensischen Entzugsklinik. Sie machten gute Fortschritte. Endlich mussten sie wieder zur Vernunft kommen.

KAPITEL 22

Die Engel und Elaine bekamen von der neuen Situation mit. Es ging mit langsamen Schritten vorwärts. Sie konnten mit Stolz darauf schauen, was sie zusammen erreicht hatten. Doch sie mussten noch viel mehr tun, damit es den ehemaligen Häftlingen wieder gut ging. Denn in diesen Zeiten kam es zu Entlassungen der ehemaligen Häftlinge und suchtkranken Kriminellen. Nach einem erfolgreichen Entzug sollten die ehemaligen Suchtkranken nicht wieder rückfällig werden. Dafür wurden sie ambulant professionell betreut. Sie nahmen die Termine wahr. Auch mussten sie, ohne es vorher zu wissen, an manchen Tagen zum Test. Dieser Test wies nach, ob sie Drogen oder Alkohol zu sich nahmen.

Da der Alkohol- und Drogentest unangekündigt stattfand, hatten sie keine andere Wahl, als endgültig auf das grausame Zeug zu verzichten. Sie mussten sich nach den Regeln der forensischen Entzugsambulanz an manchen Terminen testen lassen, auch wenn sie keine Lust dazu hatten. Heimlich wieder zu Drogen oder Alkohol zu greifen war für sie verboten. Und tatsächlich, ihr Ergebnis, soweit die Engel und Elaine davon mitbekamen, war, dass sie wieder clean wurden. Sie wurden also nicht wieder rückfällig, weil sie auf dem richtigen Weg waren. Die anderen Engel, die sich mit Sucht auskannten, besuchten sie weiterhin und sprachen ihnen Mut zu. Manchmal waren auch Adriel und Elaine, sowie ihre Freunde mit dabei. Sie sagten, sie seinen Helfer und trafen sich regelmäßig mit ihnen in Cafés.

Die ehemals suchtkranken Kriminellen erkannten schließlich, dass es Engel waren, als sie ihnen ihre großen, prächtigen Flügel zeigten. Sie waren von ihren Flügeln fasziniert und fingen wieder an, an das Gute im Leben zu glauben. Voller Freude erkannten sie die Engel. Die Engel waren ihre Helfer auf ihrem schwierigen Weg nach dem Entzug. Die regelmäßigen Treffen in Cafés mit Elaine und Adriel, sowie den anderen Engeln gaben ihnen wieder Hoffnung. Da ihr Leben durch den Einfluss der Dämonen aus den Fugen geraten war, gab es glücklicherweise die Engel, um sie wieder aufzubauen. Solch ein Entzug forderte von ihnen viel Einsatz, auch körperlichen. Jetzt noch wurden sie strengstens überwacht und durften nicht rückfällig werden. Doch das war zu ihren Gunsten, denn auch die Engel und Elaine hofften, dass sie nicht wieder rückfällig wurden.

Zusammen wurden sie Freunde. In ihren gemeinsamen Treffen erzählten sie einander viel über sich und lernten neue, gemütliche Cafés kennen. Dort aßen sie zusammen Kuchen, tranken ein Kaffeegetränk oder Tee und verbrachten eine schöne Zeit miteinander. Elaine stellte fest, dass sie gar nicht so böse waren, wenn sie wieder aus ihrer Sucht befreit wurden. Da der Geist der Dämonen in dieser Zeit von ihnen wich, wurden sie noch freundlicher und geselliger. Elaine bekam mit, wie ein dunkler Schatten aus ihrem Körper wich. Plötzlich wurden sie fröhlicher und freundlicher.

Ihre Dämonen, die sie zur Sucht und Bandenzugehörigkeit verleiteten, wurden vom Höllenfeuer erfasst. Als die ehemals Süchtigen wieder an Stärke und Ehre dazu gewannen, wurden sie von ihrem Umfeld für ihren Überlebenswillen bewundert. Die Dämonen konnten nicht länger widerstehen und wichen ihnen endgültig. Im Höllenfeuer verbrachten sie einige Stunden, bis die Energie der Engel sie verbrannte und zerstörte. Was übrig blieb, war nur noch Asche. Luzifers wichtige Helfer waren nun zerstört und verbrannt im Höllenfeuer. Er verlor seine Helfer, seine Unterstützer. Daher wich ihm viel von seiner Macht, Schaden anzurichten.

Auch die anderen Häftlinge wurden mit der Zeit entlassen. Die Banden und Dealer hörten auf. Bereinigt in ihrem Geist durch die Hilfe der Engel, sahen sie keinen Sinn mehr in der Kriminalität. Auch die menschlichen Helfer waren in dieser Zeit für sie da und gaben ihr Bestes, um ihnen beizustehen. Die Engel beobachteten das Geschehen aus der irdischen Sphäre in ihren Häusern. Sie entschieden sich dazu, mehrere Jahre auf der irdischen Sphäre der Menschen zu verbringen. Ihr Ziel war es, dass die Dämonen verbrannten und Luzifer machtlos wurde. Somit mussten die ehemaligen Drogenbanden für immer aufhören und nie wieder kriminell werden. Nach ihrer Entlassung war noch viel zu tun.

Fiona, Leila, Elaine, Adriel, Raguel, Gabriel und Uriel dachten sich weiterhin in Kooperation mit den menschlichen Helfern Programme aus, um den ehemaligen Häftlingen zu helfen. Sie wollten einen Basketballverein für ehemalige Häftlinge gründen. Dieser Verein sollte bei den ehemaligen Häftlingen die Resozialisierung in die Gesellschaft fördern. Das Problem der Entlassung war, dass sie mit vielen Ängsten verbunden war – vor Schulden, Verantwortung gegenüber Familien, vor der Ungewissheit über die berufliche Zukunft, oder den Platz in der Gesellschaft. Bei ihnen stellte sich nach der Entlassung die Frage, ob sie denn ihren Platz in der Gesellschaft verwirkt hatten.

Jetzt wollten die Engel zusammen mit Elaine und den menschlichen Helfern den ehemaligen Häftlingen einen Neustart ermöglichen. Elaines starkes Engagement für die entlassenen Häftlingen war für Adriel nicht zu übersehen. Sie sah ihre neue Aufgabe darin, den ehemaligen Häftlingen wieder auf die Beine zu helfen. Dabei wirkte sie sicher und selbstbewusst an der Seite von Adriel und den anderen Engeln. Sie entwickelte ein Talent dafür, und interessierte sich für diese neue Arbeit. Denn sie hatte ein übergeordnetes Ziel vor Augen:

Keiner dieser ehemaligen Häftlinge sollte wieder nach der Entlassung straffällig werden. In Elaines Nachtclubs und Discos sollte kein junger Mensch wieder zu Drogen verführt werden, oder betrunken gemacht werden. Keiner sollte wieder mit Dealern in Kontakt kommen, oder von einem Drink, in welches Drogen geschüttet wurden, bewusstlos werden. So war das früher. Jetzt sollte sich das für immer ändern. Ein höheres Ziel, das für Adriel und Elaine sehr viel bedeutete. Alle Engel arbeiteten an ihrer Vision, in der die jungen Menschen wieder eine wunderbare Zeit verbringen konnten, ohne Drogen und Alkohol, oder falsche Affairen.

In ihrem Haus im gemütlichen Wohnzimmer besprachen Adriel und Elaine, was als nächstes anstand.

»Es gibt da einen Verein«, meinte Adriel, »der für die Resozialisierung von ehemaligen Straffälligen zuständig ist. Er bietet Haftentlassungshilfe an. Wir haben ihnen von dem Basketballverein erzählt. Sie haben junge Trainer und einen ehemaligen Basketballprofi gefunden für das Projekt.« Elaine strahlte, als Adriel diese erfreuliche Sache wieder ansprach. Schon lange dachte sie darüber nach, wann sie mit ihrem gemeinsamen Projekt, dem Basketballverein für ehemalige Häftling, denn endlich loslegen konnten.

»Das ist ein großer Gewinn für das Projekt, vor allem, dass ein ehemaliger Basketballprofi da mitmacht. Wenn Menschen einen Fehler gemacht haben, dann finde ich, soll ihnen dieser Basketballverein eine zweite Chance geben.« Adriel tauschte verliebte Blicke mit Elaine aus und küsste sie sanft auf den Mund. Er umarmte sie. Daraufhin lehnte sie ihren Kopf an seine Schulter. Er streichelte ihre blonden Haare und umspielte zärtlich ihre Locken mit seinen Fingern. Sie schauten auf eine gemeinsame Zukunft, die durch gemeinsame Projekte noch stärker wurde. Es war schön für beide zu erkennen, dass gemeinsame Interessen nicht nur für die Vision einer besseren Gesellschaft standen, sondern ihre Beziehung verstärkten. Adriel stimmte seiner Freundin zu. Außerdem erklärte er ihr:

»Armut, soziale Ausgrenzung und Geldsorgen gehören zu den großen Risikofaktoren. Dadurch könnten die Männer wieder straffällig werden. Ich finde, der Basketballverein hilft bei sozialer Ausgrenzung. Doch die anderen Probleme werden auch langsam besser werden.« Elaine ergänzte:

»Ja, das werden sie, sobald diese Männer wieder einen Sinn im Leben haben. Der Basketballverein wird ihnen gefallen und ihnen einen Sinn in ihrem Leben geben.« Sie rückten näher und kuschelten gemeinsam auf der Couch im Wohnzimmer des großen Hauses. Sie hielten sich an den Händen und träumten von einer besseren Gesellschaft. Sie waren ihrem Ziel nähergekommen.

»Wir werden sie auch in gemeinsamen Gesprächen darüber informieren, wie wichtig für sie ein soziales Netz ist. Dazu gehört die Familie, der Freundeskreis, und auch Freunde, die mit den kriminellen Taten nichts zu tun haben.« Adriel drückte sanft Elaines Hände. Sie spürte seine Wärme auf ihren Händen, und fühlte sich ihm nahe.

»Ich hoffe, sie werden den Basketballverein ernst nehmen, sich engagieren und dranbleiben. Denn sie sollten nicht wieder zu Luzifer zurückzukehren.« Da umarmte Adriel sie noch einmal und beruhigte sie mit warmen Worten:

»Davor brauchst du dir keine Sorgen zu machen. Wir haben mit ihnen darüber gesprochen und ihnen verdeutlicht, nicht wieder zu ihrem Gangsterboss zurückzukehren. Sie haben sich endgültig von ihm gelöst. Stattdessen arbeiten sie an einer neuen Zukunft mit neuen Perspektiven, auch im Berufsstart. Ich habe Zuversicht, dass sie ihre Pläne verwirklichen werden.«

Nach einigen Wochen fing das Basketballtraining an. Sie hatten zum Glück eine gute Turnhalle gefunden für ihr Training. Der Trainer ermutigte die Ex-Häftlinge, Ziele im Leben zu haben. Doch die Männer in der Sporthalle hatten noch das Gefühl, in ihrem Leben nicht voranzukommen. In einem waren sie sich einig: Sie wollten ihr altes, kriminelles Leben hinter sich lassen und neu anfangen. Doch sie wussten, dass es Hindernisse geben wird. Unsere Gesellschaft hatte leider Vorurteile gegen sie.

Der Basketballverein war nun gegründet. Die Ex-Häftlinge sollten wieder fit für das Leben werden. Und für die Gesellschaft. Sie machten sich gemeinsam warm, übten gemeinsam Zirkeltraining und trafen mit dem Ball den Korb. Nach dem Üben spielten sie einen Match. Die jungen Männer waren eifrig am Trainieren, trafen den Korb mit dem Ball. Sie dribbelten mit guter Laune und trafen wieder den Korb. Doch sie wussten auch, dass sie sich benehmen mussten in ihrer Situation nach der Entlassung. Daher beherrschten sie sich beim Spiel. Sie brauchten noch einige weitere Spiele, um besser aus sich herauszukommen und schneller zu werden. Aber sie gaben sich sehr viel Mühe und freuten sich am Spiel und am Sport. Auch der Umgang mit dem Ball machte ihnen Freude. In der Gruppe fühlten sie sich nicht allein, hatten sich angefreundet. Auch freundeten sie sich mit den Trainern und dem Basketballprofi an.

Als Elaine und Adriel sich mit ihnen trafen, sagte einer von ihnen:

»Ich möchte wieder fitter werden, meine Kondition verbessern. Das Training hilft mir dabei. Nach dem Training kann ich an meinen weiteren Zielen im Leben arbeiten. Das klappt immer besser.«

Ein anderer sagte ihnen:

»Ich habe meine Ziele immer vor Augen. Zum Gangsterboss werde ich nicht wieder zurückkehren. Ich will nie wieder kriminell werden. Meine Ziele sind vernünftig. Ich werde jetzt wieder von vorn anfangen. Ich bin ja noch jung, da möchte ich meine Zukunft nicht vergeuden.«

Die Engel wussten, dass die Ex-Häftlinge aus schlechten Verhältnissen kamen. Dass sie in einer heruntergekommenen Gegend aufwuchsen, wusste auch Elaine. Etwas in ihrem Leben war nicht in Ordnung, als sie kriminell wurden. Chaos breitete sich bei ihnen aus, bevor sie wieder langsam zur Vernunft kamen.

Wenn sie gemeinsam Basketball trainierten, vergaßen sie ihren Stress, lernten, sich besser auf etwas zu konzentrieren. Sie bekamen eine Ernährungsberatung. Dadurch fingen sie an, gesünder zu essen. Sie wurden noch fitter. Jetzt waren sie dabei, die neue Chance im Leben zu nutzten und auf eine neue Zukunft zu schauen.

Manche von ihnen hatten direkt nach der Haftentlassung noch keine Wohnung. Sie lebten in

Übergangswohnheimen für ehemalige Häftlinge. Diese Übergangswohnheime wurden von Organisationen geleitet, die für diese Gruppe von Menschen verantwortlich waren. Das waren freie Träger oder öffentliche Verantwortliche. Elaine fand es gut, dass es solche Organisationen gab. Doch natürlich träumten die Ex-Haftlinge in diesen Übergangswohnheimen von einer eigenen Wohnung. Gleichzeitig kümmerten sich öffentliche Träger um die Vermittlung von Wohnungen. Sie berieten die ehemaligen Häftlinge zur Existenzsicherung.

Elaine und die Engel engagierten sich auch in diesen Organisationen. Sie waren bestens darüber informiert, was in ihrem neuen Aufgabenbereich zu tun war. Natürlich bedeutete das, immer wieder spannende Treffen und Gespräche zu führen mit den ehemaligen Kriminellen. Elaine fand diese Treffen und Gespräche wirklich spannend. Sie bot Hilfe an, wo sie nur konnte. Zusammen mit den Engeln und den Organisationen boten sie Hilfen und Unterstützung an, um weitere Straffälligkeit zu vermeiden.

Elaine und Adriel gründeten Gruppen für die jungen Ex-Häftlinge zur sinnvollen Freizeitgestaltung. Gemeinsame Kinobesuche, an denen auch die anderen Engel teilnahmen, waren besonders beliebt bei den jungen Ex-Häftlingen. Da besonders viele ehemalige Kriminelle noch sehr jung waren, gründeten Elaine und Adriel mit den anderen Engeln und den Organisationen noch weitere Gruppen. Zum Beispiel gab es eine Gruppe zur intensiven Förderung schulischer und beruflicher Aus- und Weiterbildung. Doch es gab auch

Männer, die bei häuslichen Konflikten gewalttätig wurden. Elaine und Adriel, sowie die anderen Engel berieten diese Männer, wie sie Konflikte ohne Gewalt lösen konnten. An dieser Gruppe nahmen die Ex-Häftlinge teil, die gewalttätig wurden zu ihrer Freundin oder Ehefrau. Auch das kam bei den Ex-Häftlingen leider vor. Natürlich machte das Elaine sehr traurig. Sie wünschte keiner Frau solche Probleme von Gewalt in der Beziehung.

Doch wusste sie auch, dass diese Ex-Häftlinge nicht immer gewaltfrei Konflikte lösen konnten. Sie bekam früher von den Schlägereien in dem Nachtleben von Berlin mit. An diesen Schlägereien waren auch Ex-Häftlinge beteiligt. Daher war ein besonderer Schwerpunk für Elaine, Adriel und die Engel, sich in diesem Bereich weiterzubilden. So leiteten sie gemeinsam erfolgreich Trainingsgruppen zur gewaltfreien Konfliktlösung. Diese Gruppen kamen bei den Ex-Häftlingen gut an. Hinzu kamen gemeinsame Treffpunkte wie Cafés für weitere soziale Kontakte und Freizeitgestaltung.

Die jungen Ex-Häftlinge hatten natürlich Angehörige, waren in einer Beziehung oder waren schon verheiratet. Elaine und die Engel berieten sie zusammen mit ihren Angehörigen und Lebenspartnern. Sie vermittelten bei Konfliktsituation. Auch hierfür war eine Weiterbildung für Elaine und die Engel wichtig. Es war ihnen anzusehen, dass sie ihr neues Arbeitsgebiet sehr mochten und sich gerne dafür weiterbildeten. Weiterhin waren hilfsbereite Menschen für diese Männer da, die sie berieten, um ihre Überschuldung zu vermeiden. Elaine wurde zusammen mit Adriel und den anderen

Engeln immer erfolgreicher. Ihr neu gegründeter Basketballverein was besonders beliebt. Die vielen Gruppen und Treffen waren gut besucht. Es wurde diskutiert, Konflikte gelöst und natürlich viel gelacht. Denn obwohl die Situation nach der Haft sehr ernst war, ließen sich die ehemaligen Straftäter darauf ein. Natürlich vergaßen sie dabei nicht ihren Humor. Denn sie spürten, Hilfe war für sie da. Es war doch nicht alles so hoffnungslos, wie sie bei ihrer Verhaftung dachten.

Die Engel verdeutlichten Elaine, wie wichtig Verständigung mit friedlichen Mitteln für sie war. Die Engel betonten, dass so keiner zu Schaden kam. Sie hatten in der Vergangenheit mehrere Male mit dem Schwert kämpfen müssen gegen die verschiedensten Gegner. Besonders gegen die Dämonen. Doch sie wussten immer von der Möglichkeit, die Dämonen ins Höllenfeuer zu schleudern, wo sie verbrannten und starben. Geraden schmorrten wieder Dämonen im Höllenfeuer. Da die Ex-Häftlinge immer erfolgreicher wurden, bereinigte sich ihr Geist durch neuen Mut, sowie Zuversicht. Sie machten bei den Gruppen wirklich gut mit, nahmen jede Hilfe an, die sie nur konnten. Ein Schatten verließ sie, und sie fingen an, wieder zu lächeln. Der Tag bereitete ihnen mehr Freude.

Die Engel spürten, wie sie bei diesem Kampf gegen die Dämonen richtig lagen. Dieser Kampf wurde anders geführt. Ohne Waffen. In diesem Kampf waren sie durch Verstand erfolgreicher als mit Waffen. So verbrannen die verbliebenen Dämonen in der Hitze des Höllenfeuers, damit sie keinen Schaden mehr anrichten konnten. Luzifer war schwach, fast machtlos. Dieses

Mal waren die Engel sehr geschickt gegen ihn vorgegangen, ohne Gewalt anwenden zu müssen. Elaine fand es gut, sich mit friedlichen Mitteln zu verständigen. Mit den Engeln leitete sie weiterhin erfolgreich Gruppen und Treffen für die entlassenen Gefangenen. Dazu gehörte für Elaine viel Mut, da es ein völlig neues Aufgabengebiet für sie war. Sie fand den Mut dazu, weiterzumachen, denn Aufgeben war keine Option für sie.

Sie wollte zwar ihr früheres Partyleben nicht zurück. Doch wollte sie wieder sichere Zustände im Nachtleben ihrer Stadt. Für die anderen Jugendlichen und jungen Menschen. Und auch für sie und Adriel, da sie wieder auf der Sphäre der Menschen waren. Doch im Moment ergab sich keine Gelegenheit, mit Adriel eine Disco oder einen Nachtclub zu besuchen.

KAPITEL 23

D ie Engel beobachteten in ihren irdischen Häusern, wie die Situation sich langsam besserte. Sie erzählten einander bei ihrem gemeinsamen Treffen in der »Alchemie Bar«, was sie beobachtet haben. Elaine war seit mehreren Jahren in ihre neue Arbeit vertieft. Ihre neue Arbeit bestand darin, den Häftlingen und später den Ex-Häftlingen in allen Lebensbereichen zu helfen.

Sie traute sich sogar zusammen mit Adriel, den ehemaligen suchtkranken Kriminellen zu helfen, obwohl sie anfangs Angst davor hatte. Adriel erledigte diese neue Arbeit genauso ausgezeichnet. Er war zusammen mit Elaine und den anderen Engeln ein Helfer in der Not für diese Menschen. In ihrer neuen Arbeit blühte Elaine richtig auf. Das Tolle an ihrer neuen Aufgabe fand sie, dass sie Menschen in Not helfen durfte. Dass sie sich dafür mit Adriel extra fortbilden musste, gefiel ihr ganz besonders. Sie beide erfuhren so viel Neues. Dadurch konnten sie sich mit ihren neuen Kenntnissen viel besser einbringen. Ihre Hilfe war wirklich gefragt, und auch beliebt.

An diesem Nachmittag trafen sich die Freunde wieder an ihrem gemeinsamen Treffpunkt »Alchemie Bar«. Die Engel, die mittlerweile zu Elaines guten Freunden geworden waren, erschienen alle nacheinander. Sie waren es diesmal auch, wie gewohnt: Fiona, Leila, Raguel, Uriel und Gabriel. Während dieser Zeit erschienen auch Elaine zusammen mit ihrem festen Freund Adriel. Zu Begrüßung umarmten sie sich herzlich. Sie sagten einander »hallo zusammen«, oder »hallo, wie geht's euch?«. Anschließend erzählten sie einander, wie es ihnen ging. Zum Glück stellten sie fest, dass es den anderen gut ging. Genauso wie ihnen.

Da es Sommer war, und die Temperaturen nicht zu heiß, war es an diesem Nachmittag noch hell draußen und drinnen angenehm erfrischend. In der Bar, die sie eigentlich eher als ein verzaubertes Café wahrnahmen, duftete es nach Zimt und Rosenblüten. Überall waren orangene Duftkerzen aufgestellt. Besonders an der Theke und den Tischen. Diese waren klein und brannten trotzdem eine sehr lange Zeit. Elaine nahm sie als verzaubert wahr. Die Duftkerzen standen in einem gläsernen Behälter. Zur Sicherheit hatten die Freunde ihren gemeinsamen runden Tisch diesmal vorher reserviert.

Sie setzten sich gemeinsam an den runden Tisch, um einander die Neuigkeiten zu erzählen. Es waren noch nicht so viele andere Gäste da. Die Stimmung war gut, es war noch nicht zu laut. Die anderen Gäste unterhielten sich leise. Die Musik war eine afrikanische Trommelmusik. Als Elaine sie zum ersten Mal wahrnahm, kam sie ihr bekannt vor. Diese Musik fing schnell an, die Freunde zu hypnotisieren. Auch die anderen Gäste schienen wie in Trance zu sein. Doch tranken sie alle vorwiegend Kaffeegetränke oder Tee. Aber auch Schorlen oder Fruchtsäfte. Manche aßen einen Kuchen oder Crêpes.

Fiona und Leila trugen ein kurzes, weißes Kleid mit einem modischen, schwarzen Gürtel um die Hüfte. Sie trugen beige Riemchenschuhe. Elaine trug ihren Flügelanhänger um den Hals, den Adriel ihr damals geschenkt hatte. Außerdem trug sie ein weißes, enges Shirt und einen knielangen Jeansrock mit passenden Riemchenschuhen. Die männlichen Engel trugen ein körperbetontes, hellblaues Shirt und eine modische, blaue Jeans. Sie alle hatten eine tolle Figur, die ihre Kleider gut betonte. Sie machten Sport in ihrer Freizeit. Adriel und Elaine gingen Joggen. Ihre Freunde, die Engel, gingen auch regelmäßig joggen oder machten Muskelübungen.

Die Kellnerin kam und fragte lächelnd, was die Freunde bestellen wollten. Da es diesmal Crêpes gab, wollten sie sich das nicht entgehen lassen. Also bestellten sie sich einen Cappuccino, oder einen Kaffee, eine große Mineralwasserflasche für alle, und Crêpes mit Schokoladensauce. Bald kamen die Getränke. Als die Crêpes serviert wurden, waren sie noch sehr heiß und deftig. Sie dufteten nach süßer Schokolade.

Leila eröffnete die Gesprächsrunde, als gerade die Crêpes serviert wurden.

»Die Diskotheken und Nachtclubs werden wieder sicher. Auch können wir beobachten, wie die Menschen die Discos jetzt weniger besuchen.«

Fiona stellte fest:

»Das ist gut zu hören. Es ist eine richtige Entscheidung von den Menschen, nicht mehr so oft das Nachtleben zu besuchen. Es gibt dort sowieso nichts, was sie verpassen würden, wenn sie dort nicht hingehen.«

Elaine dachte natürlich darüber nach, dass das Nachtleben an sich nicht schlecht war. Doch natürlich musste man damit nicht übertreiben. Es gab auch andere Freizeitbeschäftigungen.

»Ich finde, nach alldem, was dort vorgefallen ist, ist es verständlich. Ich meine die Verhaftungen, und die Polizeieinsätze. Da haben die Menschen vielleicht ein unsicheres Gefühl dort bekommen«, äußerte Leila ihre ehrliche Meinung. Die anderen fanden, sie hatte recht. Sie stimmten ihr zu. Gabriel konnte beobachten, was sie jetzt unternahmen.

»Sie gehen abends öfter einer ruhigeren Beschäftigung nach, wie zusammen kochen, oder Videos schauen. Oder sie gehen abends in ein schönes Restaurant.«

»Das finde ich gut«, warf Adriel ein und schaute liebevoll zu Elaine. Sie lächelte ihn vielversprechend an. Er dachte darüber nach, wie er gerne mit ihr zusammen was kochte oder Videos schaute. Er wollte mit ihr mehr ins Restaurant gehen. Bisher hatten sie viel zusammen gekocht, jedoch zu wenig Zeit gehabt, ins Restaurant zu gehen. Die Engel wussten außerdem, was von großer Bedeutung war.

»Die Menschen genießen ihren Abend ohne Drogen und Alkohol. Sie fangen an, andere Dinge für sich zu entdecken. Der frühere Rausch verliert an Bedeutung für sie«, erzählte Raguel seinen Freunden die erfreuliche Nachricht. Das ließ die Freunde wieder aufleben. Sie hofften sehr, dass ihr Vorhaben Erfolg haben würde. Ihren himmlischen Auftrag erfüllten sie mit viel Hoffnung auf bessere Zeiten. Die Menschen, die damals viel tranken oder zu Drogen griffen, waren stark genug, sich jetzt davon zu lösen. Sie waren nicht mehr auf die durchgetanzten Disconächte angewiesen, weil sie darin nicht mehr den Sinn ihres Lebens sahen. Es war eine positive Entwicklung, die überall bei den Menschen für Veränderung sorgte.

Uriel bekam mit, was sie noch unternahmen, als bessere Zeiten kamen:

»Sie beginnen, mehr zu lesen. Im Park entspannen sie sich. Sie schaffen sich Haustiere und Pflanzen an, durch die sie mental von dem Rausch genesen.«

Adriel dachte, das war eine Entwicklung in die richtige Richtung.

»Auch wenn sie nicht krankhaft alkoholabhängig waren, so finde ich das gut. Zum Glück waren sie auch nicht krankhaft drogensüchtig. Trotzdem brauchen sie etwas, um sich zu erholen. Ihr Körper und Geist braucht Erholung nach alldem, was passiert ist.« Er war froh darüber, dass auch Elaine das mitbekam. Sie sagte:

»Wir dürfen nicht vergessen, dass alle Menschen die Kraft der Selbstheilung in sich tragen. Diese Kraft kommt jetzt bei ihnen zum Vorschein. Sie kann manchmal stärker sein, als man glaubt.«

Die Engel hatten beobachtet, wie Yoga -Vereine immer beliebter wurden. Das wollte Gabriel seinen Freunden mitteilen:

»Sie holen sich Hilfe durch Yoga und Meditation. Die jungen Menschen machen Yoga Kurse. Dadurch lassen sie sich inspirieren, mehr auf ihre Gesundheit zu achten. Sie trinken jetzt gesunde Getränke, ernähren sich gesund.«

Das zu hören, bereitete Elaine Freude.

»Yoga finde ich eine gute Beschäftigung. Das hilft bei Problemen und Sorgen. Man kann sich dabei richtig gut entspannen. Ich finde, die jungen Menschen machen alles richtig.« Doch wollte sie weiterhin wissen, ob es bei allen ohne professionelle Hilfe geklappt hatte. Daraufhin sagte Leila:

»Einige von ihnen waren zu sehr in ihrem Partyleben gefangen. Als sie nach den Verhaftungen aussteigen wollten, war das schwer. Sie holten sich Hilfe durch Therapeuten.«

Elaine überlegte kurz und sagte:

»Manchmal braucht es professionelle Hilfe. Ich finde es gut, wenn jemand sich professionelle Unterstützung durch Therapeuten holt. Nicht alle schaffen es alleine.«

In der Gruppe baute sich eine Erleichterung auf, als sie einander die guten Nachrichten mitteilten. Diese positive Entwicklung nach den ganzen Problemen war einfach erstaunlich. Sie hofften darauf, dass die jungen Menschen ihr früheres Problem wirklich verstanden hatten. Jeder konnte selber für sich entscheiden, wie er oder sie seine Freizeit verbrachte. Doch so langsam begriffen sie, dass die überfüllten Nachtclubs und Discos nicht immer das Richtige für sie waren. Freundinnen luden einander zum Videoabend ein. Pärchen verbrachten den Abend beim Kerzendinner im Restaurant. Andere wiederum freuten sich auf Besuch von ihren Verwandten bei ihnen zu Hause. Sie schauten sich zum Beispiel eine Sportsendung an.

Manche wollten abends ihre komplette Ruhe haben, nach alldem, was passiert war. Also lasen sie ein spannendes Buch und kuschelten mit ihrer Katze. Sie machten es sich Wohnzimmer mit ihrer Katze und einer Tasse Tee gemütlich und lasen für mehrere Stunden ihr spannendes Buch. Sie alle schlossen ihr altes Leben nicht für immer ab. Manche von ihnen dachten daran, mal ab und zu wieder eine Disco zu besuchen. Doch erstmal wollten sie entspannen und abwarten, bis die Zeiten wieder sicherer werden.

Die Freunde aßen von ihren Crêpes mit der Schokoladensauce. Es schmeckte ihnen richtig gut. Dazu tranken sie ihren Kaffee oder Cappuccino. Auch tranken sie von dem Mineralwasser, welches sie sich ohne Kohlensäure bestellt hatten. Während sie aßen und es ihnen schmeckte, dachten sie über die vielen positiven Veränderungen nach, die sie zusammen bewirkt hatten. Sie fanden, dass sie den himmlischen Auftrag hervorragend erfüllten. Auch dachten sie darüber nach, was sie weiterhin gemeinsam erreichen wollten. Keiner sollte Furcht vor den Discos und Nachtclubs haben. Doch wenn jemand keine Lust mehr darauf hatte, so war das auch eine richtige Entscheidung nach den schlimmen Ereignissen dort. Auch die Engel überlegten sich, in der

Zukunft einen Yoga Kurs zu machen und zu meditieren. Elaine war einverstanden. Mit der Zeit wollten sie sich zusammen zu einem Yoga Kurs anmelden. Sie dachten auch darüber nach, sich gemeinsam in Adriels und Elaines großem Haus zu treffen, um zu meditieren. Denn sie hatten viel Stress gehabt in letzter Zeit. Nicht nur die jungen Menschen aus dem Berliner Nachtleben. Nicht nur die ehemaligen Häftlinge, die viel an sich gearbeitet hatten.

Sondern vor allem Elaine und die Engel waren in den letzten Jahren viel Stress ausgesetzt. Sie wollten mehr zur Ruhe kommen, denn es kamen tatsächlich bessere Zeiten auf alle zu. Jetzt war nicht mehr so viel Arbeit nötig. Das Wichtigste war geklärt. Die Ex-Häftlinge wurden gut auf ihr zukünftiges Leben vorbereitet. Den jungen Menschen aus dem Nachtleben ging es wieder gut.

In der »Alchemie Bar« wurde die afrikanische Trommelmusik lauter gedreht. Draußen ging die Sonne langsam unter. Mehr Gäste kamen dort an. Sie unterhielten sich etwas lauter als noch zu Anfang. Viele von ihnen aßen Crêpes. Die orangenen Duftkerzen brannten wie am Anfang. Ein sinnlicher Duft nach Orange und Räucherstäbchen machte sich bemerkbar. Der Duft nach Rosenblüten war jetzt weniger zu spüren. Von jeder Ecke hörte Elaine ein Lachen, sowie fröhliche Unterhaltungen. Viele Gäste lächelten und entspannten jetzt hier, anstatt in einem überfüllten Nachtclub. Die »Alchemie Bar«, die von Anfang an clean war, wurde immer beliebter. Doch es war dort nicht zu voll, sondern genau richtig. Dennoch rauchte keiner. Auch berauschte sich dort keiner. Bei den Engeln leuchteten die Augen golden. Elaine bewunderte ihre leuchtenden Augen. Ihre Flügel waren ausgebreitet. Alle vereinigt waren sie zu erkennen für die gesamten Gäste der Bar und die Bediensteten.

Manchmal erwischte Elaine sie, als sie zu den Engeln rüber schauten. Sie hatten von dem Wirken der Engel gegen die kriminellen Machenschaften gehört. Vielen in der Stadt waren die Engel jetzt bekannt. Sie alle bekamen einen Sinn dafür, an das Magische zu glauben. Als sie diesen Sinn bekamen, wurden die Flügel der Engel für sie sichtbar. Die Menschen verbrachten nun viel Zeit mit dem Lesen über magische Wesen, denn sie wollten mehr über die Engel wissen.

Als es zu den Verhaftungen kam, hat sich diese Nachricht in der Stadt Berlin und Umgebung herumgesprochen. Die Bevölkerung bekam langsam von der Hilfe der Engel mit. Elaine wurde mit der Zeit auch bekannt für ihre Unterstützung. Also war es nicht zu vermeiden, dass die Gruppe von Freunden in der »Alchemie Bar« von den anderen Menschen erkannt wurde. Sie hatten sich durch ihre guten Taten bei der Bevölkerung Respekt verdient. Darauf waren sie stolz, auch wenn sie fanden, dass sie das nicht brauchten.

Viele Menschen begannen durch die Engel wieder an das Gute zu glauben. Schon der Glaube an magische Wesen wie die Engel konnte bei einem Menschen gute Gedanken bewirken. Und gute Gedanken bewirkten gute Taten. Elaine freute sich, heute mit Adriel die Engel getroffen zu haben. Sie waren ihre ganz besonderen Freunde. Elaine war genauso fasziniert von ihnen wie bei ihrem ersten gemeinsamen Treffen in der himmlischen Sphäre. Langsam wurde es Zeit, sich zu verabschieden. Die Engel aßen ihre Crêpes auf, tranken ihre Kaffeegetränke, sowie das Wasser aus. Die Runde war erfolgreich. Gute Nachrichten verbreiteten sich auch bei den anderen Engeln. In der himmlischen Sphäre bei den Engeln verbreitete sich die gute Nachricht ebenfalls. Es war noch nicht alles erledigt. Einige Taten waren von Elaine und den Engeln noch geplant. Es sollte wieder Frieden herrschen, damit die Menschen wieder eine schöne Zeit gemeinsam verbringen konnten.

Die Freunde bezahlten für ihre Bestellungen bei der freundlichen Kellnerin. Sie verabschiedeten sich mit einer Umarmung voneinander und wünschten sich einen schönen Abend. Adriel und Elaine gingen gemeinsam zurück in ihr Haus. Sie hielten sich an den Händen und küssten sich, als sie wieder alleine waren.

Am Anfang waren sie noch nicht so sehr von ihrem Erfolg überzeugt. Doch mit der Zeit wurden sie immer erfolgreicher. Gerade, weil Elaine sich für den guten Kampf mit Adriel verbunden hat. So war sie froh darüber, sich für die Aufgabe der Engel einzusetzen. Es wurde zu einer ganz besonderen Ehre für sie. Mit der Zeit wurde es auch zu ihrer ganz besonderen Aufgabe.

KAPITEL 24

Der Engel Raguel besuchte Adriel und Elaine in ihrem großen Haus. Sie nahmen gemeinsam im Wohnzimmer Platz. Chips, Salzstangen, sowie Pralinen waren für den gemeinsamen Nachmittag vorbereitet. Elaine und Adriel servierten sie zusammen mit einer Wasserflasche im Wohnzimmer. Adriel machte Entspannungsmusik an. Außerdem machte er die kleinen Kronleuchter an, die an den Wänden hingen. Die Kronleuchter glitzerten durch das Licht in allen Regenbogenfarben. Zur Begrüßung umarmten sie sich herzlich. Dann nahmen sie gemeinsam Platz auf der Couch. Die Couch war geschmückt mit vielen kuscheligen Kissen und mehreren Decken. Sie machten es sich dort gemütlich.

»Greif zu, Raguel. Die Chips, Salzstangen und die Pralinen haben wir extra für unser Treffen vorbereitet. Das Wasser auch«, sagte Adriel mit einer fröhlichen

Stimme. Raguel probierte die Chips zuerst. Dann die Salzstangen und dann nahm er sich eine Schokoladenpraline. Adriel und Elaine nahmen sich auch von den Chips, den Salzstangen und den Schokoladenpralinen. Anschließend schenken sie sich ein Glas Wasser ein, welches schön kühl war.

Es war noch Sommer. Raguel war heute zu Besuch gekommen, um mit ihnen über den himmlischen Auftrag zu sprechen. Elaine und Adriel fragten sich seit einigen Monaten, ob die Discos und Nachtclubs wieder sicher waren. Die Polizei beobachtete die Nachtclubs, sowie die Bars. Sie verhielt sich dabei verdeckt im Hintergrund. Raguel, Gabriel und Uriel besuchten manchmal das Berliner Nachtleben, um das Geschehen dort zu beobachten. Natürlich tanzten sie dort gerne mal, da auch sie gerne tanzen und feiern wollten.

»Ihr wart ja neulich gemeinsam in den Discos und Nachtclubs. Auch habt ihr mit der Polizei gesprochen. Habt ihr dort irgendwelche dunklen Typen wie die Drogenbanden gesehen? Oder scheint da alles wieder in Ordnung zu sein?«, wollte Adriel von seinem Freund Raguel wissen. Raguel wusste, was dort vor sich ging. Er fand jetzt die Gelegenheit, seinen Freunden mehr darüber zu erzählen.

»Die Menschen in den Discos und Nachtclubs tanzen friedlich. Es gibt dort keine Schlägereien mehr. Sie trinken nur gemäßigt Alkohol, konsumieren keine Drogen mehr. Die Drogengangs haben sich endgültig aufgelöst.«

Gemeinsam waren sie froh darüber, wie gut sie weiterhin ihren himmlischen Auftrag erfüllten. Tatsächlich, auch in den Discos ging es wieder friedlich zu. Es gab zwar Menschen, die nicht mehr gerne hingingen. Sie hatten von den Drogendealern und Verhaftungen mitbekommen. Doch so langsam trauten sich die Menschen wieder mehr in die Discos und Nachtclubs. Sie hatten verstanden, dass es ein Fehler war, sich dort zu betrinken. Auch hatten sie verstanden, wie falsch es war, auf die kriminellen Drogenbanden hereinzufallen und ihre Drogen auszuprobieren. Sie wollten das auf gar keinen Fall wiederholen. Die Verhaftungen haben ihnen gezeigt, wie falsch es war, sich auf den Alkohol und die Drogen einzulassen. Daher tanzen sie jetzt friedlich, genossen die Nacht fröhlich ohne jegliche Substanzen.

Cara und Melinda mieden von nun an die Discos. Sie verabredeten sich abends zum gemütlichen Frauenabend und schauten Videos, oder kochten gemeinsam. Sie verstanden ihr früheres Fehlverhalten. Auch wussten sie von Elaines Zusammenkunft mit den Engeln. Das Wissen um übersinnliche Wesen wie die Engel half ihnen, von dem Zeug endgültig loszukommen. Auch standen sie wieder sicher im Berufsleben, durch neue Jobs. Als Elaine das erfuhr, fiel ihr ein Stein vom Herzen. Sie freute sich für Cara und Melinda, es geschafft zu haben.

»Sind die Discos denn jetzt etwas leerer geworden? Denkst du, dass es dort gar keine Drogendealer mehr gibt, auch keine neuen?«, fragte Elaine Raguel etwas besorgt. Dieser knabberte an den Chips, die schön knusprig waren und zeigte Besonnenheit in seinem Gesichtsausdruck.

»Es ist dort nicht mehr so voll wie sonst. Wir konnten wirklich sicherstellen, dass es keine Drogendealer mehr dort gibt. Weder alte, noch neue Drogenbanden konnten wir dort beobachten. Auch die Barkeeper erledigen ihre Arbeit sehr gewissenhaft nach den vielen Schulungen.«

Bei Elaine leuchteten jetzt die Augen. Sie nahm sich eine blonde, lockige Strähne aus dem Gesicht. Adriel beobachtete sie verliebt. Dabei schauten sie sich an und lächelten. Adriel fand, sie glich einem süßen Engel mit ihren blonden Locken und ihren blauen Augen. Er küsste sie auf den Mund, als Reaktion auf Raguels erfreulichen Worte. Doch da Raguel anwesend war, hielten sie sich mit ihren Küssen zurück. Sie mochten sich lieber küssen, wenn sie zu zweit waren. Aus Höflichkeit zu den anderen. Die Anwesenheit ihrer Freunde, der anderen Engel, störte sie überhaupt nicht. Sie waren immer noch sehr gerne in Gesellschaft mit anderen. So konnten sie ihre Liebe zu einander besser fühlen.

In Geselligkeit mit ihren Freunden waren sie natürlich genauso in einander verliebt. Später, wenn sie alleine waren, konnten sie ihre Zärtlichkeiten in ihrer Zweisamkeit genießen. Doch während der Arbeit mit den Ex-Häftlingen hielten sie nur Händchen, mehr nicht. Unsere Gesellschaft akzeptierte das besser, fanden sie, wenn sie sich bei öffentlichen Treffen oder ihrer Arbeit zurückhielten.

Aber da war ja noch ihr gemeinsames, schön eingerichtetes Schlafzimmer mit dem Doppelbett. Jeden Tag nach der Arbeit oder nach den wichtigen Treffen freuten sie sich auf die gemeinsame Zeit in ihrem

Doppelbett. Sie achteten darauf, dass ihr Liebesleben trotzdem nicht zu kurz kam.

»Das ist eine gute Nachricht. Wir haben richtig gehandelt. Ich denke jedoch, dass einige junge Frauen durch Luzifer vom Weg abgekommen sind. Was ist mit ihnen? Was machen sie jetzt? Ich hoffe, ihr konntet mehr herausfinden.« Adriel meinte ihre berufliche Laufbahn. Die Freunde dachten daran zurück, wie einige junge Frauen in ihrer Karriere nicht mehr vorankamen. Sie waren von den Disconächten berauscht, konnten sich am nächsten Morgen auf der Arbeit oder im Studium nicht konzentrieren. Manchen wurde gekündigt. Einige brachen in all ihren Problemen sogar ihr Studium ab. Sie waren in ihrem Partyleben viel zu gefangen, um im Studium weiterzumachen.

»Die jungen Frauen, die von ihrem beruflichen Weg abgekommen sind, werden durch verschiedene Organisationen wieder in den Beruf integriert. Einige holen ihren Uniabschluss nach.« Raguel erzählte ihnen noch mehr darüber. Über die verschiedenen Organisationen zur Berufseingliederung, zum Beispiel.

Elaine zeigte großes Interesse, mehr darüber zu erfahren. Dies war ein Thema, das auch Adriel sehr nahestand. Denn keiner wollte den Frauen die Hoffnung für immer nehmen. Die ehemaligen Drogendealer haben durch die Resozialisierung nach ihrer Strafe doch auch eine zweite Chance bekommen. Für die Engel und Elaine war es zu ihrer Priorität geworden, den Menschen eine zweite Chance zu geben. Sie fanden, alle hatten eine zweite Chance verdient. Auch wenn das nicht immer leicht war.

»Die jungen Frauen haben großes Glück gehabt in ihrem Leben. Ich bin wirklich erleichtert darüber, wie sie aus ihren Schwierigkeiten zurückfinden. Mit der Zeit werden sie ihren Karriereweg zurückfinden, davon bin ich überzeugt«, sprach Adriel ernüchternde Worte. Elaine und Raguel waren seiner Meinung. Der Nachmittag ging zu Ende. Elaine und Adriel verabschiedeten sich von Raguel mit einer Umarmung. Bald würden sie sich wiedersehen.

KAPITEL 25

Bei allen Engeln waren die erfreulichen Nachrichten bereits angekommen. Sowohl auf der himmlischen Sphäre als auch auf der irdischen Sphäre feierten alle Engel derzeit ihren Sieg. Ihr Auftrag fand Anerkennung bei den Engelsfürsten. Sie haben den himmlischen Auftrag offiziell für erfolgreich erklärt. Die Engel haben an Kraft und Macht dazugewonnen. Die Engelsfürsten haben allen Engeln Stärke verliehen. Besondere Engel, darunter Adriel und seine Freunde, werden von den Engelsfürsten Auszeichnungen verliehen bekommen. Auch Elaine wird von den Engelsfürsten eine Auszeichnung verliehen bekommen.

Die Auszeichnungen werden auf der himmlischen Sphäre verliehen bei einer gemeinsamen Feier. Hierzu gingen Adriel und Elaine gemeinsam durch das Portal in ihrem Garten. Adriel aktivierte das unsichtbare Portal mit seinen Flügeln. Er breitete sie ganz weit aus und hob sie an. Elaine und Adriel stiegen in das Portal, um für eine kurze Zeit die himmlische Sphäre zu besuchen. Elaine spürte eine Vorfreude, als sie sich im Portal befanden. Wie gewohnt verließ das Portal die irdische Sphäre nach oben. Einige Turbulenzen, die durch den Wind verursacht wurden, überstand Elaine problemlos. Das Licht im Portal schimmerte in allen Regenbogenfarben, bis es schließlich die Farbe Hellblau annahm. Sie stiegen immer weiter nach oben. Die Temperatur wurde angenehmer, wärmer. Sanfter Nebel umgab sie, der golden glitzerte, wie aus kleinen, funkelnden Sternen. Die Luft wurde reiner, da der Feinstaub der irdischen Sphäre nachließ. Elaine sah durch das Portal hindurch, als es gerade durchsichtig wurde. Sie erkannte Wolken wie im Himmel.

Währenddessen stiegen auch ihre Freunde, Fiona, Leila, Raguel, Gabriel und Uriel in ihr eigenes Portal. Ihr Portal befand sich ebenfalls unsichtbar in ihrem Garten. Nachdem sie es mit ihren Flügeln aktiviert hatten, stiegen sie ein. Jeder Engel nahm das eigene Portal, um zu der himmlischen Sphäre zu gelangen. Es war die Zeit gekommen, ihren gemeinsamen Sieg zu feiern. Außerdem gab es dort eine Überraschung für Elaine, von der sie noch nichts wusste. Bei den Engeln verlief die Reise zu der himmlischen Sphäre spannend. Auch sie nahmen die Farben eines Regenbogens wahr, sowie den golden glitzernden Nebel mit den Sternen. Bis sie zu den hellblauen Wolken ankamen.

Fast gleichzeitig kamen die Freunde auf der himmlischen Sphäre an. Also stiegen sie durch das goldene Tor des Portals und nahmen ein Schweben wie auf Wolken wahr. Das Gehen wie auf Wolken war leicht, weich, jedoch rutschfest. Ihre Füße fühlten sich erleichtert an, denn es war sehr angenehm, auf dem Untergrund zu gehen. Daran gewöhnten sie sich schnell. Schwebende Bilder von Engelsfürsten in einem großzügigen Rahmen kannte Elaine bereits. Auch diesmal bewunderte sie diese Bilder in golden verzierten Bilderrahmen bei ihrer Ankunft. Die himmlischen Säulen kamen ihr natürlich auch bekannt vor.

Der gemeinsame Treffpunkt für alle Engel zusammen mit den Engelsfürsten war draußen, in der Natur. Auch Elaine nahm daran teil. Bald erkannten Elaine und Adriel ihre Freunde, die anderen Engel. Kleine, gelb leuchtende Hügel umrundeten die Natur. Die Umgebung wurde von Bäumen und Pflanzen beleuchtet, in der Farbe Blau-Rosa. Die Blüten der Bäume waren rosa, während ihre Blätter hellblau waren, passend zu den Wolken. Die Luft war sehr frisch und angenehm warm.

Jetzt kamen die Engelsfürsten an. Sie hatten eine goldene Krone aufgesetzt. Die Krone war mit roten Rubinen geschmückt. Ihre Flügel waren riesengroß mit feinen, leuchtenden Federn. Sie hatten einen Königsgewand an. Es waren fünf Engelsfürsten anwesend. Sie hatten den höchsten Rang unter den Engeln. Sie waren Männer mit blauen Augen und hellbraunen, kurzen Haaren.

Sie strahlten Stärke und Macht aus. Elaine bewunderte sie. Alle Engel versammelten sich in der Natur, um ihren Sieg zu feiern. Es waren sehr viele Engel anwesend. In der Mitte befanden sich die Engelsfürsten. Der Engelsfürst Sariel übernahm das Wort:

»Wir sind alle hier versammelt, um unseren Sieg über die Dämonen zu feiern. Sehr viele Dämonen wurden durch eure Hilfe vom Feuer erfasst und sind verbrannt. Hierfür möchten wir uns bei euch bedanken. Euch wird heute eine Auszeichnung verliehen. Anderen Engeln, die an diesem himmlischen Auftrag weniger beteiligt waren, wird eine Urkunde verliehen. Diese Engel erledigten andere, wichtige Aufträge.«

Die Engel antworteten mit freudigen Worten, wie zum Beispiel:

»Vielen Dank. Wir sind sehr geehrt.« Oder:

»Danke. Das ist für uns eine ganz besondere Ehre.«

Sie sprachen diese Worte fast gleichzeitig aus. Es war eine Überraschung für alle. Zur Feier des Tages zündeten einige Engel im Hintergrund Feuerwerk. Alle jubelten, als das Feuerwerk hell aufleuchtete. Sariel und die anderen Engelsfürsten überreichten ihnen die Auszeichnungen, sowie die Urkunden. Elaine bekam eine Auszeichnung. Natürlich bekamen auch Adriel und die anderen Freunde eine Auszeichnung.

Die Auszeichnung war aus geschliffenen Diamanten, wie ein Preis, mit einer weißen Friedenstaube drauf. Sie war gerade so groß, dass sie mit beiden Händen locker getragen werden konnte. Als alle die Auszeichnung erhielten, trugen sie diese mit beiden Händen vor ihrer Brust. Anschließend hielten sie die Auszeichnung mit einer Hand hoch, so wie ein Sportler sein Pokal hochhielt. Sie jubelten laut vor Freude. Sie sprangen in die Lüfte und tanzten. Für Elaine bedeutete diese Auszeichnung besonders viel. Sie tanzte mit. Anschließend klatschten sie jubelnd in die Hände und lachten. Doch das Beste kam noch. Elaine stand eine besondere Ehre zu. Im Anschluss an die Feierlichkeiten wurde Elaine eine ganz besondere Ehre erwiesen. Elaine bewies im entscheidenden Moment viel Mut. Sie vollbrachte mutige Taten. Es war eine schwierige Herausforderung, sich mit den Kriminellen, die schließlich entlassen wurden, zu treffen. Sie wusste von Anfang an nicht, ob sie mit diesen Menschen auf Augenhöhe reden konnte. Es waren zwar Verbrecher, die auch für sie zur Gefahr wurden. Doch es waren nur Menschen, die sich einer dunklen Kraft hingaben.

Wie ihr die Engel erklärten, wurde es damals zu ihrer gemeinsamen Aufgabe, diese Kriminellen von den dunklen Mächten der Dämonen zu befreien. Es war ein langer Weg, dem sich Elaine mit viel Vertrauen in ihre eigene Stärke stellte. Sie begriff, dass auch Kriminelle nur Menschen waren, mit denen man sogar sehr gut sprechen konnte. Es entstanden viele gemeinsame Gespräche und Treffen. Die gemeinsamen Aktivitäten, sowie Unterrichtsstunden in Form von Kursen und Seminaren forderten viel Kraft von Elaine. Bis die Ex-Häftlinge von den Dämonen befreit wurden und nicht mehr zu Luzifer zurückkehrten.

Weitere erfreuliche Nachrichten bekräftigten Elaines mutiges Handeln. Die jungen Menschen aus dem Nachtleben betranken sich nicht mehr, nahmen keine Drogen mehr. Sie wurden wieder auf den richtigen Weg gebracht. Keiner tauchte mehr im Nachtleben auf, der den jungen Discobesuchern Schaden zufügen wollte. Die Engel siegten in ihrem Vorhaben auf der ganzen Linie. Doch Elaine unterschied sich in ihrem Handeln kaum von den Engeln. Sie glich auch in Adriels Augen in ihrer gesamten Erscheinung einem mutigen Engel mit viel Glanz in den Augen. Ihr entschlossenes Handeln wurde zu einer rettenden Tat. Sie rettete viele Menschen in Lebensgefahr. Auch stellte sie sich einem übermächtigen Feind, Luzifer. Währenddessen wusste sie genau, dass sie sich dabei in Gefahr bringen könnte.

Dieser Moment wurde von der übernatürlichen Präsenz der Engelsfürsten begleitet. Heute wollten die Engelsfürsten ihr zeigen, dass ihre Taten nicht unbemerkt blieben. Nachdem sie ihre mutige Tat vollbracht hatte, erschienen ihr die Engelsfürsten, um ihr zu erklären, dass sie aufgrund ihrer Tapferkeit auserwählt wurde.

Der Engelsfürst Sariel trat näher an sie heran, umgeben von den anderen Engelsfürsten. Er übernahm das Wort:

»Elaine, du bist eine mutige junge Frau. Du hast eine sehr tapfere Tat vollbracht. Uns Engeln warst du in jeder Hinsicht eine große Hilfe im Kampf gegen die Dämonen. Diesmal mussten wir zum Glück nicht zur Waffe greifen, so wie früher. Viele Menschen sind dank dir wieder gesund und munter. Sie gelangen wieder auf den richtigen Weg, haben wieder gute Vorsätze im Leben. Dafür hast du dir eine besondere Ehre verdient.«

Die Engel applaudierten laut. Adriel umarmte Elaine, die ihr Glück kaum fassen konnte. Sie hielten sich beide fest in den Armen. Nun trat Sariel noch näher zu Elaine. Auch sie ging nach vorne, zu Sariel. Sariel bemerkte ihre Reinheit, ihre Ehrlichkeit. Anschließend sprach er die entscheidenden Worte: »Du wirst heute von uns zum Engel erhoben. Besondere Menschen können zum Engel werden, wenn sie eine tapfere Tat vollbringen. Du hast dich gleich auf die Seite der Engel gestellt, ohne von uns abzuweichen. Dafür möchten wir dir danken. Wir werden dich heute zum Engel erheben. Du wirst in den nächsten Augenblicken vom Menschen zu einem Engel. Das wird dir einen neuen Blick eröffnen. Du wirst neue Eigenschaften an dir entdecken. Neue Kräfte.«

Elaine wurde emotional. Sie fing an zu staunen. Während der Engelsfürst Sariel sprach, deutete sich ein gewagtes Lächeln auf ihren roten Lippen an. Doch sie wagte nicht, zu lächeln, da sie nicht verstand, was auf sie zukam. Sie wusste nicht, dass so etwas überhaupt möglich war. Natürlich war da eine Angst bemerkbar, die sie versuchte, zu verbergen. Wenn sie in den nächsten Augenblicken zum Engel werden würde, was hatte das zu bedeuten? Das waren ihre Gedanken, als sie fragend Sariel und schließlich ihren Freund Adriel anschaute. Adriel sprach beruhigend:

»Keine Sorge, bald wirst du alles verstehen.«

Voller Hoffnung und Ehrfurcht sprach Elaine:

»Ihr Engel wurdet für mich in einer schwierigen Lebensphase zum Zufluchtsort. Ich habe mich bei euch gut aufgehoben gefühlt. Mein Freund Adriel hat mir aus einer gefährlichen Lage geholfen. Dafür bin ich ihm sehr dankbar. Doch auch die anderen Engel wurden schnell zu meinen guten Freunden. Ich fing an, euch Engel zu bewundern, denn ihr habt mir von Anfang an Gefallen erwiesen. Das ist der Grund, warum ich mich mit meinem Freund Adriel und euch Engeln verbunden habe. Ich konnte mir nichts anderes vorstellen, als mit euch diesen himmlischen Auftrag gemeinsam zu erfüllen. Falls es noch weitere Möglichkeiten gibt, den Menschen auf der Erde zu helfen, so bin ich auch weiterhin dafür bereit und werde mit euch Engeln mein Bestes tun. Ich bedanke mich herzlich für diese Ehre. Hiermit erkläre ich mich bereit, zum Engel erhoben zu werden. Ich blicke voller Zuversicht auf dieses Erlebnis, das du, Sariel, gleich hervorrufen wirst. Doch respektiere ich dabei auch meine große Verantwortung vor euch Engeln, die mir gleich zugeteilt wird.«

Alle Engel hörten Elaine genau zu. Ihnen gefiel, wie sie über die Engel sprach. Die Engel bemerkten eine starke Bindung zwischen ihnen und Elaine. Wie ein Bund, der niemals reißen wird. So konnte sich eine Vertrautheit zwischen ihnen aufbauen. Ein wichtiger Schritt stand jetzt an. Alle spürten eine neue Hoffnung aufkommen. Gleich würde ein neuer Engel entstehen, und das war Elaine. Sariel sagte ehrlich:

»Du wirst gleich einige Veränderungen an deinem Körper bemerken. Möglicherweise wirst du hinten am Rücken Energie bemerken, aus der dir Flügel aus Licht wachsen werden. Erst später, nach einigen Jahren, werden dir daraus Flügel aus Federn wachsen. Das wird nicht gleich heute geschehen.«

Elaine antwortete voller Begeisterung:

»Das ist ja wundervoll. Ich kann es kaum erwarten. Lasst uns gleich damit beginnen.«

Sariel nahm seinen Zepter und berührte damit Elaines rechte Schulter und dann die linke. Der Zepter war aus Gold mit roten Rubinen, ähnlich wie seine Krone. Anschließend verstreute der Engelsfürst Sariel ein glitzerndes Puder über Elaines Kopf. Das Puder war golden-violett und sehr fein. Als das Puder Elaine traf, verschwand es auf ihrem Körper. Es ging nach innen, um in ihr die Einsicht in die Herzen der Menschen zu öffnen. Es war ein Reinheitspuder, das Menschen einen Blick wie die Engel öffnete. Sofort erkannte Elaine auch die reinen Herzen der Engel, besonders das von Adriel. Ein helles Licht wuchst aus ihrem Rücken heraus, bis es Flügel bildete. Elaine blickte in dem Moment um sich, da sie eine warme Strömung um ihren Rücken bemerkte.

»Schau mal, Elaine, du hast Flügel aus goldenem Licht bekommen. Sie leuchten sehr stark und machen dich heute zu einem richtigen Engel. Doch keine Sorge, schon sehr bald bekommst du Flügel aus Federn wie ich und deine Freunde. Freust du dich?« Adriel schenke Elaine verliebte Blicke. Er kam ihr noch vertrauter vor. Sie schaute ihn stolz an und konnte ihr Glück kaum fassen. Sie schaute nach hinten und tatsächlich, da waren sie, ihre leuchtenden Flügel aus Licht. Sie versuchte, ihre Flügel wahrzunehmen. Anschließend gelang es ihr sogar, sie herrlich aufzuschlagen. Dabei sah sie aus, wie ein echter Engel.

»Ja, Adriel, ich freue mich sehr. Wie schön, dass ich damals auf dich gehört habe. Die Zeit mit euch Engeln war die schönste Zeit meines Lebens. Es wird noch eine viel schönere Zeit kommen, in der ich ein richtiger Engel sein werde.«

Gleich in dem Moment wechselte ihre Kleidung wie verzaubert von einer Hose und Shirt zu einem liebevollen, kurzen weißen Kleid mit einem feinen, goldenen

Gürtel um die Hüfte. Das alles geschah wie verzaubert von alleine, ohne dass sie sich umziehen musste. Ihre Schuhe wechselten von bequemen Sneakers zu feinen, beigen Riemchenschuhen mit einem kleinen Absatz. Die Sohlen schimmerten hell.

Ihre blonden, lockigen Haare begannen zu leuchten, ihre Locken schimmerten golden. Sie nahm das kaum wahr, da alles viel zu schnell ging. Ihre Figur wurde feiner, leichter. Sie begann, wie auf Wolken zu schweben, da sie ihr Gewicht als sehr leicht empfand.

Gleichzeitig spürte sie eine Kraft in ihrem Körper, welche ihre Figur noch besser definierte. Sie lächelte jetzt mit mehr Sicherheit. Ihre Taille wurde schmaler, ihr Rücken gerader, ihr Gesicht einem Engel gleich. Auch ihre Augen veränderten sich. Sie erhielten einen göttlichen Glanz. Mit ihrer Verwandlung bekam sie übernatürliche Kräfte wie eine tiefe Einsicht in die Herzen der Menschen.

»Deine Aufgabe besteht nicht nur darin, im Himmel zu leben. Sondern auch, die Welt der Menschen weiterhin zu beeinflussen und zu beschützen«, erklärte ihr Sariel mit einer sanften Stimme.

»Das ist eine Aufgabe, die ich mir sehr gut zutraue. Ich werde immer dankbar dafür sein, neue Aufgaben für die Engel zu übernehmen.«

Elaine blickte zu Sariel und dann zu Adriel. Anschließend schaute sie zu den anderen Engeln, besonders zu ihren Freunden. Die Blicke der Engel trafen sich mit dem ihren. Sie alle bemerkten den göttlichen Glanz in ihren Augen. Den Engeln war bewusst, dass sie mit Elaine an ihrer Seite niemals verlieren werden. Sie war ein neuer, starker Engel in ihrer Mitte mit viel Inspiration für die Zukunft.

»Hiermit erklären wir die Feier unseres Sieges für beendet. Ihr könnt hier in der freien Natur weiterfeiern oder nach Hause gehen. Habt noch einen schönen Nachmittag«. Sariel schaute besonders zu Elaine, als er redete. Er hoffte, ihr ging es weiterhin gut nach der Erhebung zum Engel. Es war ein aufregender Tag für sie, dachte er. Die Sonne schien etwas sanfter, nicht mehr so hell wie am Vormittag. Der Tag dauerte weiter an. Es war noch genügend hell, obwohl der Nachmittag anbrach.

»Lass uns noch ein wenig hier draußen bleiben«, schlug Adriel Elaine vor. Sie war damit einverstanden und sagte:

»Ja, wir können uns ja auf die Bank in dem schönen Park setzten.« Sie verabschiedeten sich von ihren Freunden, den anderen Engeln. Viele Engel gratulierten Elaine beim Vorbeigehen. Sie reichten ihr die Hand, zeigten ihr Respekt.

Auf der Bank im Park tauschten Elaine und Adriel viele Zärtlichkeiten aus. Sie waren jetzt ungestört und kamen sich sehr nahe. In ihrer intensiven Umarmung waren sie sich an diesem Tag der Feierlichkeiten wieder ein Stück nähergekommen. Ihre Umarmung drückte Liebe, Freundschaft, Mitgefühl, und Wärme aus. Es waren Gefühle, die sie jetzt für einander noch stärker empfanden als zu Anfang ihrer Beziehung.

Einige Wochen blieben sie noch auf der himmlischen Sphäre. Anschließend wurde wieder ihr Einsatz bei den Menschen gefragt.

ÜBER DIE AUTORIN

© Foto: privat

Ljuba Kabzan interessiert sich schon seit ihrer Jugend für Literatur und liest gerne Fantasy-Romane. Sie hat an der Universität Bayreuth in Deutschland Anglistik und Wirtschaftswissenschaften studiert und das Studium mit dem Abschluss Bachelor of Arts erfolgreich beendet. In den USA verbrachte sie einen Auslandsaufenthalt an der Washington and Lee University, Lexington, Virginia, mit dem Schwerpunkt amerikanische Literatur.

Schon viele Jahre wohnt sie in der Großstadt Frankfurt am Main. Sie schreibt unter anderem spannende

Fantasy-Liebesromane. Sie hat bereits mehrere Bücher geschrieben, wobei sie ihrem Lieblingsgenre Romantasy treu bleiben möchte. In ihrer Freizeit liest sie gerne, mag Spaziergänge und Wanderungen in der Natur und trinkt gerne Kaffee.

DIE AUTORIN IM INTERNET

Autorenseite: www.Ljuba-Kabzan.com

Instagram: www.instagram.com/ljubakabzan

Facebook: www.facebook.com/ljuba.kabzan.1

X.com: https://x.com/LKabzan

Ljuba Kabzan schreibt einen kostenlosen Newsletter. Dort erfahren Sie als Leser*innen mehr über ihre Autorentätigkeit, wie ihre Bücher entstehen, und werden über Neuerscheinungen informiert. Sie können diesen Newsletter einfach abonnieren:

Newsletter: https://steadyhq.com/de/ljuba-kabzan-autorin/about

Vielen Dank, dass Sie mein Buch gelesen haben.

Ich wünsche Ihnen, dass ein guter Engel Sie ab heute
auf allen Wegen begleitet.

Bei Fragen über das Buch oder bei Ideen, die während
der Lesereise entstanden sind, freue ich mich über eine
E-Mail-Nachricht von Ihnen.

Schreiben Sie an:

Ljuba.Kabzan@gmail.com